Lea Coplin
Für eine Nacht sind wir unendlich

Lea Coplin

FÜR EINE NACHT SIND WIR *unendlich*

Roman

dtv

Ausführliche Informationen über
unsere Autorinnen und Autoren und ihre Bücher
finden Sie unter www.dtv.de

Von Lea Coplin sind bei dtv junior außerdem lieferbar:
Nichts ist gut. Ohne dich.
Nichts zu verlieren. Außer uns.

Originalausgabe
© 2020 dtv Verlagsgesellschaft mbH & Co. KG, München
Umschlaggestaltung: buxdesign | Lisa Höfner unter Verwendung
eines Motivs von Jovana Rikalo/Trevillion
Gesetzt aus der Palatino LT Std
Satz: C.H.Beck.Media.Solutions, Nördlingen
Druck und Bindung: CPI books GmbH, Leck
Printed in Germany · ISBN 978-3-423-74060-9

Für blö

1
Jonah

Ich hatte schon bessere Tage, so viel ist sicher. Und die Tatsache, dass ich das denke, bevor ich richtig wach bin, spricht vermutlich für sich. Ich blinzle ins Halbdunkel des Zelts, das nicht meins ist. Versuche, mich zu bewegen, doch der Klassiker hält mich davon ab: ein zierlicher Arm, der meinen Oberkörper umschlingt wie ein Schraubstock; ein Bein, lang und schlank, zwischen meine geschoben.

Ich wünschte, ich könnte sagen, ich erinnere mich an nichts, doch das ist leider nicht wahr. Ich erinnere mich umfassend. An den gestrigen Tag, der vierte auf dem Glastonbury Festival, ein weiterer voll von unerträglicher Gereiztheit zwischen Annika und mir, durchdrungen von bösen Blicken, enttäuschten Blicken, verletzten Blicken, unausgesprochenen und sehr deutlich formulierten Vorwürfen, Spannungen im fatalsten Sinn. Ich erinnere mich an das Schweigen der anderen – Dejan, Vanessa, Simon, Michelle –, die sich diesen Kurztrip nach England sicher anders vorgestellt hatten. Wessen Idee es war, uns beide mitzunehmen, Annika und mich, frisch getrennt und offensichtlich alles andere als *klar, Freunde*, wie meine Ex behauptete, ich habe ehrlich keine Ahnung. Aber ich mache die Person mitverantwortlich für das andauernde Drama und auch dafür, dass ich jetzt hier liege. Dafür ganz besonders.

Ihr Name ist Sally. Auch daran erinnere ich mich. So gesehen kann ich immerhin von mir behaupten, keiner von den Typen zu sein, die nicht einmal den Namen der Frau kennen, mit der sie die vergangene Nacht verbracht haben. Ohne den Kopf zu heben, schiele ich auf die blonden Haare, aufgefächert wie ein Skatblatt auf meiner Brust. Sie sind gefärbt, garantiert. Aus dieser Perspektive lassen sich die dunklen Ansätze erkennen, doch selbst, wenn nicht – die strohige Struktur war fast das Erste, das mir an Sally aufgefallen ist, in dem Augenblick, in dem sie sich auf meinen Schoß setzte und mir ihre knisternde Mähne ins Gesicht schüttelte.

Der Gedanke daran löst ein höchst unangenehmes Gefühl in mir aus. Das Lagerfeuer, Sally und ihre amerikanischen Freundinnen, Simons blödes Gelaber darüber, dass ich *uns allen einen Gefallen tun und ein bisschen runterkommen* sollte. *Oder überhaupt mal kommen.* Simons Humor, immer vom Feinsten. Ich bin derzeit nicht gut auf Annika zu sprechen und trotzdem froh, dass sie zu diesem Zeitpunkt schon in ihrem Zelt war. Sage ich zumindest jetzt. Gestern … Gestern, da wollte ich ihr wehtun. Dafür, dass sie alles verkompliziert, dass sie den anderen den Spaß verdirbt, dass sie mich wütend macht und aggressiv. Ich würde ja gern behaupten, dass ich mich so nicht kenne, so … mies und kalt und zerstörungswütig, aber auch das ist leider nicht wahr. Ich fürchte, es steckt mehr von meiner Familie in mir, als mir lieb ist. Auf meine Art bin ich womöglich genauso schlimm wie sie.

Vorsichtig versuche ich, mich unter dem Körper des Mädchens herauszudrehen. Noch schläft sie tief und fest, wie es aussieht – sie hat noch keinen Mucks von sich gegeben. Ich habe mich beinah von ihr befreit, als sie es doch tut.

»Whereyougoing?«, nuschelt sie undeutlich in diesem breiten, texanischen, nicht gerade liebreizenden Akzent.

Ich nutze die Gunst des Augenblicks und ziehe mein Bein unter ihrem hervor. »Toilet«, erwidere ich ebenso leise, um sie nicht noch mehr zu wecken.

»Mmmmmmmh.« Mit geschlossenen Augen hebt sie den Kopf, drückt einen Kuss auf meinen Oberarm und dreht sich dann mit dem Rücken zu mir. Für eine Sekunde starre ich auf ihren Hinterkopf. Für fünf. Dann schüttle ich mich aus meiner Starre, suche in dem Berg verstreuter Klamotten nach meinen, schlüpfe hinein und dann aus dem Zelt.

Es ist noch früh. Sehr, sehr früh. Ich krame mein Handy hervor und versichere mich: fünf Uhr vierzig. Es ist hell, aber die Sonne döst irgendwie noch. Und ich habe keine Ahnung, wo ich mich befinde. Vor mir erstreckt sich ein Meer aus Zelten; unzählige blaue, rote, grüne, runde, eckige, windschiefe Stoffiglus, und darüber hinaus kein Orientierungspunkt. Es *könnte* der Zeltplatz sein, auf dem Annika, Simon, Michelle und ich eingecheckt haben, doch irgendwie kommt mir hier nichts bekannt vor. Da drüben parken die Wohnmobile, aber es sind niemals so viele wie dort, wo Dejan und Vanessa ihres abgestellt haben. Ich werfe einen Blick auf Sallys Zelt, und als wäre mir jetzt erst klar geworden, wie riskant es ist, hier länger herumzustehen, setze ich mich endlich in Bewegung.

Erst mal raus aus dem Zeltlager, hin zu den Sanitärbaracken. Und von dort sehe ich etwas, das mir vage bekannt vorkommt: dieser seltsame Turm mit den bunten Fransen, an dem ich schon mehrfach vorbeigekommen bin, bloß aus einer anderen Richtung, nehme ich an. Ich steuere darauf zu, an den letzten Zelten vorbei, und stoße plötzlich auf etwas, das aussieht wie ein Autokino – riesige Leinwand, etliche alte Rostlauben –, und das quasi mitten auf dem Camping-platz. Einige Minuten lang bleibe ich am Zaun stehen und wundere mich. Dieses Festival ist schräg, und das fällt mir hier und heute Morgen nicht zum ersten Mal auf. Zum einen ist es riesig, weitläufig wie ein kleines Bundesland. Man braucht Stunden, um von A nach B zu kommen. Und man muss dauernd von A nach B, denn es gibt zig Bühnen, die auf dem Areal verteilt sind, Dutzende Konzerte, Stand-up-Comedy, Kunst-Performances, Indianerzelte, Stände, Bars, Foodtrucks, sogar ein Stückchen Wald. Und ein Kino, offen-sichtlich. Ich starre auf die Autos, ausgedient und lässig, einige davon bemalt und eins sogar in die Wiese eingelassen, ein BMW-Cabrio-Swimmingpool quasi, ohne das Wasser da-rin. Ich frage mich, was passiert, wenn es regnet.

Bizarr. Absolut strange. Und genau das Richtige für einen Typen wie mich, nehme ich an. Einen Typen, dessen Leben im Grunde dieselben Adjektive zuzuschreiben sind, im we-niger positiven Sinn allerdings. So sieht's aus.

2

Liv

Ich bin schon beinahe aufgestanden, als die Bettfedern unter mir doch noch ein Quietschen von sich geben. Ein klagendes, nörgelndes Wimmern, das von Laurent höchstpersönlich stammen könnte. Halb sitzend, halb im Stehen werfe ich einen Blick auf ihn. Da liegt er, viel zu groß für das schmale, abgenutzte Bett, den Rücken dicht an die Wand gepresst, und schläft ruhig und fest wie ein Baby. Denke ich. *Hoffe ich.*

Auf Zehenspitzen schleiche ich durchs Zimmer, schnappe mir meinen Kulturbeutel und öffne so lautlos wie möglich die Tür. Sie knarzt, natürlich tut sie das. So gut wie alles in Mafaldas steinaltem, vermutlich verhextem Häuschen gibt Geräusche von sich. Ich bin seit einer Woche hier und nein, daran werde ich mich nie gewöhnen. Ebenso wenig wie an den Anblick meiner Tante selbst, die sich wie üblich im Schneidersitz vor ihren Yoga-Altar gefaltet hat, die Augen geschlossen, die Hände vor den Körper gepresst, während ein gruseliger Brummton ihre Lippen verlässt und das Kerzenlicht orangefarbene Punkte auf ihre nackten Brüste flackert. O ja, meine Tante pflegt unbekleidet zu meditieren. Und sie ist selbst dann nicht geneigt, ihre Gewohnheiten zu ändern, wenn sich Besuch angekündigt hat.

»Was, wenn nicht ich, sondern Laurent hier vorbeigekommen wäre?«, zische ich ihr anstelle einer Begrüßung entgegen. Ich flüstere es. Die Wände sind dünn, und es ist noch viel zu früh, um die halbe Stadt aufzuwecken.

»Wie meinst du, Liebes?«, singt sie in ihrem fantastisch akzentuierten Englisch.

Ich verdrehe die Augen. Mafalda hält ihre geschlossen. Jemand wie sie kommt womöglich gar nicht auf die Idee, was falsch daran sein könnte, gleich nach dem Aufwachen über eine nackte Person zu stolpern, die man schon angezogen kaum kennt. Zumal das mit dem Stolpern wortwörtlich gemeint ist, denn der Weg zu Mafaldas Gästezimmer führt nun mal durchs Wohnzimmer, unmittelbar an ihrem kleinen Altar vorbei.

Sagt euch los von dem, was euch Fesseln anlegt, würde sie vermutlich ausrufen. *Wenn es die Klamotten sind, umso besser.* Hoffen wir einfach, dass Laurent lange genug schläft, bis meine Tante mit ihrer Morgenmeditation fertig ist.

Ich putze mir die Zähne unter der Dusche und sinniere darüber, ob es gut oder schlecht war, dass Laurent mich an diesem Wochenende besucht hat. Ich habe den Gedanken noch nicht zu Ende gedacht, da wird das Wasser kalt. Schnell stelle ich es ab, unterdrücke das Schaudern, das die aufheulende Leitung mir jedes Mal verursacht (tatsächlich klingt sie wie die Maulende Myrte), hüpfe aus der Wanne und trockne mich ab. Dafür, dass Laurent und ich nur diese zwei Tage miteinander hatten, haben wir sie reichlich schlecht genutzt, fürchte ich. Was hauptsächlich meine Schuld war. Und ein bisschen auch seine. Ich meine, er wusste, ich würde keine Zeit haben, weil ich nun mal extra nach Glastonbury gekommen bin, um Mafalda während des Festivals mit dem Food-

truck zu helfen. Er *wusste* das, ich habe es ihm mehrmals gesagt. Ganz abgesehen davon, dass ich insgesamt nur zwei
Wochen hier bin. Kann man nicht zwei Wochen voneinander
getrennt sein, ohne gleich in den nächsten Flieger zu steigen?
Ich wickle mich in das Handtuch ein, stöhnend wie die
Bettfedern und Myrte zusammen. Ich hätte mir erst die
Haare abtrocknen sollen, sie tropfen alles wieder voll. Zu
viele Haare. Viel zu viele Haare. Aus dem schmalen Bad-
schrank hinter der Tür ziehe ich eines der kleineren Hand-
tücher hervor und drehe meine wirre Mähne darin ein. Dann
hebe ich den Kopf und mein Blick bleibt an meinem Spiegel-
bild hängen.
Oh, Liv.
Liv!
Was tust du?

Als ich aus dem Bad komme, singt Mafalda in der Küche.
Nein, sie dröhnt. Ich bin mir sicher, nicht nur Laurent ist jetzt
wach, sondern auch der Rest der Straße. Zu ihrer Stimme
pfeift der altmodische Wasserkessel, den sie für die Zube-
reitung ihres Tees verwendet. Sie singt, es pfeift, dann erfüllt
der Duft von starkem, schwarzem English Breakfast die
Wohnung.
Die Wanduhr im Wohnzimmer zeigt fünf Uhr vierzig.
Um sechs Uhr brechen Mafalda und ich auf, zunächst zum
Großmarkt einige Kilometer außerhalb von Glastonbury,
dann zum Festivalgeländer, wo wir im Foodtruck Salate,
Soßen und die Falafel vorbereiten, jeden Tag frisch. Mafalda
ist keine große Köchin, doch gemeinsam setzen wir Jacksons
Rezepte einigermaßen ordentlich um. Um neun Uhr begin-
nen wir mit dem Verkauf. Es gibt Kaffee, aber auch schon

die ersten Falafel. Wer sich fragt, wie man um diese Uhrzeit bereits frittierte Linsenbällchen mit Knoblauchsoße verschlingen kann, hat offensichtlich noch nie auf einem der größten Musikfestivals Europas die Nacht durchgemacht.

So wie ich. Das mit dem Durchmachen, meine ich. Ich stehe seit Mittwoch von früh bis spät in dem Foodtruck, heute ist Sonntag – der letzte Festivaltag – und ich habe von dem sagenumwobenen Spektakel kaum mehr als die Fritteuse von hinten gesehen.

»Wolltest du verschwinden, ohne dich von mir zu verabschieden?«

Die Zimmertür ist noch nicht ins Schloss gefallen, da klattern Laurents Vorwürfe bereits wie Pfeilspitzen dagegen. Ich unterdrücke ein Seufzen. Seit Freitag geht das so, seit er aus dem Bus gestiegen ist. Unterstellungen und Misstrauen und Schuldzuweisungen und … ich weiß nicht. Das heißt, ich weiß es, aber ich fühle mich so machtlos. Ich hätte liebend gern, dass alles gut ist zwischen uns beiden, aber ich habe keine Ahnung, wie ich das anstellen soll.

Ich betrachte ihn einige Sekunden lang – das ernste Gesicht, die Enttäuschung in den Augen, die Stoppeln um den Mund, die vielen Haare auf der Brust – und beschließe, wenigstens für den Moment so zu tun, als spürte ich nicht die Abwärtsspirale, in der sich diese Beziehung befindet.

»Was, *so?*«, frage ich also, betont unbekümmert. »Du denkst, ich spaziere im Handtuch aus der Wohnung?«

Laurent verzieht keine Miene. Das sei ihm verziehen, so gut war der Witz nicht.

»Ich wollte dich schlafen lassen. Es ist noch nicht mal sechs.« Ich knie mich neben das Bett auf den Boden und beginne, in dem Koffer zu wühlen, aus dem ich seit einer

Woche lebe. »Und ich dachte, du kommst später beim Food-truck vorbei? Bevor du zurückfährst nach London?«

»So war's geplant, ja«, murmelt er.

»Ich meine, wo du die Karte schon mal hast. Die schweine-teuer war, richtig? Du solltest noch ein bisschen was vom Festival mitbekommen, bevor du zurück nach Hamburg fliegst. Gut, viel Zeit bleibt dir nicht mehr, denn dein Bus ... Wann fährt der Bus gleich wieder? So gegen elf? Am besten nimmst du deinen Rucksack mit, wenn du ...«

»Liv.«

»... aufs Festivalgelände kommst, es liegt doch auf dem Weg nach London, oder? Klar, die Schlangen sind ewig, wenn man auch noch Taschen kontrollieren lassen muss, aber letztlich ist es besser, als ...«

»Liv!«

»... hinzufahren und dann wieder zurück nach Glaston-bury, um den Rucksack zu holen.« Mit frischer Unterwäsche in der einen, Hose und Shirt in der anderen Hand stehe ich auf. »Ja?«

Wortlos starrt Laurent mich an. »Ich hätte echt nicht her-kommen sollen«, sagt er, während er ebenfalls aufsteht, nach seiner Jeans greift und hineinschlüpft, dann in sein Hemd.

O Gott, du hast recht, denke ich. *Und habe ich es dir nicht gesagt, mindestens zwei Dutzend Mal?* Ich hasse mich ein biss-chen für diese Gedanken, aber wie soll ich sie verhindern? Ich *habe* es ihm gesagt. *Ich werde keine Zeit für dich haben. Ich muss meiner Tante im Foodtruck helfen, dafür fahre ich schließlich hin.*

Oh, das macht mir nichts. Das Festival an sich ist doch schon mega. Und ein bisschen Zeit werden wir wohl zusammen verbrin-gen können, oder nicht?

Oder nicht.

»Hör mal, du musst nicht aufstehen. Es ist noch nicht mal sechs.«

»Wieso hast du mir nicht gesagt, dass ich dich keine fünf Minuten für mich habe, wenn ich herkomme? Du musst deiner Tante helfen, schön und gut. Aber muss sie darüber hinaus dauernd um uns herumschwirren?«

»Nun ja … Sie wohnt hier!«

»Ja, das ist mir auch schon aufgefallen.« Er schmeißt sich zurück aufs Bett, Federn protestieren, Laurent verschränkt die Arme und streckt die Beine aus. Er hat keine schönen Füße.

Himmel, Liv, wieso musst du dauernd solche Sachen denken?

»Ich bin von diesem fürchterlichen Brummen aufgewacht. Ich dachte, irgendwo in der Wohnung ist irgendwas kaputtgegangen, das jeden Moment explodiert – aber rate, was ich gesehen habe, als ich die Tür aufgemacht habe?«

Oh, nein. Ich verziehe das Gesicht.

»Sie war nackt, Liv!«

»Es tut mir leid.«

»Sie saß nackt im *Schneidersitz* und gab entsetzliche Laute von sich!«

»Ich weiß! Und es tut mir wirklich leid, ich hätte dich warnen sollen. Mafalda meditiert immer gleich als Erstes am Morgen, und … ja. Bevorzugt unbekleidet.«

Laurent sieht mich an, als hätte ich ihm gerade lateinische Prosa vorgelesen. Dann blinzelt er, so betont, wie es jemand tut, der einem seine Missachtung zwar ausdrücken, aber nicht erklären möchte. Und dann sagt er: »Na, wenigstens habe ich an diesem Wochenende *irgendjemanden* nackt gesehen.«

Ich klappe den Mund auf. Und wieder zu. Dann wird mir bewusst, dass Laurent vollständig angezogen ist, bis auf seine nackten Füße, und dass ich lediglich im Handtuch vor ihm stehe, die frischen Klamotten nach wie vor gegen meinen Körper gepresst. Meine Hand zittert. Weil ich jetzt wirklich allmählich wütend werde.

»Ich ziehe mich im Bad an.«

»Ja, genau.«

»Ja. Genau.«

»Liv.«

Meine Finger berühren bereits den Türknauf, als Laurent seine darüberlegt. »Komm schon, so hab ich es nicht gemeint. Es tut mir leid.«

»*Wie* hast du es nicht gemeint?«

»Das weißt du genau. Nicht so, wie es geklungen hat.«

»Du meinst, du bist nicht hergekommen, um mit mir zu schlafen, und nun enttäuscht, dass das Haus meiner Tante so hellhörig ist, dass wir es auch gleich in ihrem Zimmer hätten tun können?«

»Ich frage mich echt, welchen Grund *du* jetzt hast, sauer zu sein.« Laurent zieht seine Hand weg und stützt sich stattdessen damit an der Wand ab. Einen kurzen Moment kommt mir der Gedanke, wie dämlich ich diese Pose finde, bevor mich gleich danach die Erkenntnis trifft, dass Laurent mir im Augenblick offensichtlich gar nichts recht machen kann. Und wie unfair das ist.

»Ich bin extra wegen dir hierhergeflogen«, fährt er fort. »Und ich hatte irgendwie gehofft, dass du dich ein bisschen freuen würdest, mich zu sehen.«

»Das habe ich«, rufe ich nachdrücklich. »Wirklich. Aber ich habe dir auch gesagt, ich bin wegen meiner Tante hier und ich werde nicht viel Zeit für dich haben, und dass es womöglich besser wäre, wir sehen uns, wenn ich wieder zu Hause bin.«

»Aber das sind Monate!«

»Ich bin doch nur zwei Wochen weg! Kann man nicht mal zwei Wochen …« Ich beiße mir auf die Lippen.

Laurent atmet sehr tief ein. Dann nimmt er die Hand von der Wand, schlüpft in seine Schuhe, schiebt mich ein Stück zur Seite und öffnet die Tür, um selbst hinauszugehen. Doch bevor er das tut, sagt er ruhig: »Ich bin ab nächster Woche Montag in Berlin, falls du das vergessen haben solltest.« Er lacht. »Oh, *falls*, klar. Ich bin echt ein Idiot, oder? Viel Spaß noch in England, Liv.«

Die Zimmertür rummst ins Schloss. Dann die der Wohnung. Ich schließe die Augen. Meine Tante ruft: »Fertig, Liv? Los geht's! Dieser Tag wird metamorphorisch, ich fühle es!«

O ja.

Ich fühle es auch.

Shit.

3

Jonah

Ich brauche ewig, um Vanessas Bus zu finden, mehr als eine Stunde. Verrückt, wie plötzlich alles anders aussieht, bloß weil man es aus einem neuen Blickwinkel betrachtet. Und ist nicht ein kleiner Philosoph an dir verloren gegangen, Jonah?

Obwohl ich so lange brauche, um den Bus und somit Dejan zu finden, ist es immer noch höllisch früh, als ich dort ankomme. Und alles, was ich jetzt will, ist Kaffee. Ich ducke mich unter das Vorzelt, öffne die Schiebetür zu dem alten VW und spähe hinein. Im hinteren Teil, links von mir, zeichnen sich unter einem Haufen Decken und Kleidungsstücke die Silhouetten der beiden ab, und ich sehe nicht genauer hin. Stattdessen halte ich Ausschau nach der Kiste, von der ich weiß, dass sie Campingutensilien beinhaltet, und als ich sie finde, steige ich so lautlos wie möglich ein, um Gaskocher, einen Wasserkanister und die Dose mit dem Espressopulver herauszuholen.

Nicht leise genug, wie es scheint.

»Jonah?« Dejans Stimme klingt rau, noch tiefer als ohnehin schon und nicht sonderlich begeistert.

»Sorry, ich wollte dich nicht wecken. Bin wieder draußen.«

»Wie spät ist es?«

»Zu früh. Schlaf weiter.«

Ich klettere aus dem Bus, ziehe die Tür hinter mir zu und

lasse mich mit meiner Beute auf einen niedrigen Campinghocker fallen. Unter dieses Vordach hätte locker noch eines
der drei Zelte gepasst, die wir Übrigen ein paar Hundert
Meter von den Wohnwagen entfernt aufgestellt haben, aber
irgendwie wollte niemand die Privatsphäre des anderen stören. Und auf keinen Fall die von Dejan und Vanessa, die die
ganze Strecke gefahren sind, mehr als zwölf Stunden lang inklusive Stau und allem, die Fährzeit gar nicht mitgerechnet.
Im Grunde ist es ihre Reise. Und ich, ich wollte zunächst
überhaupt nicht mitkommen. Ich meine, England ist teuer.
Und ich bin kein Fan von diesen Menschenmassen. Doch
letztlich hat Dejan mich überredet, und bis gestern Abend
war ich noch ganz froh darüber, denn Glastonbury Festival,
das ist in jedem Fall und im besten Sinne krank.

Allerdings, nach heute Nacht … Der Gedanke an Sally auf
meinem Schoß und ich mit Sally im Zelt und Sallys Zunge in
meinem Mund, es schüttelt mich beinah. Ich stelle Gaskocher, Espresso und den Wasserkanister auf dem Boden ab,
lasse den Kopf in den Nacken fallen und schließe für einen
Moment die Augen. Ich brauche dringend eine Dusche. Aber
erst mal Kaffee.

Die Tür zum Bus wird aufgeschoben und dann steht Dejan
neben mir, in Jeans, ohne T-Shirt, barfuß.

»Hast du überhaupt eine Ahnung, wie die Kanne funktioniert?«, fragt er und gähnt.

»Ich hab schon Espresso gekocht, vielen Dank auch.«

»Das ist eine Cezve, für türkischen Mocca.«

Ich blinzle ihn an, dann sehe ich auf die Kanne vor mir auf
dem Boden und wieder zu Dejan.

»Und das ist türkischer Mocca, kein Espresso.« Er nickt in
Richtung des Kaffeepulvers.

»Heißt das, wir haben die letzten Tage *türkischen Mocca* getrunken?«

»Dass du das nicht gemerkt hast, spricht für sich.«

Er klettert zurück in den Bus, kommt mit zwei Tassen wieder heraus (offensichtlich Moccatassen), kniet sich auf den Boden, stellt die Kanne auf den Gaskocher, misst Kaffee und Wasser ab, schaufelt Zucker hinein, entzündet mit einem Feuerzeug die Flamme. Dann rührt er. Und rührt.

»Ich habe drei Tage lang Kaffee mit Zucker getrunken?«, frage ich schließlich. Ich hasse Zucker im Kaffee.

»Mocca.«

Dejan rührt nach wie vor mit sagenhafter Geduld in dem schwarzen Gebräu herum. Sorgfältig. Hoch konzentriert. Ich habe mir noch nie wirklich Gedanken darüber gemacht, aber jetzt, wo ich hier sitze und ihn dabei beobachte, wie er türkischen Mocca zubereitet, wird mir klar, dass das eine der Eigenschaften ist, die ich am meisten an ihm schätze. Diese Intensität, mit der er sich auf genau die Sache konzentriert, die er gerade tut. Egal, was es ist. Auto fahren, einen Apfel schälen. Mocca kochen. Sex vermutlich. Wenn ich eine Frau wäre, würde ich das unbedingt ausprobieren wollen, denke ich, und dann muss ich über mich selbst lachen.

Dejan sieht zu mir. »Was?«

Ich grinse. »Nichts.«

Er zuckt die Schultern und rührt weiter.

Und das ist genau das, was einen guten Freund ausmacht, richtig? Die Fähigkeit, sich zu hundert Prozent dem zu widmen, was in diesem Augenblick seine Aufmerksamkeit erfordert. Oft bin ich das – oder ich war es, vor Vanessa – hauptsächlich, weil ich Dejan schon ewig kenne, länger als sonst irgendwen, seit dem Kindergarten, und weil er nun mal der beste Freund ist, den ich habe. Ich liebe ihn, so einfach ist das. Ich würde ihm alles anvertrauen, mein Leben, das Leben jedes anderen, es ist bloß … Manchmal sind Geheimnisse so groß, dass man nicht auch noch einen anderen darunter begraben möchte. Und ich bin ein guter Lügner. Nicht einmal Dejan weiß über die Dinge Bescheid, die ich niemandem zumuten möchte.

Er ist offenbar fertig mit Rühren, lässt schwarzen Brei in eine der beiden Tassen fließen und reicht sie mir, bevor er sich selbst eingießt. Dann setzt er sich auf den zweiten Campinghocker und starrt mich nieder. Sekunden vergehen. Minuten. Dejan nippt an seinem Mocca und wirft mir über den Rand der Tasse Blicke zu, die einen Henker in die Knie zwingen würden. Manchmal, denke ich mir, wäre es interessant, Dejan nicht zu kennen. Nicht zu wissen, dass er zwar aussieht, als könnte er Drahtzieher eines Drogenkartells sein, aber einer der anständigsten Menschen ist, die da draußen rumlaufen. Ich meine, er studiert Medizin. Will schon währenddessen bei den Ärzten ohne Grenzen mitmachen. Seine Erscheinung – dunkelblonde, nach hinten gequälte Haare, kühle graue Augen, *Muttermal am Kinn*, Himmel noch mal – und seine unnahbare Art können nicht darüber hinwegtäuschen, was für ein fantastischer Kerl Dejan ist. Oder vielleicht können sie es doch. Ganz sicher bin ich derjenige, der das am schlechtesten beurteilen kann. Und ganz sicher wird man mich neben ihm dreimal mehr für den Loser halten, der ich schließlich auch bin. Ich verziehe das Gesicht.

»Ist der Mocca so schlecht, wie du aussiehst?«

»Ein bisschen besser ist er, denke ich.«

»Das ist keine große Leistung.«

Er streckt sich auf dem niedrigen Hocker aus, so gut es geht, und … nichts. Noch eine bemerkenswerte Eigenschaft von Dejan? Er stellt keine Fragen. Er vermittelt dir nur so lange das Gefühl, dich erklären zu müssen, dass es beinahe an Folter grenzt.

»Warum hab ich den Eindruck, dass ich mich rechtfertigen muss?«, frage ich schließlich. »Ich habe nichts getan, was du nicht schon tausendmal gemacht hast. Und bloß, weil du auf einmal monogam geworden bist, heißt das nicht, dass du mir Vorträge halten kannst. Ich meine, habt ihr euch nicht immer darüber lustig gemacht, dass ich ständig in Beziehungen stecke, anstatt wild rumzuvögeln, wie Simon und du es jahrelang praktiziert habt? Und was, jetzt seid ihr plötzlich *Beziehungsmenschen*? Und ich sehe scheiße aus, weil ich mich hab abschleppen lassen?«

Dejan, gerade dabei, seine Tasse anzusetzen, verschluckt sich beinah. Dann sagt er trocken: »Du hast dich abschleppen lassen, alles klar.«

»Ich sage nur, es war nicht geplant. Und es ist nicht mein Ding.«

»Was genau ist nicht dein Ding?«

Aus schmalen Augen funkle ich ihn an, denn allmählich geht er mir auf die Nerven. Ich weiß genau, worauf er hinauswill, aber dann soll er es ansprechen, verdammt noch mal. Ich sage stattdessen: »Der Austausch von Körperflüssigkeiten egal welcher Form mit wildfremden Wasserstoffblondierten ist nicht mein Fall.«

Dejan grinst, ganz kurz nur, gegen seinen Willen vermutlich. Dann blickt er auf die Tasse in seiner Hand, als wollte er den Satz lesen, stellt sie auf dem Boden ab und … nichts.

Ich stöhne auf. »Und Annika hat es nicht mitbekommen.«

»Wenn sie es jetzt noch nicht weiß, weiß sie es spätestens eine Minute, nachdem sie die Augen aufgeschlagen hat.«

»Und? Wir sind nicht mehr zusammen. Vielleicht an der Zeit, dass das auch in ihrem Hirn ankommt.«

»Schätzungsweise hat sie das jetzt begriffen.«

Ich sehe erst Dejan an, dann auf den Boden. Ich reibe mir die Stirn, denke, ich hätte *wirklich* gern einen Kaffee und *kein* schlechtes Gewissen und eine Dusche, ganz dringend eine Dusche.

»Was interessiert es dich? Du magst Annika nicht mal. Sie ist hier, weil sie mit Michelle befreundet ist, richtig? All die Monate, die ich mit ihr zusammen war, hast du die Augen verdreht, sobald sie nur den Mund aufgemacht hat.«

»Annika ist mir egal«, sagt Dejan. »Ich dachte, du erzählst mir früher oder später, weshalb du drei Tage lang nicht merkst, dass Zucker in dem Mocca ist, den du für Kaffee hältst.«

Ich starre Dejan an, als hätte ich keine Ahnung, wovon er spricht, während sich mein Pulsschlag beschleunigt und mir heiß wird, richtig heiß. Es dauert eine Ewigkeit, bis ich die Bilder vor meinem inneren Auge wieder dorthin verbannt habe, wo sie hingehören – weg, weit weg –, dann räuspere ich mich. »Ich gehe duschen, okay? Wir sehen uns später?«

»Klar.«

»Bis dann.«

Bin ich ein guter Lügner? Ich bin ein fantastischer Lügner.

Ich spüre Dejans Blick in meinem Rücken und ignoriere den Rest.

4

Liv

Ich sehe ihn schon von Weitem, über die Köpfe der Wartenden hinweg, erkenne ihn an seinem betont aufrechten Gang,
dem ordentlich gescheitelten Kurzhaarschnitt, den wach-
samen Augen, mit denen er seine Umgebung anvisiert. Er
blickt grimmig drein, äußerst schlecht gelaunt, und obwohl
ich weiß, dass dieses Festival möglicherweise der letzte Ort
ist, den er freiwillig besuchen würde, ist mir klar, wem diese
Übellaunigkeit vor allem gilt. Mir. Er ist also gekommen,
aber verziehen hat er mir nicht. Okay. Ich bin trotzdem erleichtert. Was mich selbst überrascht.

Laurent und ich sind seit sechs Monaten ein Paar, doch
ziemlich sicher hat sich jeder von uns schon einmal gefragt,
ob das hier das Richtige ist. Ich jedenfalls habe mich das
gefragt, mehr als einmal. Doch vorhin, als er mir einfach so
die Tür vor der Nase zuschlug, als ich das Gefühl hatte, es
endgültig und für alle Zeiten vermasselt zu haben, da kam
mir auf einmal der Gedanke, dass ich das womöglich doch
nicht möchte. Bei allem, was mir falsch daran vorkommt, mit
Laurent zusammen zu sein, war das Gefühl, dass nun Schluss
sein könnte, es war … beängstigend geradezu.

»Mafalda«, beginne ich, doch meine Tante, den Blick von
ihrem Kaffeemonster weg über die Schulter gerichtet, hat
Laurent ebenfalls gesehen.

»Geh nur«, sagt sie. »*Talk to the lovely boy.*«

Ich gebe einen grummelnden Laut von mir. Laurent *ist* liebenswert, auch wenn er das Mafalda nicht überschwänglich gezeigt hat in den zwei Tagen, die er hier war. Was wiederum viel mehr mit mir zu tun hat als mit ihm, fürchte ich.

Ich streife die schlammfarbene Schürze ab sowie die hellgrünen Einmal-Handschuhe, mit denen ich gerade noch Linsenbällchen geformt habe, und schiebe mich in dem schmalen Gang des Trucks an ihr vorbei zur Tür. Als ich sie aufreiße, steht Laurent bereits davor.

»Hi.« Ich springe die Stufen nach unten, und Laurent schiebt die Hände in die Taschen seiner Hose, was meine Absicht, ihn umarmen zu wollen, ad absurdum führt. Ich versuche es trotzdem.

»Es tut mir leid«, erkläre ich, während ich beide Arme um seinen Hals schlinge und mich auf die Zehenspitzen stelle, um ihm einen Kuss zu geben. Den er nicht erwidert. Er nimmt auch die Hände nicht aus den Taschen. Ein Blick in seine kühlen Augen genügt, um festzustellen, dass es mit einer lumpigen Entschuldigung nicht getan ist.

Ich trete einen Schritt zurück, verschränke die Arme hinter dem Rücken und wippe einige Male auf den Fußballen. Manchmal ist es besser, das Drama nicht noch zu dramatisieren, denke ich, setze ein sonniges Lächeln auf und sage, so optimistisch wie möglich: »Ich habe natürlich *nicht* vergessen, dass du für das Praktikum nach Berlin gehst, ich habe nur … ich denke, ich habe eventuell das Datum verwechselt. Ich meine, ich weiß nicht, England, die Zeitverschiebung …«

»England? Die Zeitverschiebung? Das ist deine Entschuldigung?«

»*Natürlich nicht.* Meine Entschuldigung ist … Es tut mir leid, Laurent. Ich habe es nicht böse gemeint. Und du hattest recht herzukommen, wir hätten uns überhaupt nicht mehr gesehen, bevor du nach Berlin gehst. Ich meine, klar, Berlin ist nicht sooo weit weg von zu Hause und sicher sehen wir uns da auch öfter mal an den Wochenenden, aber trotzdem, es ist eben ein ganz schön aufregender Schritt für dich, und …«

Laurent hebt die Hand und zupft damit an meinem Haarnetz herum, das ich unglücklicherweise tragen muss. Zu viele Haare, ich sagte es bereits.

»Du hast da was. Teig, wie es aussieht.« Er hält mir seinen beschmierten Finger vors Gesicht.

»Ähm, okay …«

»Und da an der Wange …« Er wischt mit seinem Daumen darüber. Allmählich komme ich mir gemaßregelt vor, obwohl Laurent noch kaum ein Wort gesagt hat. Das tut er erst, nachdem er einen Schritt zur Seite getreten ist, um seine besudelten Finger an einem Büschel Gras abzuwischen.

»Liv, hör zu«, sagt er, als er wieder vor mir steht.

»Ja?« Ich sehe es ihm an. Dieser Satz wird nicht gut enden. Weshalb ich mich zu einem überbordenden Lächeln zwinge, das ich absolut nicht fühle.

»Vielleicht wäre es ganz gut, wenn wir meine Zeit in Berlin nutzen, um uns klar zu werden. Über uns. Du weißt schon, was uns angeht. Unsere *Beziehung.*«

Ich blinzle. Diese Betonung. Gott, das hört sich schlimm an, ich wusste es. Aus Mangel an Worten taste ich mit den Fingerspitzen in meinem Gesicht herum auf der Suche nach noch mehr Falafelspuren, wie ein nervöses Model, das Make-up auftupft. Was ein wahrlich grotesker Vergleich ist.

Ich. Ein Model. Aus dem Augenwinkel bemerke ich einen Typen, der mir stirnrunzelnd zusieht, und lasse die Hände sinken. *Klar werden. Über uns. Unsere Beziehung.*

»Laurent.« Ich sehe zu ihm auf. Sein Blick ist nun nicht mehr genervt und verärgert, er sieht traurig aus. Traurig und … trotzig irgendwie. Ich lege eine Hand an seine Wange, und dann versuche ich es noch mal mit dem Kuss, und diesmal schlingt er einen Arm um meine Taille und drückt mich an sich. Kurz. Dann schiebt er sich erneut ein Stück von mir weg.

»Ich habe einfach das Gefühl, es war ein Fehler herzukommen. Und es sollte kein Fehler sein, wenn man seine Freundin sehen will.«

»Natürlich nicht.« Ich schüttle den Kopf. Ich komme mir hilflos vor und in meinem Inneren tobt ein Krieg. Ich weiß nicht, ob er recht hat. War es ein Fehler? Sollten wir nachdenken? Sollten wir es gleich lassen? Unsere fürchterlich betonte Beziehung beenden? Auf der anderen Seite, das Gefühl heute Morgen, dieses Gefühl des Verlassenseins und …

»Du tendierst im Augenblick wirklich dazu, das Falsche zu sagen, weißt du das?«

»Was? Wieso …«

»*Natürlich nicht.*« Er schüttelt den Kopf. »Wie wäre es mit: *Es war kein Fehler? Ich liebe dich, Laurent?*«

Ich starre ihn an. »Ich …«

»Ah, Liv. Lass uns das hier beenden, okay?«

»Beenden?« Ich verschlucke mich fast an dem Wort. »Sagtest du nicht, wir sollten …«

»*Das Gespräch.*« Nachdenklich betrachtet er mich. Sehr, sehr nachdenklich. Er macht mich so nervös mit seinem Blick, dass ich automatisch wieder in hibbeliges Wippen verfalle. Erneut schüttelt er den Kopf. »Ich bin genauso schuld wie du.«

»Woran schuld?«

»Na, an der ganzen Situation. Ich hab schon ewig gemerkt, dass irgendetwas nicht in Ordnung ist, aber ich dachte, mit dir, in England, wenn wir erst mal ein bisschen Abstand haben … Ich dachte, dann legt sich der Stress zwischen uns, und wir fangen vielleicht sogar an, einander zu vermissen. Ich hab dich jedenfalls vermisst.«

Bevor ich überhaupt den Mund öffnen kann, um womöglich wieder etwas Falsches zu sagen, fährt Laurent fort: »Anscheinend ist das aber ziemlich einseitig.«

»Laurent …«

»Weshalb ich vorschlagen würde, wir denken beide mal gründlich nach, und da drängt sich die Zeit, die ich in Berlin bin, ja wohl geradezu auf.«

»Okay, also, wir nutzen die Zeit, um uns klar zu werden, wie du vorhin …«

»Oder wir machen eine Pause.«

»Eine Pause?«

»Eine Pause. Trennen uns vorübergehend. Fragen uns, was wir wirklich wollen. Vermissen einander. Oder auch nicht. Du überlegst dir am besten, was *du* wirklich willst, Liv.«

»Weißt du, ich …«

»Nein, ich meine es ernst. Ich hab keine Lust, mich meine gesamte Praktikumszeit zu fragen, ob du mich liebst oder eher doch nicht.«

»Wirklich, ich …«

»So, wie es jetzt ist, ist es einfach nicht mehr gut.«

Ich klappe den Mund zu. Er hat recht, ich weiß, dass er

recht hat. Doch dafür, dass er extra hergeflogen ist, dass er mir solche Vorwürfe macht und nun eine solche Szene, dafür sieht er nicht halb so erschüttert aus, wie ich mich fühle.

Ein Blick auf seine Armbanduhr. »Ich muss los.«

Ich starre ihn an. »Heißt das, du machst Schluss mit mir?«

»Wenn du es nicht schon vor Monaten getan hast …«

»Was soll das wieder heißen?«

»Denk doch mal darüber nach. Du hast genau eine Woche und zwei Monate Zeit dafür. Bis bald, Liv.«

Er greift nach dem dicken, geflochtenen Zopf, der seitlich aus meinem Haarnetz herausquillt, und lässt ihn wieder los. »Was ist das überhaupt für ein Teig?«

»Laurent.« Ich nehme seine Hand, dann lege ich seinen Arm um meine Taille und schmiege mich dicht an ihn, mit meinem ganzen Körper, die Stirn an seiner Brust. »Ich werde dich vermissen«, murmle ich. Doch die Wahrheit ist, ich bin nicht sicher, ob das stimmt. Die Wahrheit ist, ich bin aus den falschen Gründen mit dem falschen Jungen zusammen, und die Tatsache, dass ich aufgeflogen bin, sollte dem ein Ende bereiten.

Ich fühle den Kuss, den Laurent mir ins Haarnetz drückt, und dann die Leere, als er mich stehen lässt.

Ich blicke ihm nach.

Er dreht sich nicht noch mal um.

5

Jonah

Das frühmorgendliche Gespräch mit Dejan hat mir Folgendes offenbart.

Erstens: Ich bin scheinbar mehr neben der Spur, als ich dachte, denn Dejan hat sich merkwürdig benommen und er hat mein Verhalten infrage gestellt, und das tut er nur selten.

Zweitens: Heute ist der letzte Tag des Festivals, und da sollte es kein Drama geben. Nicht den Hauch. Also werde ich mich von Annika fernhalten, um jeden Preis. Und von allen anderen Frauen auch.

Drittens: Ich werde mich nicht bei Annika entschuldigen, denn dazu besteht absolut kein Grund.

Viertens: Mocca ist definitiv nicht mein Ding.

Weshalb ich in der durchaus beachtlichen Schlange eines der wenigen Foodtrucks stehe, die um kurz nach neun schon geöffnet haben und Kaffee ausschenken. Es sind noch gefühlt 250 Leute vor mir dran, aber es ist ja nicht so, als hätten wir keine Zeit. Die ersten Konzerte beginnen wann, elf Uhr? Und ob ich hier stehe oder auf irgendeinem Hügel herumfläze und in den Himmel starre …

»Sorry.«

Von hinten rempelt mich jemand an, ist aber so schnell an mir vorbei- und durch die Schlange der Wartenden gerauscht, dass ich gar nicht dazu komme, etwas zu erwidern.

Er schleift eine Fahne Aftershave hinter sich her, die einen Komapatienten aufwecken könnte. Und warum auch immer ich meinen Blick auf seine Schuhe richte (ich habe ehrlich keine Ahnung), aber er trägt Loafer. Loafer! Und ich weiß nur deshalb, wie diese grauenvollen Dinger heißen, weil sie so hässlich sind, dass ich sie gegoogelt habe. *Hässliche Halbschuhe*. Ergebnis: Loafer. Und er trägt sie ohne Socken.

Dann schiebt er sich an mir vorbei und ganz nach vorn, und ich will ihm schon hinterherrufen, dass das Ende der Schlange hinten ist, *am Ende,* als er auf den Seiteneingang des Foodtrucks zusteuert.

Ah, okay.

Auch gut.

Ich sehe von ihm zu dem hellgrünen Wagen und über die Köpfe der Wartenden hinweg zu den Picknicktischen und -bänken, die sich in der Mitte dieser Fressgasse aneinanderquetschen. Normalerweise biegen sie sich unter der Last der viel zu vielen Menschen (Bierflasche in der einen, Burger in der anderen Hand), jetzt klammern sich nur vereinzelt Nachtgestalten daran fest oder Frühaufsteher wie ich, freiwillige und unfreiwillige, während sich das Festival aus seinem Schlaf schält.

Das größte Problem daran, bereits derart früh auf zu sein bei einer Veranstaltung wie dieser? Es liegt ein schier grenzenloser Tag vor dir, von dem ich persönlich noch keine Ahnung habe, wie ich ihn umbringen soll. Umbringen. Ist das das richtige Wort? Lässt sich ein Tag *umbringen*? Egal. Zeit ist ohnehin etwas höchst Problematisches, finde ich. Das mit Sally beispielsweise, es liegt erst wenige Stunden zurück und schon jetzt kommt mir die Begegnung vor wie eine schlecht sitzende Erinnerung, die sich nicht mehr lange halten wird. Andere Dinge dagegen vergisst man nie.

Wie funktioniert das?

Ich bewege mich in der Schlange ein weiteres Stück nach vorn, als mein Blick an dem Typen von vorhin hängen bleibt (der mit den grässlichen Schuhen) und mir auffällt, dass er inzwischen nicht mehr allein neben dem Foodtruck steht, sondern mit einem Mädchen. Für den Bruchteil einer Sekunde richte ich meine Aufmerksamkeit auf sie, sehe weg, dann doch genauer hin. In den vergangenen Tagen sind mir etliche kuriose Erscheinungen über den Weg gelaufen, und normalerweise interessiert es mich nicht, aber in diesem Fall ... ich weiß nicht. Könnte daran liegen, dass sie sozusagen das Gegenteil von ihm darstellt. Ich meine, er in scheußlichen Schuhen, zu sauberen Klamotten und Seitenscheitel, sie in, wie nennt man das? Haremshose? Labbrigem Top und kurzen, geblümten Gummistiefeln. Was allerdings vor allem auffällt, und davon kann nicht mal das lächerliche Haarnetz auf ihrem Kopf ablenken, ist ihr Lächeln. Es ist breit, blendend, und eine Spur drüber. Es ist garantiert aufgesetzt, und dennoch denke ich, sie könnte damit einen wirklich dunklen Raum ein ganzes Stück heller machen.

Ich sehe woandershin.

Und weil nirgendwo sonst etwas Bemerkenswertes passiert, wieder zu ihr.

Ich kann nicht verstehen, was gesprochen wird, doch egal, was sie dem Kerl erzählt, es scheint ihn nicht sonderlich zu beeindrucken. Sie wirkt nervös, zappelt rum, setzt dieses Lächeln auf, bis es ihr wieder vom Gesicht fällt, während er, die Hände in den Hosentaschen, sich kaum rührt. Ich kann nur einen Ausschnitt seines Gesichts sehen, doch auch der bleibt unbewegt. Und als das Mädchen in meine Richtung sieht und sich unsere Blicke treffen, bemerke ich die Panik in ihrem.

Sie tut mir leid. Und ich runzle die Stirn über diesen Gedanken. Ich meine, ich kenne das Mädchen überhaupt nicht, aber irgendetwas an ihren Gesten und ihrer Mimik rührt mich an und es ärgert mich, dass der Typ vor ihr so gar nicht darauf reagiert. Ich meine, er könnte es ihr ein bisschen weniger schwer machen, oder? Wer ist der überhaupt? Ihr Freund vermutlich. Dann tut sie mir gleich noch mehr leid. Oder hat er mit dem Foodtruck zu tun? Jemand aus ihrer Familie?

Jonah, geht's noch?

Sie streiten jetzt. Sieht so aus, als würde er ihr Dinge erklären, die nun wiederum ihr nicht gefallen oder die sie nicht versteht, jedenfalls ist jegliches Lächeln – echt oder falsch – verschwunden, stattdessen blinzelt sie aus großen Augen zu ihm auf.

Er sieht auf seine Armbanduhr. Wer, frage ich mich, trägt in Zeiten von Smartphone und Tralala noch eine Armbanduhr?

Beim nächsten Wimpernschlag hat sie sich an ihn geschmiegt, der Länge nach, ihren ganzen Körper. Und wieder reagiert er nicht, bleibt steif, eine Statue. Drückt einen flüchtigen Kuss auf ihr Haarnetz, schiebt sie von sich, dreht sich um und geht. Für eine Millisekunde blickt er mich an. Er wirkt absolut unbewegt, entschlossen und kühl.

Bei ihr? Unverständnis. Enttäuschung. Traurigkeit vielleicht. Nach allem, was ich die Minuten zuvor beobachtet habe, sieht das hier, wie sie ihm nachblickt und sich erschöpft auf die Stufen des Foodtrucks sinken lässt, nach ihrer ersten, echten, wahrhaftigen Reaktion für mich aus.

Ich wende mich ab. Aber ich denke ... Aus irgendeinem mir völlig unerklärlichen Grund denke ich, hätte ich dieses Mädchen gestern Abend kennengelernt, anstelle von Sally, ich würde mich heute nicht ganz so fürchterlich fühlen, wie ich es tue.

6

Liv

Der Vormittag war die Hölle. Die Mittagszeit erst recht. Es ist jetzt kurz nach 14 Uhr und ich lasse Linsenbällchen in die Fritteuse gleiten wie eine Maschine. Ich falle nicht einmal mir selbst auf, so unauffällig benehme ich mich. Roboterhaft. Mechanisch. Meine Tante hat kein Wort darüber verloren, dass Laurent gegangen ist, ohne sich von ihr zu verabschieden, und dass ich seitdem ein Gesicht mache, das nicht eben verkaufsfördernd ist, doch von Zeit zu Zeit wirft sie mir Seitenblicke zu. Jetzt zum Beispiel. Ich verziehe den Mund zu einem halbherzigen Lächeln, sie hebt die Brauen und sieht wieder weg. Tatsache ist: Ich weiß selbst noch nicht, wie ich mich fühle, wie sollte ich mich dann jemand anderem erklären? Laurent ist weg. Er hat unmissverständlich ausgedrückt, dass es so mit uns nicht weitergehen wird. Bloß die Alternativen, die sind noch nicht klar ersichtlich.

»What can I get you, lovely?«

»Äh ... One of ... whatever you sell here. Two balls in bread, I guess?«

Oh, dear. Wer auch immer diese Bestellung gerade aufgegeben hat, tut mir jetzt schon leid. Meine Tante und ihre *Balls*-Witze. *Balls*, wir wissen es alle, äußerst vulgärer Ausdruck für Klöten, Hoden, whatever, und wer an diesem Truck keine Falafel bestellt, ist Mafaldas Ansicht nach selbst schuld.

36

Was hab ich gesagt? Schon legt sie los.

»Ah, baaaallls, I see. You need some, honey? Well, they always belong to the girlfriends, don't they?«

Über die Schulter werfe ich einen Blick auf den armen Empfänger von Mafaldas fragwürdigem Humor, nur um mich dann überrascht umzudrehen. Es ist derselbe Typ, der mir heute Morgen schon aufgefallen ist, am konzentrierten Stirnrunzeln leicht zu erkennen. Düster war das Erste, das mir vorhin in den Sinn kam, als sich unsere Blicke trafen, und verletzlich ist das, was ich nun denke, während ich ihn mustere. Düster und verletzlich zugleich.

Warum zur Hölle denke ich so was?

Ich versetze meiner kichernden Tante einen Rempler mit dem Ellbogen, raune: »Stop it«, und er richtet seinen Blick auf mich, langsam wie eine Schildkröte, als würde er überall lieber hinsehen wollen als zu mir.

Dunkle Haare, dunkle Augen. Der Mund …

Ich räuspere mich. »Linsenfalafel-Sandwich?«, frage ich auf Englisch. »Einmal?«

Er räuspert sich ebenfalls. »Yes. Please.«

»Next one!«, dröhnt Mafalda, der Junge schiebt abermals seine Stirn in Falten, rutscht dann ein Stück nach rechts und steht nun genau vor mir. Präziser: schräg unter mir. Wie es sich eben in einem Foodtruck verhält zwischen Kunde und Verkäuferin und … Und ich hab mich noch keinen Schritt bewegt seit seinem *please*, wieso …

»Action, Liv, foooood!«

Abrupt drehe ich mich um und beginne, das Falafel-Sandwich zuzubereiten. Brot in den Toaster, drei Falafel halbieren, Brot aus dem Toaster, mit Salat füllen, Soße … Ich drehe mich zu dem Jungen um. »Willst du deine Falafel mit

Tahini oder Joghurt-Minz-Soße? Beides ist vegan. Wir benutzen Soja-Joghurt.«

»Ähm … Sorry. That was fast.«

»*Mint sauce. From soy joghurt.*« Er ist auf keinen Fall Engländer. Ich kann den Akzent bloß nicht einordnen, es klingt wie gar kein Akzent.

»Where are you from, dear?« Tante Mafalda. Als hätte sie diese übersinnlichen Fähigkeiten tatsächlich, von denen sie ständig behauptet, sie zu besitzen.

Er sieht zu ihr, ganz kurz nur, bevor er zu mir sagt: »Germany.«

Ich blinzle.

Meine Tante ruft: »Yeaaaaaah!«, und beide zucken wir zusammen. »Like my beautiful niece here.«

Sie zieht mich in ihren Arm, halb, damit ihre soßenbeschmierten Einmal-Handschuhe mein Gesicht nicht berühren, knufft mich und rückt von mir ab. »Nevertheless – chop-chop, Liv, many hungry mouths to feed.«

»Äh … okay. Also … Joghurt-Minze oder Tahini?«

»Du bist aus Deutschland?«

»Ja. Ich meine, sieht ganz so aus, oder?« *Oh, Liv, nein. Nicht blöd sein jetzt. Und nicht nervös werden, das macht alles schlimmer.*

»Okay, dann.« Er zuckt mit den Schultern. »Ich nehme das, was die meisten nehmen.«

»Tahini?«

»Was auch immer das ist.«

»Es ist eine Sesamsoße. Schmeckt sehr gut. Der Klassiker zum Falafel eigentlich. Also, zum normalen Falafel, das aus Kichererbsen hergestellt wird. Unseres …« *Hör auf damit, Liv. Hör auf zu brabbeln.* »Äh, Linsen.«

»Na, dann.«

»Okay.«

Erneut wende ich mich von ihm ab, um sein Sandwich zu vollenden, die längste Sandwich-Zubereitung meiner Food-truck-Karriere. Ganz sicher hat Mafalda in der gleichen Zeit schon fünf zusammengebastelt.

Ich wickle es ein. Überreiche es. Kassiere ab. Aus irgendeinem Grund bilde ich mir ein, dass wir beide uns anstrengen, nicht die Hand des anderen zu berühren, was lächerlich ist, absolut lächerlich. Aus seiner Sicht gesehen. Er blickt ein letztes Mal zu mir auf, hebt sein Sandwich wie zum Gruß, dreht sich um und verschwindet dann rasch in Richtung der überfüllten Picknicktische.

Ich nehme einen tiefen Atemzug und wende mich dem Nächsten in der Reihe zu.

7

Jonah

Ich entferne mich so schnell wie möglich von dem Foodtruck, ohne dabei allzu offensichtlich zu sein.

Liv.

From Germany.

Was zur Hölle?

Ich hätte niemals damit gerechnet, dass sie Deutsche ist,
und ich wünschte ehrlich, sie wäre es nicht. Irgendwie macht
sie das nahbarer, keinen Schimmer, warum. Ich weiß nicht
einmal, wieso ich das denke. Ich meine, ich kann Englisch,
die Sprachbarriere ist es nicht. Es ist eher das Gefühl, als
müsste man sich jetzt miteinander unterhalten, wenn man
sich zufällig über den Weg läuft, weil man es schließlich pro-
blemlos kann, und ich bin mir nicht sicher, ob das eine gute
Idee wäre. Zum einen hat sie einen Freund, nehme ich an.
Zum anderen habe ich gerade genug Ärger.

Okay.

Gut.

Es spazieren 200 000 Menschen auf diesem Festival herum,
sollte also möglich sein, sich nicht noch einmal zu begegnen.
Wenn man es nicht möchte. Ja, ich gebe zu, ich wollte es
wohl, sonst hätte ich mich kaum ein zweites Mal bei dem
Truck angestellt, in dem sie arbeitet. Aber jetzt ist das Myste-
rium dieses Mädchens gelöst und … nichts und.

200 000 Menschen. Keine weiteren Begegnungen.

Allerdings dachte ich auch, ich könnte Annika und den anderen zumindest für ein paar Stunden entgehen, und man sieht ja, wie gut das geklappt hat. Simon lief mir gleich bei den Duschcontainern über den Weg. Annika nach dem Kaffee. Weshalb ich jetzt auf den Tisch zusteuere, an dem sich die komplette Gruppe ausgebreitet hat. Jeder hat etwas anderes zu essen in der Hand, abgesehen davon herrscht vorgeblicher Waffenstillstand.

Ich quetsche mich neben Simon, der mich mit vollem Mund angrinst, und werfe einen flüchtigen Blick auf Annika, die sich völlig anders verhält als erwartet, was ich mindestens beunruhigend finde. Sie tut so, als wäre nie etwas zwischen uns vorgefallen. Als hätte es den gestrigen Tag nie gegeben. Als sei das, was in der Nacht passiert ist, niemals geschehen. Das einzige Indiz, das darauf hindeutet, dass sie über die Sache mit Sally Bescheid weiß, ist, dass sie den bisherigen Tag damit verbracht hat, mit allem zu flirten, was sich nicht rechtzeitig vor ihr in Sicherheit bringen konnte. Was mir nur recht wäre, wenn ich nicht fürchten müsste, dass es am Ende meine Gleichgültigkeit sein wird, die erneut zur Eskalation führt.

Ich betrachte das Sandwich in meiner Hand. *Balls.* Wer auch immer diese Frau ist, die in einem Foodtruck, in dem in der Tat Bällchen frittiert werden, derart schlechte Witze reißt, man sollte sie eigentlich nicht auf die Menschheit loslassen. *You need some balls, honey? Well, they always belong to the girlfriends, don't they?* Ich lache leise in mich hinein, und Dejan, der mir gegenübersitzt, wirft mir einen fragenden Blick zu. Er hält eine gefüllte Teigtasche in der einen Hand und hat den anderen Arm um Vanessa gelegt, was mich daran erinnert, dass ich im Augenblick ausnahmsweise mal nicht derjenige bin, dessen Eier der Freundin gehören.

Zum x-ten Mal frage ich mich, wie es sein kann, dass diese beiden Clowns auf einmal in einer Beziehung stecken, obwohl sie bis vor circa sechs Monaten noch allem nachjagten, was nicht bei drei auf Bäumen saß. Für eine Ewigkeit war ich der Einzige von uns dreien, der immer irgendwie an irgendwen vergeben war – nicht immer an dieselbe, aber zumindest fest. Ich habe keine Ahnung, woher sich mir dieser Zusammenhang erschlossen hat, dass ich besser nur dann Sex habe, wenn ich auch mit dem Mädchen zusammen bin. Oder andersherum, dass Sex den Grundstein einer Beziehung legt sozusagen. Eine Art grauenvolles Spießertum, das ich im Grunde gar nicht leben möchte, doch bis gestern habe ich es genauso gehalten. Bis gestern hatte ich noch nie einen One-Night-Stand, noch nie irgendetwas Unverbindliches, einfach nur zum Spaß. Womöglich, weil mir mein Vater vorgelebt hat, dass das auch nicht sonderlich viel mit Spaß zu tun hat. Zumindest sah er in der Zeit, in der wir noch zusammenwohnten, nur selten amüsiert aus. Und womöglich muss ich ihm beipflichten. Jetzt, wo ich es kann.

Wie auch immer wurde mir der Tatumstand des mangelnden Herumvögelns schon mehr als einmal als Charakterschwäche ausgelegt, und zwar von denselben Idioten, die in diesen Minuten wahlweise den Nacken ihrer Freundin massieren oder mit der Hand unterm Tisch weiß der Teufel was anstellen (Simon!). Sicherheitshalber wende ich mich meinem Sandwich zu. Beiße hinein. Denke daran, wie grotesk es ist, dass *sie* es zubereitet hat. Weil bestimmt gar nichts Besonderes an dem Mädchen ist, ich aber trotzdem den gesamten Vormittag über nicht aufhören konnte, an sie zu denken.

8

Liv

»Bei den Geistern, muss am letzten Tag eigentlich immer was ausgehen? Glaub es oder nicht, wir haben das Festival noch nie über die Bühne gebracht, ohne dass am Ende Wesentliches fehlt.«

Ich kann nur Mafaldas Hintern sehen, während ich über meine Schulter blicke, sie hat den Kopf in einem der unteren Schränke vergraben auf der Suche nach etwas. »Was fehlt denn?«

»Diese Papierdinger, in die man die Brote einwickelt.«

»Die Servietten oder die Tüten?«

»Tüten.« Schnaubend richtet Mafalda sich auf. »Shit«, sagt sie.

»Ist doch kein Problem.«

Sowohl meine Tante als auch ich sehen zur geöffneten Tür des Trucks, in der Jackson lehnt, Mafaldas Lebensgefährte und Besitzer dieses Vehikels. Ich mag Jackson. Er ist ein Bär von einem Mann – groß, breit –, ein blonder Jason Momoa, womöglich nicht ganz so schön. Und jünger als Mafalda. Um einiges. Jünger und genauso crazy. »Ich bin mir sicher, Esra hat Tonnen davon«, brummt er in seinen Vollbart. »Ich laufe rüber zu ihrem Wagen und hole welche.«

Und beide, meine Tante wie ich, lassen den Blick auf Jacksons rechtes Bein sinken, das in dem kniehohen, silberfarbenen Plastikschuh aussieht wie ein Roboterfuß. Das Bein ist der Grund, weshalb ich überhaupt hier bin. Wäre Jackson gesund und fit genug gewesen, mit Mafalda in seinem Falafelwagen zu stehen, hätte ich nicht aus Deutschland anreisen müssen, um sie während des Festivals zu unterstützen.

Ich lächle dem Bein liebevoll zu. Ich bin so dankbar dafür, hier sein zu dürfen, ich nehme sogar die Karmapunkte in Kauf, die es mich kostet, dass ich mich über die Verletzung eines anderen freue.

»Ich hole die Tüten.« Entschlossen zupfe ich mir die schwitzigen Plastikhandschuhe von den Fingern und wische mir die Hände an meiner fleckigen Schürze ab, bevor ich mir die über den Kopf ziehe und auf den Hocker neben der Tür fallen lasse. »Wo genau ist Esras Wagen?«

»Was machst du denn hier, Jack? Ich habe nicht Livvy nach England geholt, damit du den lieben langen Tag auf deinem schlimmen Bein umherhinkst.«

»Nun übertreib mal nicht. Ich hänge den lieben langen Tag auf meiner Couch rum, so lange, bis mir der Himmel auf den Kopf fällt. Heute ist der letzte Festivaltag. Lass mich ein bisschen von dieser speziellen, aphrodisierenden Luft schnuppern, bevor es morgen zu Ende geht.«

Ich schnaube lautstark. *Spezielle, aphrodisierende Luft,* ist klar. Jeder weiß, dass Mafalda Forest und ihr Freund Jackson Harper mehr Gras konsumieren als eine Kuh auf der Weide, ob nun gerade das Festival stattfindet oder nicht. Okay, nicht jeder weiß das. Ich schätze, dass mein Vater nichts dergleichen ahnt, sonst hätte er mich sicher nicht herkommen lassen.

»Also«, wiederhole ich, lauter diesmal. »Wo finde ich Esra?

Die Schlange wird nicht kürzer, wenn wir hier noch länger rumstehen und quatschen.«

»Ah, shit«, ist Mafaldas einzige Antwort. »Next, please!« Erst jetzt scheint ihr aufgefallen zu sein, dass die Menge der Wartenden vor unserem Wagen sich in den letzten vier Minuten so gut wie verdoppelt hat. Während sie die nächste Bestellung aufnimmt, schiebt sich Jackson an mir vorbei.

»Esra's Gourmet Kitchen«, raunt er mir zu. »Am Ende der Gasse, der vorletzte Stand links. Richte ihr Grüße von mir aus.«

»Alles klar.«

»Hey.« Er hält mich am Arm fest.

»Hm?«

»Alles okay bei dir?«

»Ja. Sicher.«

»Dein Freund ist gefahren?«

Ich nicke. Ein letztes Mal drückt Jackson meinen Arm.

»Was hast du vor, Jack? Willst du etwa mit deinem schlimmen Fuß hier herumstehen und Falafel frittieren?«

»Nur keine Aufregung! Selbst der Arzt hat gesagt, ich soll nicht den ganzen Tag herumliegen, davon bekommt man nur Thrombose.«

»Der Arzt hat aber auch gesagt, dass du …«

Ich höre die Stimmen der beiden noch, nachdem ich mich schon fast fünf Meter vom Truck entfernt habe. Trotz der zahllosen Unterhaltungen um mich herum, des Marktgeschreis, der Trommeln in der Ferne und der Musik, die von der nächstgelegenen Bühne zu uns herüberbrummt. Jackson hat recht, denke ich, die Atmosphäre ist speziell. Magisch. Und Glastonbury selbst ist der magischste Ort, den ich mir nur vorstellen kann.

Seit ich hier bin, wird meine Tante nicht müde, mir von der *Unvergleichlichkeit dieses Stückchen Englands* vorzuschwärmen. Als wäre das in irgendeiner Weise notwendig. Wer einmal auch nur die Zehenspitze über die Ortsmarke gesetzt hat, kann sich der Eigentümlichkeit der kleinen Stadt nicht erwehren, selbst dann nicht, wenn man sich die allergrößte Mühe gibt. Gut, Laurent ist das womöglich dennoch gelungen, aber Laurent ist eben … Laurent. Ich versuche, nicht an ihn zu denken. Nicht jetzt. Nicht hier. Ich muss mir klar werden, aber in Ruhe. Wenn das hier vorbei ist. Wenn ich weiß, was ich mit all dem anfangen soll, was geschehen ist.

Also. Glastonbury. Nie in meinem Leben habe ich so viele seltsam gekleidete Leute auf einen Haufen gesehen (wallende Gewänder, Tücher, Dreadlocks, Schuhe mit Glöckchen dran, was auch immer gefällt). Oder so merkwürdige Geschäfte. Die meisten davon verfügen über das gleiche Sortiment an Tarotkarten, spiritueller Literatur, Heilsteinen. Es gibt einen Laden, der über und über mit Kräuterfläschchen bestückt ist, wie eine Apotheke für Hexen, und alle naselang bietet jemand seine übersinnlichen Dienste feil, Karten- und Handlesen, gerne auch Geisterbeschwörungen. Und es riecht … tja. Patschuli oder Hasch, Hasch oder Patschuli. Oft nach beidem.

Ich liebe es hier. Glastonbury ist faszinierend, furchterregend und unglaublich cool, alles auf einmal.

Und voll. Erschreckend voll.

Bis ich Esras Stand erreicht habe, sind gut zehn Minuten vergangen. Ich schiebe mich durch die Massen, eiliger noch, als ich mein Ziel bereits vor Augen habe. Normalerweise wäre ich weniger rabiat, doch ich befinde mich auf einer Mission, und alle drängeln hier, irgendwie muss man ja vorankommen. Ich werfe halbherzige *sorrys* um mich, während ich mich durch die Wartenden vor *Esra's Gourmet Kitchen* quetsche, und ernte etliche böse Blicke dafür. Und wie auf ein geheimes Signal hin werde ich unsicher. Zu viel Raum einzunehmen verursacht mir nach wie vor ein beklemmendes Gefühl.

Als ich den seitlichen Eingang des Stands erreiche, rufe ich nach Esra und eine ältere Dame mit Batiktunika erscheint, nimmt die Grüße von Jackson entgegen und überreicht mir im Gegenzug einen riesigen Stapel Papiertüten. Ich kann kaum etwas sehen, als ich ihn auf beiden Armen jongliere, und im Grunde hätte mir gleich klar sein müssen, dass ich damit niemals heil zurück zum Foodtruck kommen würde. Optimistisch unternehme ich dennoch einen Schritt vorwärts, nur um sofort das Gleichgewicht zu verlieren, als mir jemand von rechts voll Karacho in die Seite rennt. Ich kann mich gerade so auf den Beinen halten, doch der Stapel gerät ins Taumeln, rutscht mir schließlich vom Arm und die Papiertüten schießen in alle Richtungen davon.

»Ach, verdammt.« Ich beeile mich, die Bündel wieder aufzuheben. Ausnahmsweise einmal bin ich glücklich über die Plastikverpackungen, sonst wären jetzt alle hinüber gewesen. Der Kerl, der mich beinahe umgenietet hat, hilft mir dabei.

»Thank you«, sage ich, als er mir eines der Päckchen in die Hand drückt. »Maybe the next time you're gallopping over these grounds like a racehorse you should look first. You know, for human barriers for example?«

»Yeah«, antwortet der Rempler nicht besonders freundlich. »Whatever.«

Ich blinzle irritiert. »You know ...«, setze ich an, doch dann unterbricht eine Stimme meinen Satz, eine Stimme, die ich heute schon einmal gehört habe.

»Wenn du denkst, manche Witze seien schlecht – Simons Englisch übertrifft es noch.«

Ich drehe mich um. Der Junge von eben steht vor mir. Typ düster und verletzlich. Typ Stirnrunzeln ist das neue Must-have.

Wir starren einander an. Ich frage mich, was er hier tut. Ist es normal, dass ich auf einem Festival dieser Größe ein und demselben Jungen gleich dreimal begegne? In kürzester Zeit?

»Was soll das wieder heißen?«, fragt besagter Simon.

Ich räuspere mich. »*Ich* habe das verstanden.«

Simons Freund wirft mir einen Blick zu. Abwartend, als wollte er mich auffordern, noch etwas hinzuzufügen, vielleicht – ich weiß nicht – mich für Mafaldas schlechtes Benehmen zu entschuldigen oder ihm beizupflichten, dass ja, dieser Scherz, der auf seine Kosten ging, alles andere als komisch war. Stattdessen frage ich: »Haben die Bällchen geschmeckt?«, und eine Augenbraue hebt sich. Eine dichte, Furcht einflößende Braue.

»Ihr kennt euch?« Aus einem mir unerfindlichen Grund breitet sich ein Grinsen auf Simons Gesicht aus. In seiner kompletten Erscheinung ist er das genaue Gegenteil von seinem Freund – die zwei sind wie Yin und Yang, Feuer und Wasser, Abgas und Frischluft.

»Kann man nicht sagen. Nein.«

Und hier, in dem grellen Licht der frühnachmittäglichen Sonne, stelle ich fest, dass seine Augen grün sind. Dunkle Jade, umgeben von einem Kranz Anthrazit. Er blickt ernst drein, ohne einen Funken Freude im Blick, das war mir vorhin schon aufgefallen. Gelangweilt. Mies gelaunt. Humorlos. Ein bisschen von allem. Die dichten Brauen verstärken den düsteren Eindruck noch, und dazu diese Haare – fast schwarz, leicht gewellt, hinten etwas kürzer als vorn, wo sie rechts und links um seine Stirn auseinanderfallen. Schmales Gesicht, schmale Lippen, aber durchaus interessant geschwungen. Auch sie sind mir eben bereits aufgefallen. Hohe Wangenknochen. Ein Rollkragenpullover später und Mr Dark & Brooding könnte als Existenzialist durchgehen. Im Geiste sehe ich ihn die Hände in die Luft werfen und rufen: »Der Mensch ist nichts anderes als sein Entwuuuurf!« Sartre. Oder sonst wer. Die Vorstellung ist derart abstrus, dass ich lachen muss.

»Dieser eigenartige Humor scheint bei euch in der Familie zu liegen«, kommentiert er.

Ich schnaube. Bei dem Luftzug geraten die oberen Packungen mit Papiertüten, die ich nun wieder im Arm halte, in Bewegung und fallen zu Boden. »Ah, shit.«

Er hebt sie auf.

»Danke. Bau sie einfach oben wieder an, irgendwie wird es schon gehen.« Ich lehne mich zu ihm, vorsichtig, um nicht noch mehr von meiner Last an die Schwerkraft zu verlieren, doch statt mir die Päckchen wiederzugeben, nimmt er mir einige weitere ab.

»Ich muss sowieso in die Richtung«, murmelt er. Mehr nicht.

Zu sagen, ich käme mir seltsam dabei vor, diesem Jungen durch die Massen an Hungrigen zu folgen, ist eine absolute Untertreibung. Und es hilft nicht, dass wir ewig dafür brauchen. Vorsichtig balanciere ich meine fragile Fracht, während ich Mr Düsternis auf den Hinterkopf starre und mich frage, zum wiederholten Mal, wie groß der Zufall sein muss, damit wir uns in so kurzer Zeit so oft begegnen? Und ich weiß nicht, weshalb er mir hilft, und das macht mich zusätzlich nervös. Denn ja, es klingt fürchterlich und dumm, aber ich bin nicht gerade daran gewöhnt, dass Jungs mir übereifrig zur Seite springen, wie einer Damsel in Distress. Ganz und gar nicht gewöhnt, ehrlich gesagt.

Die Wahrheit ist – Laurent ist der erste und bislang einzige Junge, der sich überhaupt je für mich interessiert hat. Ich meine, in mehr als nur *einer* Hinsicht. Und ich war am Anfang verunsichert und misstrauisch und … ich weiß nicht. Ungläubig. Doch letztlich hat er mich wohl davon überzeugt, dass er es ernst meint und das Ganze eine gute Idee ist, und, ja, irgendwie war ich ein bisschen verliebt ins Verliebtsein, schätze ich, oder zumindest in die Vorstellung davon. Ins *glückliche* Verliebtsein, zur Abwechslung mal.

Sofort schiebt sich das Bild von Marvin in meinem Kopf vor das von Laurent und energisch weise ich beide von mir. Denn die Wahrheit ist auch: Laurent hatte es leichter als Marvin, der mich schon kennt, seit ich drei bin. Der mich kannte, als ich aß und aß und immer weiter zunahm. Der mich kannte, als ich noch 20 Kilo mehr wog. Der mich kannte und mochte, aber eben nicht *liebte*. Und Laurent, er kennt nur die Liv, nachdem sie sich diese vielen Pfunde heruntergehungert hatte, er kennt nur die Liv, die sich anschließend diesen undurchlässigen Panzer zulegen musste, denn irgendwie muss man sich schützen, oder nicht?

»Da vorne ist es, oder?«

Der fremde Junge ist stehen geblieben und wirft mir über

die Schulter einen Blick zu. Seltsam, dass ich weiß, wie sein Freund heißt – Simon –, aber nicht seinen Namen kenne. Ich nicke, schließe zu ihm auf und blicke mich meinerseits um. Von besagtem Simon fehlt jede Spur. Offenbar ist er gegangen, ohne noch ein weiteres Wort an uns zu verlieren.

»Wo ist eigentlich dein Freund abgeblieben?«

»Simon?« Der Junge wirft einen Blick über die Schulter, dann in Richtung der Picknicktische, die komplett überfüllt sind. »Wahrscheinlich zu den anderen zurückgegangen.«

»Oh.« *Es gibt noch mehr.* »Wie viele seid ihr denn?«

»Sechs.«

»Und ihr kommt aus Deutschland?«

»Sieht ganz so aus, oder?« Es ist kein wirkliches Lächeln, mehr ein süffisanter Ausdruck seiner Ironie, als er meine Worte wiederholt.

»Mmmh«, mache ich.

»Und du?«

»Ich?«

»Deine Tante ist Engländerin, oder? Aber du bist Deutsche?«

»Die Tante mit dem exzellenten, britischen Humor meinst du?«

Von der Seite wirft er mir einen Blick zu. Wieder ein Zwitterwesen, würde ich sagen. Nicht richtig freundlich, aber auch nicht extrem unfreundlich.

»Sie ist die Schwester meines Vaters«, erkläre ich. »Aber der ist schon vor mehr als fünfundzwanzig Jahren aus England weggegangen. Deshalb bin ich in Deutschland geboren. In Hamburg. Also, nicht direkt Hamburg, ich komme aus Stade. Das ist gleich in der Nähe.«

»Stade«, wiederholt er. »Nie gehört.«

Ich zucke mit den Schultern. Die wenigsten kennen das kleine Stade, weshalb ich nicht umsonst ständig behaupte, ich sei aus Hamburg. »Und ihr?«, frage ich. Gott, ich höre mich an wie … Keine Ahnung. Eine Fünftklässlerin. *Ich komme aus Stade und woher kommt ihr?* Weshalb ich nicht zum ersten Mal denke, dass es womöglich gar nicht am Übergewicht lag, dass die gute alte Liv für niemanden interessant genug war, sondern schlicht daran, dass ich es einfach nicht bin.

»Hey.«

Und da ist er wieder. Simon ist zurück. Sicher besser so.

»Die anderen sind auf dem Weg zur Hauptbühne. Die Mädchen wollen Kylie Minogue sehen. Kommst du mit oder was?«

Ich blicke von einem zum anderen. So, als wartete ich quasi darauf, dass ER mich stehen lässt, und als mir das bewusst wird, beschließe ich, dem zuvorzukommen. Ich hebe den Stapel Papiertüten in meinen Armen ein Stück an und erkläre: »Leg den Rest einfach oben drauf. Ich komme allein klar, wirklich. Viel Spaß mit Kylie.«

»Auf keinen Fall«, sagt er.

»Ach, komm schon, Jonah. Du bist schon den ganzen Tag schlecht drauf. Du verdirbst nicht nur Annika die Party, sondern auch mir und den anderen.«

Ich sehe den Jungen an. Jonah. Was für ein Name. Klingt irgendwie unvollständig, so ganz ohne S. Und auf der anderen Seite auch passend. Jonah, der brütende Existenzialist ohne Humor mit einer Abneigung gegen Popmusik.

Und wer wohl Annika ist?

»Ich sehe euch später, okay?«

»Ey, Mann, was soll ich Annika …«

»Ich finde euch schon.«

Womit er nicht nur Simon den Rücken zudreht, sondern auch mir, sodass ich mich beeilen muss, ihm hinterherzukommen.

»Jonah also, ja?«

»Mann.«

Ich sehe ihn fragend an.

»Ach ... nichts.« Er zuckt die Achseln. »Ab einem gewissen Alter ist man es einfach nicht mehr gewöhnt, die ganze Zeit von Leuten umringt zu sein.«

»Ab einem gewissen Alter?« Von der Seite werfe ich ihm einen neugierigen Blick zu. Er sieht keinen Tag älter aus als zwanzig. Und er ist groß. Eindeutig ausgewachsen. Ich muss meinen Kopf in den Nacken legen, wenn ich so dicht neben ihm gehe, dabei bin ich selbst mit meinen 1,68 gar nicht sooo klein.

Erneutes Schulterzucken.

Und ich verkneife es mir, ihn darauf hinzuweisen, dass ein Festival, das mehr als 200 000 Besucher verzeichnet, wohl kaum der richtige Ort für jemanden ist, der nicht gern von Leuten umringt ist. Zumal ich annehme, es dreht sich gar nicht um die restlichen 199 995, mehr so um Simon und *die anderen*. Annika.

»Mit wem bist du denn hier?«, frage ich.

»Freunde.« Er sieht mich an, unbeteiligt. »Sogenannte.«

»Seid ihr geflogen?«

»Nein, wir sind mit dem VW-Bus gefahren. Er gehört der Freundin meines Kumpels.«

»Ah, wow. Dann campt ihr?«

Jonah nickt. »Und du? Lebst du hier in England?«

»Nein, wie ich eben sagte«, beginne ich, doch dann schüttle

ich den Kopf. Es interessiert ihn nicht wirklich, oder? Er hilft mir tragen, weil er gerade nichts Besseres zu tun hat oder weil er keine Lust hat, seinen Freunden zu Kylie Minogue zu folgen, und das ist schon alles.

»Stimmt«, sagt er. »Dein Vater, Deutschland, Stade. Sorry.«

»Ja, genau, das …« Und vielleicht weil ich überrascht bin oder doch auf eine Art nervös, fange ich an zu brabbeln, eine richtig schlechte, aber bislang unbezwungene Angewohnheit von mir. »Ich bin gekommen, um meiner Tante mit dem Foodtruck zu helfen. Er gehört Jackson, und das Glastonbury Festival ist für ihn die größte Nummer im Jahr, doch dann hat er sich den Fuß gebrochen, und …« Ich quassle, weiter und weiter. Dass Mafalda einen kleinen Laden besitzt, dass sie dort seltsam funkelnde Kristalle verkauft und ihren Kunden mit sonorer Stimme aus der Hand liest, dass sie zum Festival aber bei Jackson aushilft und dass sie nun jemanden brauchten, der ihn ersetzt, weil Jackson sich den Fuß gebrochen hat, als er über Mafaldas kleinen Yorkie stolperte, der Oscar heißt. Oscar Wilde. Der den Sturz überlebt hat. Oscar geht es blendend. Er wohnt jetzt gerade bei Jackson, um ihm Gesellschaft zu leisten, denn immerhin hat er das Schlamassel verschuldet. Das alles erzähle ich Jonah quasi ohne Luft zu holen, bevor ich mit den Worten schließe: »Und du? Oh, richtig. Ihr campt hier. Sagtest du ja bereits.«

Ich höre leises Lachen und blicke Jonah über die Papiertüten in meinen Arm an. Tatsächlich, er lacht. Kleine Fältchen zeichnen sich um seine Mundwinkel. Klammer auf, Lächeln, Klammer zu.

»Du kannst echt schnell reden«, sagt er.

»Ähm, nun …« Ich atme einmal tief durch. Schweigen breitet sich zwischen uns aus, ein unangenehmes, peinlich berührtes. Ich will gerade wieder den Mund öffnen, um keine Ahnung was zu sagen, da kommt Jonah mir zuvor.

»Du heißt Liv, oder?«

Ich blinzle überrascht. »Oh. Ähm. Ja. Liv.«

»Oh? Ähm? Ja? Liv?« Er lächelt wieder und für einen kurzen Moment bin ich sprachlos. Eine so winzige mimische Abweichung, und der Mensch vor mir ist ein komplett anderer. Weicher. Immer noch irgendwie düster, aber weicher eben auch.

»Warst du das ganze Festival über hier?«

»Wie bitte?«

»Warst du die ganzen letzten fünf Tage hier?«, wiederholt er.

Ich räuspere mich. Nicke. »Ja, aber viel davon mitbekommen habe ich nicht, ehrlich gesagt. Ich stand die meiste Zeit im Truck. Du?«

»Wir sind Mittwochvormittag angekommen. Sind die Nacht durchgefahren.«

»Wo kommt ihr her?«

»Frankfurt. Auch etwas außerhalb. Offenbach.«

»Ah.« Das war's. *Ah.* Oh, mein Gott, Liv! Der Gedanke über die langweilige, absolut uninteressante Person, die zufällig auch Liv heißt? Da ist er wieder.

Wir sind nur noch drei Schritte vom Foodtruck entfernt, als ich stehen bleibe und den Papiertüten in Jonahs Hand zunicke. »Also, danke«, beginne ich. »Das war echt nett …«

»Livvy! Du kommst gerade rechtzeitig. Inzwischen sind auch die Pappteller aus. Her mit den Tüten.«

»Oh, sorry.« Schnell laufe ich an die Seite des Trucks, wo Mafalda in der Tür steht und ungeduldig mit den Händen wedelt. »Wo hast du so lange gesteckt? Hier brennen schon

55

die Bällchen.« Und natürlich hat sie das nur gesagt, um Jonah zuzuzwinkern, so anzüglich, dass ich rot anlaufe wie eine Bonbondose.

»Nimm sie bitte nicht ernst«, murmle ich, als ich mich ihm wieder zuwende. »Sie meint das nicht so. Sie ist einfach …«

Ich finde für diesen Satz kein passendes Ende, also zucke ich nur mit den Schultern. Meine Tante ist eine große, imposante Frau mit langen, grauen, irgendwie zauseligen Haaren, blumigem Stirnband und noch blumigerem Walla-Gewand. Sie ist das Klischee einer Hippiefrau und sie lebt es. Sie ist …

»Albern?«, schlägt Jonah vor. »Und ein bisschen pubertär?«

»Ja«, sage ich. »Das auch.«

Er lächelt wieder auf mich herunter und nun bilden sich auch noch winzige Fältchen um seine Augen.

Ich sehe weg. Denke an Laurent. An die Misere, in der ich stecke. Daran, dass es unter diesen Umständen mehr als nur fragwürdig ist, einen anderen Jungen attraktiv zu finden, selbst wenn der sicherlich niemals auf die Idee kommen würde, solche fehlgeleiteten Gefühle zu erwidern. So jemand wie er ist so oder so eine Nummer zu groß für mich, und damit meine ich nicht die Körpergröße. Er sieht verdammt gut aus, und er weiß das, da möchte ich wetten. Solche Mädchen wie mich, die isst er zum Frühstück. Oder nein – zum Frühstück hat er sie schon wieder rausgeworfen. So schätze ich ihn ein. Genau so.

»Viel Spaß bei Kylie Minogue.«

»Auf keinen Fall.«

Schweigen. Habe ich erwähnt, dass ich Schweigen nicht gut ertrage? All die ausufernden Monologe, die ich in meinem Leben gehalten habe, rühren exakt daher. Stille bedeutet –

meeep, meeep, kein Gesprächsthema gefunden, over, over, geistloses Gegenüber. Allein um das zu vermeiden, rede ich, egal was.

Diesmal allerdings kommt Jonah mir zuvor. »Später spielt eine Punkband auf der Bühne gleich dahinten, die werde ich mir vielleicht ansehen.« Er deutet in Richtung des Festivalzelts, das unserem Truck am nächsten ist.

»Oh«, sage ich. Keine Ahnung, weshalb er mir das erzählt.

»Dann viel Spaß dabei! Und danke noch mal. Fürs Tragen!« Ich winke Jonah zu, der sich noch keinen Millimeter wegbewegt hat, drehe mich um und laufe die Stufen hoch in den Truck. Die Schlange ist länger denn je, wie zu erwarten. Ich stecke den Kopf durch die Träger der Schürze, schlinge die Bänder einmal um die Taille und binde sie dann vorn zu, während ich den Blick über die hungrigen Wartenden schweifen lasse. Jonah steht nach wie vor am selben Platz. Doch als sich unsere Blicke jetzt treffen, hebt er die Hand, deutet auf mich und dann auf seine Haare. Ich runzle die Stirn. Er zupft an seinen Haaren und automatisch greife ich in meine und ... das Haarnetz.

Der Schock muss mir ins Gesicht geschrieben stehen, und Jonah lacht.

Ich bin einmal quer durch die Fressgasse zu Esras Stand und wieder zurück gelaufen, mit einem Haarnetz auf dem Kopf.

Jonah winkt mir noch einmal zu und verschwindet in der Menge.

9
Jonah

Ich strecke mich aus auf einer Wiese etwas oberhalb des Trubels und lausche den Klängen um mich herum. Irgendjemand schrammelt auf einer Gitarre. Ein anderer lässt lautstark Hip-Hop aus seinem Handy dröhnen, als gäbe es hier nicht schon genug wummernde Beats um uns herum. Mädchen kichern. Versuchen, betrunken, wie sie sind, irgendwelche britischen Poeten zu rezitieren. Oder russische. Was weiß ich? Es klingt grauenvoll.

Ich lege einen Arm über die Augen und decke damit gleichzeitig mein Ohr zu, um die Geräuschkulisse auszublenden, aber natürlich ist das sinnlos. Wer seine Ruhe haben will, sollte eben kein Musikfestival besuchen, das so groß ist wie eine Kleinstadt.

Und was soll das Gejammere überhaupt? Bin ich zwanzig oder hundert? Und seit wann bin ich jemand, der seine Ruhe braucht?

Mein Handy brummt. Ich ziehe es aus der Hosentasche und starre aufs Display. Simon muss so was wie magische Finger besitzen, denke ich. Während ich selbst andauernd in einem Funkloch zu stecken scheine, tippt der Kerl den lieben langen Tag auf seinem Handy herum, immer Netz am Start.

SIMON: Hey, hier ist Dejan, wo steckst du?

JONAH: Hügel. Gras. Liege rum. Wieso benutzt du
Simons Handy und nicht dein eigenes?

SIMON: Kein Netz, im Gegensatz zu ihm. Ich weiß nicht, wie der Kerl
das anstellt, magische Finger oder so was.

Ich schnaube. Würden Dejan und ich uns nicht schon so ewig
kennen, wäre der Umstand, wie oft wir das Gleiche denken,
ein ziemlicher Horror für mich.

SIMON: Bist du allein?

JONAH: Von den ca 2000 Leuten abgesehen, die auch
hier rumliegen, ja. Wieso fragst du?

SIMON: Simon sagt, du hast jemanden aufgerissen. Eine Verkäuferin
oder so. Mit Papiertüten in der Hand und Haarnetz auf dem
Kopf.

Eine Verkäuferin. Ich runzle die Stirn. Überlass es Simon,
Mist zu erzählen, sobald er den Mund aufmacht. Ich suche
nach dem Augenroll-Emoji, als Dejans nächste Nachricht
aufpoppt.

SIMON: Heißt das, mit dir ist erst mal nicht zu rechnen?

JONAH: Ich fänd's ganz gut, mal ein bisschen
Abstand zu bekommen. Zu gewissen Personen.

SIMON: Verstehe.

Eine ganze Weile passiert nichts mehr in unserem Chat. Ich bin mir ziemlich sicher, dass auch Dejan an Simon denkt, der das hier ohne Zweifel lesen wird. Schließlich kommt doch noch eine Nachricht.

SIMON: Sicher, dass ich dir Kylie nicht schönreden kann?

JONAH: Ganz sicher.

SIMON: Ok. Wir sehen uns später.

Ich stecke das Telefon ein und lasse mich zurück ins Gras fallen. Wenn Dejan mein bester Freund ist, ist Simon der Kollateralschaden, den das Gute manchmal mit sich bringt. Die beiden haben sich vor Jahren im Fußballverein kennengelernt und sind irgendwie aneinander hängen geblieben. Ehrlicherweise sei gesagt, dass Simon nicht vollends übel ist, bloß ... halb. Sportler eben. Ich meine, *Sportler*, so richtig. Simon spielt zwar kein Fußball mehr, dafür rennt er den lieben langen Tag auf irgendwelchen Grünpfaden, spielt Tennis oder segelt auf dem Main von links nach rechts. Er ist blond, blauäugig, durchtrainiert und, um das Klischee perfekt zu machen, ein kleines bisschen nicht so schlau. Simon eben.

Die kleine Verkäuferin.

Ich verschränke die Arme unter dem Kopf und blinzle in den Himmel. Es ist überraschend heiß an diesem Wochenende, vor allem für England. Ich meine, ich war noch nie hier, aber man hört eben viel. Es regnet Hunde und Katzen, nie ohne Regenschirm auf die Insel, blabla, blabla. Wir sind Mittwochmittag angekommen, heute ist Sonntag, und seitdem – ausschließlich Sonne. Mal ein oder zwei Stunden, in denen es bewölkt war, aber trotzdem warm, richtig heiß sogar. Muss schlimm sein, bei dieser Hitze hinter einer Fritteuse zu stehen, denke ich. Womit ich wieder bei Liv angekommen wäre.

Sie hat kein Wort darüber verloren, dass es sie nervt, ihrer Tante in diesem Wagen helfen zu müssen. Sie klang auch nicht verbittert, als sie erzählte, dass sie noch fast nichts von dem Festival gesehen hat. Sie wirkte kein bisschen unzufrieden. Nicht im Entferntesten so unzufrieden, wie Annika selbst dann aussieht, wenn sie gerade mal nichts zu meckern hat. Keine Ahnung, weshalb ich Liv mit Annika vergleiche. Ist nicht so, als hätten die zwei viel gemeinsam, auf den ersten Blick zumindest nicht. Und damit meine ich nicht nur Liv blond, Annika dunkel, Liv irgendwie herzförmig, Annika dürr, Liv volle Lippen, Annika schmallippig. Ich meine:

Annika ist kühl. Überlegt. Und sehr von sich überzeugt. Sie würde niemals Monologe über irgendwelchen Unsinn brabbeln. *Oscar Wilde hat überlebt.* Bei der Erinnerung daran schüttle ich zwar den Kopf, muss aber gleichzeitig lachen. Sie beim Erzählen ihrer abstrusen Geschichte zu beobachten, war beinahe so, wie einer Comicfigur zuzusehen. Riesige, blaue Augen, sehr kleine Nase, und dieser Mund.

Ich frage mich, weshalb sie nicht mal auf die Idee gekommen ist, mich wiedersehen zu wollen. Ich meine, ich hab ihr mit dem Hinweis, welches Konzert ich mir ansehen werde, quasi einen Wink mit dem Zaunpfahl gegeben, und sie hat mir viel Spaß gewünscht. Nicht, dass ich unbedingt gewollt hätte, dass sie mich begleitet. Hab ich nicht heute Morgen erst jeglicher weiblichen Gesellschaft auf ungewisse Zeit abgeschworen? Vermutlich bin ich es einfach nicht gewöhnt, dass Mädchen sich nicht wenigstens ein kleines bisschen anstrengen, um mit mir zusammen zu sein, oder, keine Ahnung. Vielleicht hat mich das Wochenende mit Simon selbst zum Idioten werden lassen. Ich meine, wieso sollte sie mich wiedersehen wollen? Wir haben kaum drei Sätze miteinander gesprochen. Außerdem hat sie auch gar keine Zeit, wenn sie ihrer Tante in dem Truck helfen muss. Sie konnte gar nicht auf meinen Vorschlag reagieren, selbst wenn sie das gewollt hätte.

Ein Schatten schiebt sich über mich.

»I have spread my dreams under your feet«, lallt eine der betrunkenen Engländerinnen. »Tread softly because you tread on my dreams.« Sie bricht kichernd neben mir zusammen, halb auf dem Rasen, halb auf mir.

Großartig.

Ich schiebe sie zur Seite, während ihre Freundinnen ihr ebenfalls gackernd zu Hilfe eilen, um sie aufzurichten. Höchste Zeit zu gehen, beschließe ich, rapple mich auf und mache mich auf den Weg.

Ich hätte nicht gedacht, sie hier zu treffen, ehrlich nicht. Doch als ich mich durch die Masse der Zuhörer in den vorderen Teil des Zelts schiebe, erkenne ich sie schon von Weitem: Sie trägt einen sonnengelben Schlapphut statt des Haarnetzes, aber das gleiche lilafarbene Top und die rosafarbene Pluderhose zu den kurzen Gummistiefeln. Draußen hat es vermutlich knappe dreißig Grad im Schatten und sie trägt Gummistiefel. Und obwohl Punkmusik aus den Lautsprechern dröhnt, obwohl um sie herum geschubst und gepogt wird, steht Liv in der Menge wie eine dieser überdimensionalen, bunten Holzblumen, die sie ein paar Meter weiter in The Park aufgestellt haben, und rührt sich nicht. Erst, als ich näher komme, erkenne ich, dass sie sich doch bewegt: Sie wiegt sich hin und her, ganz wenig nur, als lausche sie völlig anderer Musik als den harten, schrägen Gitarrensounds, die die Band da auf der Bühne fabriziert.

Ich schiebe mich näher an sie heran und bleibe einige Meter hinter ihr stehen. Und ich frage mich, weshalb sie doch noch gekommen ist, das heißt – nein, eigentlich frage ich mich das überhaupt nicht. Sie sieht nicht so aus, als würde sie sich freiwillig ein Punkkonzert anhören, also wird sie wohl meinetwegen hier sein. Weil sie mich doch irgendwie gut findet? Quatsch, sie hat einen Freund. Weil sie beschlossen hat, dass sie auf die letzten Meter, die dieses Festival andauert, noch etwas davon sehen will und sonst niemanden hat, der mitziehen könnte? Womit wir wieder bei dem Freund wären. Wo steckt der eigentlich? Ich überlege gerade, wie es mir dabei geht – ob ich tatsächlich mit diesem Mädchen Zeit verbringen möchte oder ob mir die Anstrengung, sie im Zweifel wieder loswerden zu müssen, zu viel sein wird, da dreht sie sich zu mir um, als habe sie gespürt, dass sie jemand von hinten rechts anstarrt.

Sie trägt eine Sonnenbrille, klein und mit blauen Gläsern. Und als sie mich erkennt, verzieht sich ihr Mund zu einem Lächeln, das der guten Anne Hathaway durchaus den Rang ablaufen könnte. Nur glaube ich nicht, dass sie sich dessen bewusst ist. Also, Liv. Ich bin mir ziemlich sicher, dass sie keine Ahnung hat, wie verheerend dieses Lächeln auf andere wirkt.

Ich grinse ebenfalls und schlendere zu ihr hinüber. Ich habe nicht vor, heute noch ein Mädchen aufzureißen, erst recht nicht eines, das in einer Beziehung steckt, aber gemeinsam ein bisschen Zeit totschlagen? Was spricht dagegen?

»Du siehst aus, als würdest du einer völlig anderen Band

zuhören«, erkläre ich anstelle einer Begrüßung. Ich muss es quasi in ihr Ohr brüllen, das Schlagzeug läuft Amok, und sie stellt sich auf die Zehenspitzen und brüllt zurück.

»Wie kommst du darauf?«

»Na – alles flippt aus um dich herum und du wiegst dich im Takt wie bei einer schnulzigen Ballade.«

»Ich bin nicht sonderlich gut im Pogo-Tanzen.«

»Das erklärt alles.«

Sie lacht und hält den Hut fest, der ihr während des Wortwechsels beinahe vom Kopf gerutscht wäre, und sieht dabei so fröhlich aus, dass sich mein eigenes Lächeln gar nicht mehr aufgesetzt anfühlt.

»Wie kommt es, dass du hier bist?«, frage ich.

»Meine Tante hat mich quasi aus dem Wagen geworfen. Offenbar ist ihr gerade erst eingefallen, dass ich noch so gut wie gar nichts vom Festival gesehen habe.« Sie zuckt mit den Schultern. »Ich will trotzdem nachher zum Truck zurück. Sie kann das unmöglich allein schaffen und Jackson wird keine große Hilfe sein.«

»Jackson?«

»Ihr Freund. Der, der sich den Fuß gebrochen hat.«

»Weil er über den Hund gestolpert ist.« Ich nicke. »Hauptsache, Oscar Wilde hat überlebt.«

»Was?«

»ICH SAGTE, HAUPTSACHE … SOLLEN WIR WOANDERS HINGEHEN?« Der Song hat sich zu einem ohrenbetäubenden Soundbrei hochgeschraubt, und allmählich besteht keine Chance mehr, sich miteinander zu verständigen. Immer mehr Menschen schieben sich ins Zelt. Livs Lippen formen ein *Okay*, und ich greife nach ihrer Hand, um sie aus dem Gedränge zu ziehen.

10
Liv

Dass Jonah meine Hand gehalten hat, ist nicht weiter bemerkenswert, denn er lässt sie los in dem Augenblick, in dem
wir das Zelt verlassen. Was ich weitaus beachtlicher finde,
sind die undurchsichtigen Beweggründe meiner Tante. Ich
meine, Laurent war zwei Tage hier und nicht ein einziges
Mal hat sie da angeboten, ich könnte doch ein paar Stunden
verschwinden und mir (mit Laurent!) das Festival ansehen,
bevor es *ungefühlt an mir vorbeischwebt* (Originalton). Und auf
einmal ist alles: *Nein, Liv, ich bestehe darauf, für ein paar Stünd-
chen kann dich Jackson hier im Truck vertreten, er brennt geradezu
darauf. Uhm, vielleicht triffst du ja auch diesen Jungen wieder, du
weißt schon. Der, der dir vorhin geholfen hat? Wie nett von ihm!
Geh! Amüsier dich!*

Ich habe darüber nachgegrübelt, während ich mich von
der Food-Gasse zur Avalon-Bühne vorgekämpft habe, beinahe automatisch dorthin, wo Jonah sein würde. Dass meine
Tante mich lieber mit einem ihr völlig fremden Jungen sieht
als mit Laurent. Himmel, er hat wirklich keinen guten Eindruck hinterlassen. Und die Art, wie Mafalda mich angesehen hat, wenn ich mit Laurent zusammen war, verwirrt mich
immer noch. Mir ist nicht ganz klar, was sie in uns beiden gesehen hat, aber gefallen hat es ihr offenbar nicht.

Mit meiner Tante im Sinn sage ich das Erste, das mir einfällt, sobald wir uns weit genug vom Zelt entfernt haben, um uns wieder verständlich zu machen: »Eine Stunde kann ich vielleicht wegbleiben, aber dann muss ich zurück.« Es klingt wie eine Ausflucht. Und vermutlich ist es das sogar.

Jonah allerdings erwidert lediglich: »Dann machen wir doch das Beste aus sechzig Minuten. Worauf hast du Lust?«

Wie sich herausstellt, hat Jonah beinah genauso wenig vom Glastonbury Festival gesehen wie ich. Während ich hinter Mafaldas Linsenfalaffelfritteuse schwitzte, teilte er seine Zeit zwischen Konzerten und Chillen auf einem der umliegenden Hügel. Gefühlt kenne ich den Jungen noch keine fünf Minuten, doch bereits jetzt ahne ich, dass er grundsätzlich eher nicht zu den aufgeschlossensten Menschen zählt. Dieses Lächeln da vorhin, das wirkte megaerzwungen. Ich bin mir nicht sicher, weshalb er mir überhaupt davon erzählt hat, dass er hier sein würde – vermutlich nicht, damit ich sofort angerannt komme und mich an seinen Arm hänge. Andererseits hätte er mich auch gar nicht erst ansprechen müssen. Da eben im Zelt waren so viele Menschen, er hätte in der Menge verschwinden können, ohne dass ich auch nur geahnt hätte, dass er da gewesen ist.

Er hat es dennoch getan.

Aus welchen Gründen auch immer.

Ich krame in meinem Jutebeutel nach dem Lageplan, der am Festivaleingang verteilt wird, doch eigentlich weiß ich schon sehr genau, wo ich hinmöchte.

»Warst du schon auf dem Turm?«, frage ich und deute in die Richtung, in der der mit bunten Planenstreifen behangene sogenannte Ribbon Tower über dem Festivalgelände aufragt.

Jonah schüttelt den Kopf. »Die Schlangen sind ewig lang.«

»Die Schlangen sind überall ewig lang.«

Er zuckt mit den Schultern. Und als wäre das Zugeständnis genug, machen wir uns gemeinsam auf den Weg dorthin. Zwei zufällig zusammengewürfelte Teilchen, von denen noch niemand sagen kann, ob sie sich anziehen oder abstoßen werden. Schätze ich.

»Man sagt, wenn Engländer etwas können, dann anstehen«, erkläre ich Jonah, während wir genau das tun. Vor uns warten mindestens noch dreißig andere, die auf den Tower klettern wollen, um sich von dort einen Überblick über das riesige Areal zu verschaffen.

»Ist ja eine Wahnsinnskunst.«

»Ist es. Ich meine, in Deutschland haben es alle immer eilig, oder? Niemand stellt sich gern hinten an, jeder will sich am liebsten vordrängeln.« Ich strecke den Rücken durch und verschränke die Hände dahinter. Schon wieder habe ich das Gefühl, unglaublichen Blödsinn zu brabbeln, einfach um etwas zu sagen. Wie irgendjemand gemeinsames Schweigen als angenehm empfinden kann, ist mir ein absolutes Rätsel. Was ist *angenehm* daran, wenn sich zwei nichts zu sagen haben? Wieso sollte man überhaupt Zeit miteinander verbringen, wenn man sich nichts zu erzählen hat? Ich werfe Jonah einen Blick zu. Er könnte auch etwas zu unserem Gespräch beitragen, finde ich. Und als hätte er meinen stillen Vorwurf gehört, fragt er:

»Sind sich dein Vater und deine Tante eigentlich ähnlich?«

Es klingt so, als hoffte er, dass ich Nein sage, was man ihm nach seiner Begegnung mit Mafalda nicht wirklich übel nehmen kann. »Nein, eigentlich gar nicht. Die beiden stehen sich nicht einmal sonderlich nah. Mafalda ist zehn Jahre älter als er und mein Vater ist ja auch schon vor mehr als zwanzig Jahren aus England weg.« Ich rücke meinen Sonnenhut zurecht. Jonah hat eine Art, mich anzusehen, die mich noch nervöser macht, als ich ohnehin schon bin. Er sieht mich an, als hätte er alle Zeit der Welt, auf meine unsinnigen Antworten zu warten. Womöglich interessieren sie ihn sogar. *Ja, wieso auch nicht, Liv?* Wieso auch nicht. »Er war erst in Dänemark«, fahre ich also fort. »Dort hat er meine Mutter kennengelernt.«

»Deine Mutter ist Dänin?«

»Nein, meine Mutter ist Deutsche. Sie war zu einem Auslandssemester in Kopenhagen. Und mein Vater war dort Lehrer im Rahmen des Erasmusprogramms.«

»Aaaaaaah«, macht Jonah. »Ein Professor und seine Schülerin also?«

»Das klingt verbotener, als es tatsächlich war. Sie sind erst nach dem Schuljahr zusammengekommen. Meine Mutter sagt immer, sie habe sich zuerst in die dänische Lakritze verliebt, dann in meinen Vater.«

Jonah lacht, und ich verberge ein Grinsen, indem ich meine Sonnenbrille höher auf die Nase schiebe. Er hat ein schönes Lachen, leise und tief. Und er muss nicht wissen, dass ich es beinahe bis in meinen Magen spüren kann, also räuspere ich mich und sage: »Und deine Eltern?«

Jonahs Lachen endet abrupt und ein nicht sonderlich überzeugendes Lächeln tritt an seine Stelle. »Geschieden«, sagt er. »Schon ewig.« Er nickt mir zu, während er eine Hand auf meinen Rücken legt, ganz leicht nur, um mich ein Stück nach vorn zu schieben. Die Schlange ist mittlerweile weitergerückt.

»Meine Tante war schon in den Siebzigerjahren auf dem Festival«, sage ich.

»Wie alt ist sie?«

»Mitte fünfzig. Und es waren die späten Siebziger. Jedenfalls«, fahre ich fort, während sich die Warteschlange allmählich näher an die ersten Stufen des Turms heranschiebt, »sie war ihr Leben lang in Glastonbury und hat kein einziges Festival verpasst.«

»Verrückt«, sagt Jonah.

»Oh, ja. Und nicht nur das. In den ersten Jahren war sie ein richtiges Groupie. Hat sich irgendwie Zutritt verschafft zu den Backstagebereichen und den Musikern, um mit ihnen Gras zu rauchen und *what not*.«

»What not?« Nun grinst Jonah wieder.

Ich zucke mit den Schultern. »Angeblich hat sie mit Joe Cocker geschlafen.«

»Joe ...« Jetzt lacht Jonah wirklich. Offen und laut. »Mit dem alten Zausel?«

»Er war nicht immer alt, oder?«

»Nein, aber ...« Er schüttelt den Kopf.

»Und mit Elvis Costello.«

»Okay ...«

Es wirkt nicht so, als würde Jonah Elvis Costello kennen, doch die Geschichte bleibt dennoch gut, finde ich.

»Deine Tante war ... *bad ass*«, fasst er zusammen.

»Hat nie damit aufgehört«, stimme ich zu.

Wieder sieht Jonah mich von der Seite an, und diesmal beginnen wir beide zu lachen.

Der Ribbon Tower auf dem Glastonbury Festival ist nur siebzehn Meter hoch, doch die Treppen ziehen sich, besonders mit den vielen Menschen, die sich mit uns nach oben oder an uns vorbei wieder nach unten schieben. Jonah und ich gehen hintereinander und ich spüre seine Blicke in meinem Nacken. Das hoffe ich doch. Ich meine, ich *hoffe*, dass seine Blicke auf meinen Hinterkopf gerichtet sind und nicht etwa auf meinen Hintern. Der nach wie vor zu dick ist, wie man sich unschwer vorstellen kann. Über die Schulter sehe ich ihn an, und mein Hut kippt gefährlich zur Seite, so als wollte er mir in der nächsten Sekunde vom Kopf rutschen. Blitzschnell greift Jonah danach und rückt ihn wieder gerade. Für eine ziemlich lange Sekunde verfangen sich unsere Blicke ineinander. Ich merke, wie sich mein Herzschlag beschleunigt, doch das kann auch an den Treppenstufen liegen, richtig? Es ist heiß und … genau.

Oben angekommen lehnen wir uns ans Geländer und betrachten die Aussicht. Das Festivalareal ist riesig. Das wussten wir vorher auch schon. Doch von hier oben sieht man über die Tipis, die alten Indianerzelte, zu den dicht besiedelten Campingplätzen, über Hügel, Menschenmassen und Bühnen hin zum Glastonbury Tor, dem berühmten Wahrzeichen der Stadt. Für einige Minuten stehen wir schweigend nebeneinander und nehmen die Größe, die Unendlichkeit in uns auf. Es ist kühler hier oben, weil ein zaghafter Wind an unseren Haaren zupft und an den Bändern, die dem Ribbon Tower seinen Namen geben. Musik dröhnt zu uns herauf von der nächstgelegenen Bühne, welche auch immer das ist.

»Ist das Kylie Minogue?«, frage ich. Das lange Schweigen ist einfach zu viel für mich.

»Niemals«, sagt Jonah. »Die Pyramid-Stage ist viel zu weit weg von hier.« Er deutet in die Richtung, in der sich die pyramidenförmige Hauptbühne befindet. Himmel, diese Entfernungen. Und diese vielen, vielen Menschen. Ich betrachte die wuselnde Masse und denke, dass es gut ist, dass man da unten das Gespür verliert für die Tausenden von unbekannten Gesichtern, die einen umringen, sonst würde man womöglich Angst bekommen.

»Wahnsinn, oder?«, fragt Jonah. »So viele Leute, so viele … ich weiß nicht, Leben.«

»Leben?«

»Biografien.« Er sieht mich an. »Du weißt schon. Jeder hat einen Namen, eine Herkunft, eine Geschichte. Eltern, Freunde, Feinde. Einen Job, ein Hobby, ein Haustier …« Er hebt die Augenbrauen und ich nicke. Das war sein längster Satz bisher, denke ich.

Mein Blick schweift über die Menge, bunt gekleidete Menschen, junge, alte, kleine, große, lachende, tanzende. »Einer von denen hat vielleicht gerade sein Handy verloren«, sage ich, »das neu war und ihn ein Vermögen gekostet hat, und außerdem hatte er die Telefonnummer der Frau drauf gespeichert, die er gestern bei *The Killers* kennengelernt hat. Die beiden wollten sich heute wiedertreffen. Aber jetzt kann er sie nicht erreichen und wird sie vermutlich nie wiedersehen.«

Für einen Augenblick sieht Jonah mich schweigend an, dann nickt er ebenfalls. »Die Frau da drüben«, sagt er und deutet in die generelle Richtung der Menschen unter uns, »die ist Songwriterin und tingelt hier in Glastonbury und Umgebung durch die Pubs. Sie kommt jedes Jahr aufs Festival und träumt davon, selbst mal auf einer der großen Bühnen zu stehen, aber bisher hat sie es noch nicht mal geschafft, für einen Gig bezahlt zu werden.«

»Der dahinten ist Alkoholiker, hatte einen Rückfall und hofft, dass seine Frau es nicht merkt.«

»Und der da«, Jonah zeigt nach links, »ist der Bruder von ihm da«, er deutete nach rechts, »doch die beiden wissen nichts voneinander.«

»Und das Mädchen von den *Killers*«, sage ich, »steht überhaupt nicht auf Männer, aber das hat der Typ mit dem Handy leider nicht geschnallt.«

»Dafür hat *sie* nicht gemerkt, dass er keine Unterhose anhatte«, sagt Jonah, und ich pruste los und er grinst zu mir herüber.

Ich spüre, wie mir wärmer wird; wärmer, als es in dem Wind hier oben möglich sein sollte.

»Hast du dir je gewünscht, jemand anderer zu sein? Die Person neben dir an der Kasse oder das Mädchen, das in der Reihe vor dir im Kino sitzt?«

Ich blinzle Jonah an und denke an die unzähligen Male, die ich mir exakt das gewünscht habe: jemand anderer zu sein, *eine* andere; die, die einfach unverblümt mit einem Jungen flirten kann, ohne zu stottern und zu stammeln und langweiliges Zeug von sich zu geben. Die, die bewundernde Blicke auf sich zieht allein dafür, wie toll sie aussieht. Ich wäre gerne die mit dem strahlenden Lächeln, die dünnere, die, die einfach alles tragen kann und darin aussieht wie ein Topmodel. Ich wäre gern Emma, die jetzt mit Marvin zusammen ist. Ich kann gar nicht zählen, wie oft ich mir das schon gewünscht habe. Zu Jonah aber sage ich: »Ich hab eine kleine Schwester, die ist zehn. Wo wäre die, wenn ich jemand anderer wäre?«

»Mmmh«, macht er und nickt.

»Was ist mit dir?«

»Mit mir?« Er überlegt einen Moment, bevor er sich vom Geländer abstößt und erklärt: »Ich würde zu gerne wissen, was das da drüben ist«, sich umdreht und auf die Treppen zusteuert, die uns wieder nach unten führen.

11
Jonah

Sobald wir wieder festen Boden unter den Füßen haben, greife ich nach Livs Hand, damit wir uns in dem Gedränge nicht verlieren. Mir ist klar, dass das irgendwie absurd ist. Seit Tagen schiebe ich mich durch die Menschenmassen auf diesem Festival und habe Dejan oder Simon noch kein einziges Mal aus den Augen verloren. Aus irgendeinem Grund scheint es jedoch wichtig zu sein, dass ich an diesem Mädchen etwas stärker festhalte als an anderen. Ich werfe ihr einen Blick zu. Ihr Gesichtsausdruck schwankt zwischen Überraschung und Verwirrtheit, doch ich lasse sie nicht los.

Wir spazieren an den Indianerzelten vorbei. Trommeln untermalen jeden unserer Schritte, ihr Klang vibriert an meinem Hinterkopf entlang, den Rücken runter bis in den Boden unter meinen Füßen. Das Glastonbury Festival findet auf Farmgelände statt, was eigentlich unfassbar ist. Ich meine, wer stellt seinen Grund, auf dem normalerweise Kühe weiden oder sonst was wächst, jedes Jahr für ein Musikspektakel zur Verfügung, das zu den größten der Welt zählt?

Rauch hängt in der Luft. Wir passieren einige Stände, an denen gehämmert, geschmiedet und gemalt wird, und Liv lässt meine Hand los, um einer Korbflechterin über die Schulter zu sehen.

»Was ist das hier?«, frage ich. »Die Gasse für Heim- und Handwerk?«

»Sieht danach aus«, antwortet Liv, bevor sie den Lageplan aus ihrem Jutebeutel zieht und ihre Nase hineinsteckt. »The Green Fields«, liest sie vor. »We share love and knowledge, educate and communicate, raise awareness of climate change and campaign for ways of living that will help combat the catastrophic effect that our carbon emissions are having on the planet.«

»Love and peace«, sage ich.

»Love and *knowledge*.«

»Bestimmt ist Greta Thunberg hier auch irgendwo. Und bestimmt ist sie durch den Ärmelkanal geschwommen, statt die Fähre zu nehmen, um die Weltmeere zu retten.«

»Wieso machst du dich lustig darüber, dass sich jemand tatsächlich einsetzt, auf den Klimawandel aufmerksam macht und versucht, etwas dagegen zu tun?«

»Vielleicht macht sie sich auch nur wichtig?«

Liv runzelt die Stirn, wirft mir über den Rand ihrer blauen Sonnenbrille hinweg einen Blick zu und widmet sich stumm wieder den Korbflechtereien.

»Was?«

Sie antwortet nicht.

»Denkst du echt, jeder, der in die Öffentlichkeit drängt, tut das völlig uneigennützig und der guten Sache wegen? Ihre Eltern haben ein Buch veröffentlicht. Sie nutzen die Popularität ihrer Tochter, um Geld zu machen.«

»Das sie dann an Umweltorganisationen spenden.«

»Sie nutzen ihre Popularität aus.«

»Und *sie* nutzt diese Popularität, um sehr viel Gutes zu tun.«

»Und *du*?«, frage ich. »Hast du Greta Thunberg dazu benutzt, um freitags nicht in die Schule zu müssen?«

Liv seufzt. Sieht mich wieder an mit diesem Blick über den
Brillenrand, und vielleicht bilde ich es mir ein, aber ich lese
Enttäuschung darin.

»Ja, stell dir vor, Fridays for Future sind selbst nach Stade
durchgedrungen. Und gerade weil ich *nicht* daran teilge-
nommen habe, weiß ich das Engagement von Greta Thunberg zu schätzen.«

»Und ich weiß nicht, weshalb du so zerknirscht klingst.
Ich meine, sei doch froh, dass du keine Mitläuferin bist.
Irgendjemand stellt sich oben hin und macht irgendwas vor,
und eine Masse an Menschen macht es einfach nach, ohne
sich zu überlegen, *was* sie da eigentlich tut. Nimm die großen
Rockstars: Sie stehen auf der Bühne, klatschen zweimal in
die Hände, kreischen *Clap your hands*, und alle reißen die
Arme in die Luft. In einem anderen Zusammenhang kann
das echt gefährlich sein.«

Liv blinzelt unter ihrem Hut hervor. »Du meinst, bei Kylie
Minogue zum Beispiel?«

»Haha. Ich meine … Keine Ahnung. Wie bei einer
Sekte.«

»Eine Sekte.« Sie klingt spöttisch. Dann lenkt sie ein.
»Jemand, der so im Mittelpunkt steht wie Greta, wird immer
auch Zielscheibe von Kritik sein, das gehört vermutlich
dazu.«

»Sie hat sich selbst in den Mittelpunkt gedrängt, oder etwa
nicht?«

»Um Gutes zu tun.«

Wir sind vor dem Stand der Korbflechterin stehen geblieben, und um uns herum schieben und zwängen sich Leute,

denen wir im Weg sind. Ich greife Livs Handgelenk und ziehe sie weiter.

»Ich glaube, ich weiß jetzt, was dein Problem ist«, sagt sie. »Du kannst dir nicht vorstellen, dass es Menschen gibt, die selbstlos genug sind, sich für etwas einzusetzen, das nicht unmittelbar mit ihnen persönlich zu tun hat.«

»Selbstlos? Dafür, dass sie *selbstlos* ist, hat Greta Thunberg ihren Namen ganz schön bekannt gemacht, findest du nicht?«

»Und die Aufmerksamkeit auf ein wichtiges Thema gelenkt. Manchmal muss man eben einen Schritt zu weit gehen, um etwas zu bewirken. Weil man sonst kein Gehör bekommt.«

Ich mustere sie einige Sekunden lang, dann muss ich lachen. Ich ziehe ihr die Krempe des Huts tiefer in die Stirn, woraufhin Liv zu stolpern und ebenfalls zu lachen beginnt.

»Sorry für den Anti-Greta-Monolog«, sage ich. »Im Grunde hab ich nichts gegen sie.« Was wahr ist irgendwie. Ich weiß selbst nicht, weshalb ich mich heute zu einer Rede gegen sie aufgeschwungen habe, außer vielleicht … Ich hab nichts gegen Greta Thunberg. Aber ich habe etwas gegen verhätschelte, behütete Kinder, denke ich. Mütter, die diese Kinder verhätscheln. Mütter, die Bücher über sie schreiben.

»Habe ich recht?«, fragt Liv.

»Recht? Womit?«

»Du magst Menschen nicht besonders?«

»Wann hast du diese Behauptung gleich wieder aufgestellt?«

»Keine Ahnung? Zwischen den Zeilen?«

Ich sehe auf sie runter und lächle sie an. »Seltsamerweise hab ich überhaupt nichts gegen dich«, sage ich.

Und sie lächelt zurück, bevor sie ihre Brille auf der Nase zurechtrückt und sich wieder den Handarbeiten zuwendet.

Sie bleibt an jedem zweiten Stand stehen. Auf diese Weise werden wir nie mehr etwas anderes sehen als bärtige Zopfträger, die mit freiem Oberkörper auf einem Amboss herumhacken, oder dürre, alte Frauen, die hinter Spinnrädern verschwinden.

»Entweder, du interessierst dich unheimlich für selbst gemalte Tarotkarten, gehämmerte Kupferringe und Batiktücher«, sage ich, »oder du bist eine Künstlerin.«

»Ich bin keine Künstlerin«, kommt es gemurmelt zurück.

»Aha.« Ich nicke, doch das kann sie unmöglich sehen, weil sie mir den Rücken zukehrt, um zwei Frauen dabei zu beobachten, wie sie … klöppeln? Ich bin nicht sicher, ob man das so nennt. Mit einem Mal dreht sich Liv zu mir um.

»Was wolltest du eigentlich sehen?«, fragt sie.

»Wie bitte?«

»Vorhin, auf dem Turm. Du hast gesagt, du würdest zu gerne wissen, was das da drüben ist.« Sie dreht den Kopf hin und her, um in alle Richtungen zu blicken, und zuckt schließlich mit den Schultern. Ich versuche, nicht auf ihr Top zu achten und auf den Umstand, dass es sich bei der Bewegung hebt und einen beachtlichen Einblick in ihr Dekolleté gewährt.

»Jonah?«

»Ja?« Ich räuspere mich. »Ich dachte an diesen Steg. Diesen …« Suchend sehe ich mich um, während Liv sich abermals in den Lageplan vertieft.

»Oh«, ruft sie schließlich. »Das könnte es sein.« Sie läuft

78

voraus und ich folgte ihr, an Akrobaten und Stelzenläufern vorbei und Zelten, aus denen Weihrauchschwaden wabern, zu einem Holzsteg, über dem in einem Halbkreis die Buchstaben *Glastonbury on Sea* schweben.

»Ist einem klassischen Pier nachempfunden«, erklärt Liv, sobald wir die Holzstufen erklommen haben. »Wie in den englischen Seebädern.«

»Warst du schon mal in einem?«, frage ich. »In einem klassischen Seebad?«

Liv schüttelt den Kopf.

»Wieso nicht? Immerhin bist du halbe Engländerin?«

»Keine Ahnung. Meine Eltern hat es wohl immer eher in die andere Richtung gezogen. Südeuropa, Afrika, wir waren in Australien …«

»Aaah.«

»Was *Aaah*?«

»Eine Frau von Welt also.« Ich versetze ihr einen spielerischen Stoß, während wir den Pier entlangschlendern und Liv ausnahmsweise mal nicht die Hintergrundinformationen zum Festival studiert. »So eine haben wir auch dabei. Michelle.« Ich werfe ihr einen, wie ich meine, bedeutsamen Blick zu. »Simons Freundin. Sie ist circa als Dreijährige schon viermal um die Welt gereist, ihre Eltern sind ziemlich dick im Hotelgeschäft.«

»Nun, meine Eltern sind nicht dick in irgendeinem Geschäft«, erklärt Liv und es klingt schnippisch. »Sie sind Lehrer und sparsam und sie reisen gern.«

»Ich wollte nicht …«, beginne ich, doch da hat sie sich bereits ab- und einem kleinen Holzpavillon zugewandt, in dem eine Band aus Metallgestalten vor sich hin schrammelt.

»Ich glaube, es gibt auf dem ganzen Gelände keine fünf

Quadratmeter, auf denen nicht Musik gemacht wird«, sage ich, um einen Themenwechsel bemüht. Inzwischen beschleicht mich der Verdacht, dass die Stunde, die Liv und ich gemeinsam verbringen wollen, lang werden könnte, wenn wir weiterhin so fulminant aneinander vorbeireden. Oder ich es mit irgendeinem Blödsinn verkacke. »Nach fünf Tagen Glastonbury weiß ich am Montag vermutlich gar nicht mehr, wie ich ohne diese Dauerbeschallung auskommen soll.«

»Hörst du nicht gern Musik?«

»Was ist das für eine Frage? Wäre ich sonst auf einem Musikfestival?«

»Und? Welche Bands interessieren dich hier am meisten?«

»Ich fand Stormzy ziemlich cool. Sharon Van Etten. Richtig gut sind sicher auch *The Cure* heute Abend.«

»Ziemlich breit gefächerter Geschmack, oder? Alles außer Kylie Minogue?«

»Nicht *alles* außer Kylie Minogue«, erwidere ich. »Eher vieles von dem, was nicht im Radio läuft. Und altes Zeug – aber nicht Kylie. Mein Vater hatte die Alben von *The Cure, Radiohead, The Killers*.« Auch wenn ich mich heute manchmal frage, wie ein Mann wie mein Vater zu einem derart guten Musikgeschmack kommen kann. Wo er doch in so ziemlich allen anderen Bereichen vollkommen ignorant ist.

Wir gehen ein paar Schritte weiter und bleiben vor einem Pavillon stehen, in dem eine Wahrsagerin gerade ihr Kartenspiel mischt. Unter einem bedrohlichen Kranz falscher Wimpern wirft sie mir einen durchdringenden Blick zu, bevor sie die Augen auf Liv richtet und zu strahlen beginnt.

»Liv! Hat dich die alte Mafalda endlich aus dem Käfig gelassen, damit unser hübsches Festival nicht völlig an dir vorbeizieht?«

Liv grinst ebenfalls und geht etwas näher zu der runden, türkisfarbenen Holzhütte, über der in rosa Schnörkelschrift die Worte »Fortune Teller« gemalt sind. »Hat sie. Und das Festival ist wirklich hübsch. Besonders dieser Pier hier.«

»Ja, nicht wahr?« Die ältere Frau nickt begeistert, wobei ihr Turm aus grauen Haarsträhnen und bunten Tüchern ins Wanken gerät. »Und wer ist dein hübscher Begleiter?«, fragt sie. Wieder bedenkt sie mich mit diesem durchdringenden Blick. Und ihre extrem britische Aussprache ist noch extremer geworden, als wollte sie testen, ob ich sie auch wirklich verstehe.

»Ähm.« Liv und ich sehen einander an. Ich bin mir nicht sicher, warum sie rot wird, doch ich erlöse sie und stelle mich selbst vor.

»Jonah.« Ich strecke der Wahrsagerin die Hand hin, was sich als Fehler herausstellt. »Nett, Sie kennenzulernen, Mrs …«

»Leonora«, ruft sie und greift nach meiner Hand, als wollte sie mich hinter ihren Tresen zerren. »Einfach Leonora.« Sie lächelt mich an, sehr breit, sehr rot, und ich bemerke unglücklicherweise zu spät, dass sie keinerlei Anstalten macht, mich wieder loszulassen.

»Mal sehen«, murmelt sie, dreht meine Hand mit der Fläche nach oben und beugt ihren Kopf darüber.

Entsetzt schnellt mein Blick zu Liv, die ein mitleidiges Gesicht macht und mit den Schultern zuckt, als hätte sie geahnt, dass so etwas passieren würde. Ich versuche, meine Hand wegzuziehen, ohne Erfolg.

Leonora dreht meine Handfläche hierhin und dorthin und streicht mit ihren ringbeladenen Fingern über die Linien darin, was mir eine Gänsehaut über den Rücken jagt. Noch einmal versuche ich, mich ihr zu entziehen, vergeblich. Liv setzt gerade an mit: »Wir müssen jetzt wirklich weiter, Leonora, meine Tante …«, da erklärt die Wahrsagerin mit gebieterischer Stimme: »Du bist ein interessanter junger Mann, Jonah. Voller Leidenschaft. Feuer. Voller Geheimnisse. Sie liegen tief, tief vergraben. Sie … deine Mutter …« Leonora runzelt die Stirn, während ich einen augenblicklichen Herzstillstand erleide. So fühlt es sich jedenfalls an.

»Nimm eine Tarotkarte«, sagt sie plötzlich, während sie meine Finger loslässt, nach ihrem Kartenstapel greift, ihn erst mischt und dann vor uns auffächert. Mein Herz ist wieder angesprungen, doch es schlägt so laut, dass ich befürchte, Liv neben mir kann mithören. Mir ist klar, dass die Wahrsagerin exakt diese Worte vermutlich bei jedem anderen auch verwenden wird – *Leidenschaft, Feuer, Geheimnisse, deine Mutter!* – und dass irgendwie jeder sich davon angesprochen fühlen muss, aber trotzdem … Ich räuspere mich. Nichts *trotzdem. Humbug.*

Wahllos greife ich nach einer der Karten und ziehe sie heraus.

»Das Rad des Schicksals«, dröhnt Leonora, und neben mir höre ich Liv seufzen. »Etwas kommt in Bewegung, doch nur dann, wenn wir das Hier und Jetzt akzeptieren.« Sie starrt in meine Augen, sodass sie fast zu tränen beginnen, feierlich und todernst. »Nur wer akzeptiert, dass nichts bleibt, wie es war, wird dem Schicksal in die Karten spielen.« Ein letzter Blick, dann verzieht sich ihr Gesicht wieder zu diesem schrägen Grinsen.

Sie klatscht in die Hände. »Gut, gut, Kinder, auf, auf mit euch! Weit mehr Schicksale warten noch darauf, ergründet zu werden.«

Ich komme kaum dazu, die Stirn zu runzeln, da hat Liv mich am Arm gepackt und zerrt mich in Richtung Ende des Piers. »Auf Wiedersehen, Leonora! Bis die Tage mal!«

»Auf Wiedersehen, Livvy! Grüß deine Tante von mir!«

Ich werfe einen letzten, skeptischen Blick über meine Schulter und lasse mich von Liv davonziehen.

»Tut mir leid«, flüstert sie, sobald wir uns ein Stück von der Wahrsagerhütte entfernt haben. »Leonora ist …« Sie schüttelt den Kopf.

»Schräg? Skurril? Gruselig?« Ich flüstere ebenfalls. Und ich fühle die Gänsehaut auf meinen Armen, so peinlich das ist.

»Exakt so wie Tante Mafalda, wenn sie in ihren spirituellen Modus verfällt.«

»Ich glaube nicht, dass ich das erleben möchte.«

»Sooo schlimm ist es auch nicht. Man darf das alles bloß nicht ernst nehmen.«

»Sie selbst tut es aber, oder?«

Liv zuckt die Schultern. »Sie trifft sich einmal im Monat mit einer Gruppe Frauen, die sich *Die Hexen von Avalon* nennen.«

»Oh.«

»Mmmh.«

Der Steg ist nicht sonderlich lang und wir sind beinah an seinem Ende, als wir an einem letzten Pavillon vorbeikommen, in dem ein dicklicher Mann mit Kahlkopf Zuckerwatte verkauft. Oder auch nicht. Er steht da, die Hände in die breiten Hüften gestemmt, das teigige Gesicht zu einer ernsten, traurigen Miene verzogen. Zuckerwatte, schätze ich, ist nicht erste Menüwahl von verkaterten Festivalbesuchern mit leicht demoliertem Magen.

Der Mann hebt die Brauen, sieht mich hoffnungsvoll an und greift nach einem langen Kunststoffhalm. Und aus irgendeinem Grund – vielleicht, weil die behütete Greta Thunberg oder Leonora oder sonst was in mir die Erinnerung an eine Kindheit getriggert hat, die ich nie wirklich erlebt habe – nicke ich und gehe auf den Wagen zu.

»Willst du auch eine?«, frage ich über meine Schulter. »Zuckerwatte?«

»Zuckerwatte?« Liv stellt sich neben mich und lacht. »Nein danke.«

»Keine Ahnung, wann ich die das letzte Mal gegessen habe. Vermutlich mit drei.«

Der Verkäufer hält den Stab in die Maschine und wir sehen dabei zu, wie sich die rosafarbenen Fäden um die Spindel drehen.

»Sie sieht viel hübscher aus, als sie schmeckt.«

»Ich kann mich ehrlich nicht mehr daran erinnern.« Ich tausche die Zuckerwolke gegen ein paar Münzen ein und mache mich mit Liv auf den Weg die Stufen runter.

»Und? Schmeckt sie nach Kindheit?«

Ich reiße ein Stück heraus, stecke es mir in den Mund und denke: *hoffentlich nicht.* Dann halte ich Liv die Zuckerwatte hin. »Probier selbst.«

Sie schüttelt den Kopf.

»Komm schon. Lass uns gemeinsam schwelgen in den Erinnerungen an … keine Ahnung.« *Was tust du hier, Jonah? Erinnerungen an was? Lass es sein.* »Vielleicht sollten wir Leonora fragen, in welchen. Sie scheint bestens Bescheid zu wissen.«

»Als hätte dir Leonora nicht schon genug Angst eingejagt«, erwidert Liv und fügt dann mit gruseliger Horrorstimme hinzu: »*Leidenschaft. Feuer. Geheimnisse.*«

»Erinnere mich daran, deiner Tante nicht die Hand zu schütteln.«

Sie lacht. Dann kramt sie in ihrem Jutebeutel und zieht ihr iPhone hervor. »Apropos Tante. Ich sollte zurück. Sicher kann sich Jackson nicht länger auf den Beinen halten und die Leute hier essen quasi rund um die Uhr.«

»Mh-mh.« Ich zupfe ein Stück der Zuckerwatte ab und halte es Liv unter die Nase. »Apropos essen«, sage ich.

»Uhg.« Sie dreht sich weg.

»Komm schon.« Mit dem kleinen Wattebausch wedle ich vor ihrem Gesicht herum. In dem Moment habe ich keine Ahnung, warum ich unbedingt möchte, dass sie dieses klebrige Zeug probiert, doch als sie die Augen verdreht, nach meiner Hand greift, sich vorbeugt und schließlich höchstens zwei Zentimeter von der Zuckerwatte abreißt, wird es mir klar: Es sieht supererotisch aus, wie sie den Flaum auf der Zunge zerdrückt, sich dann die Lippen leckt und schließlich die Finger, weil der Zucker einfach überall klebt. Eine Filmszene schießt mir durch den Kopf. Hab ich das mal irgendwo gesehen? Ist das so eine geheime Männerfantasie? Zuckerwatte essende Mädchen mit umwerfenden Lippen?

Wahnsinn, Jonah, was ist los mit dir? Ich löse den Blick von Liv und suche nach einem Abfalleimer, um den Rest loszuwerden. *Die letzte Nacht hat gereicht, okay? Sie hat einen Freund.* Mein Blick fällt auf eine Mülltonne, direkt neben der Metallfigurenband, und ich greife mit der freien Hand nach ihrer.

Sie ruft: »Vorsicht, ich klebe! Dieses Zeug ist so furchtbar«, und ohne zu überlegen verschränke ich unsere Hände miteinander, klebrige Finger an klebrige Finger, schmierige Handfläche an schmierige Handfläche. Dann drücke ich einmal kurz zu und ziehe Liv hinter mir her und runter vom Pier.

12
Liv

Eine kleine Portion Zuckerwatte, 30 Gramm, 120 Kalorien. Für 120 Kalorien kann ich fast ein Kilo Salatgurke essen, 700 Gramm Tomaten oder zwei richtig große Karotten. Um sie zu verbrennen, muss man 11 Minuten joggen bei mittlerer Geschwindigkeit, 26 Minuten brustschwimmen oder 18 Minuten radfahren. Ich schmecke der krisselnden Konsistenz auf meiner Zunge nach, der klebrigen Süße. Jonah kann es nicht wissen, doch ich bin kurz davor, einen Schock zu bekommen, so lange habe ich nichts mehr gegessen, das so süß schmeckt. Oder überhaupt etwas, vor irgendjemandem. Ich esse nicht gern vor Publikum, das habe ich mir vor langer Zeit abgewöhnt. Was Jonah nämlich auch nicht weiß, ist, dass jemand wie ich, der dauernd aufpassen muss, dass er das, was er abgenommen hat, nicht wieder zunimmt, besser keinen Bissen von irgendetwas nehmen sollte, um nicht das Verlangen nach mehr auszulösen.

»Bist du sicher, dass du jetzt schon zurück zu deiner Tante musst?«

»Sehr sicher, ja. Sie kann das unmöglich alleine schaffen, und Jackson – wie schon gesagt. Sein Fuß.«

»Vielleicht kannst du dich später noch mal losreißen?«

»Vielleicht. Ich weiß nicht.«

Ich habe Mühe, mit Jonah Schritt zu halten, und meine

Gedanken drehen sich etwa dreimal so schnell, wie er läuft. Ich schiebe mein leidiges Dauerproblem, das Essen, aus diesem Karussell und konzentriere mich stattdessen auf das Hier und Jetzt, auf Jonah, auf uns. Dafür, dass er mich gerade gefragt hat, ob wir später noch mehr Zeit miteinander verbringen, rennt er geradezu zum Truck meiner Tante. Und vorhin, da hatte ich das Gefühl, als habe er auf meine Lippen gestarrt, und dieser Blick, der war …

Schnell schüttle ich den Kopf. *Komm schon, Liv, sei nicht albern.* Mit jedem Schritt, den wir Richtung Jacksons Foodtruck machen, entferne ich mich mehr von diesen dummen, dussligen Überlegungen.

Es ist nicht das erste Mal, dass meine Fantasie mir solche Streiche spielt, wirklich nicht. Marvin … bei Marvin war ich mir sicher, dass er das Gleiche empfinden müsste wie ich, und selten lag ich so weit daneben. Innerlich zucke ich zusammen, wie immer, wenn ich an Marvin denke. Leider kann ich nichts tun gegen das Bild in meinen Kopf, das ihn mit Emma zeigt, wie sie sich küssen; sie mit dem Rücken gegen das Klettergerüst gepresst, auf dem er und ich schon als Kinder gespielt haben. Mein Gesichtsausdruck muss alles gesagt haben, und ich bin froh, dass die beiden ihn nicht sehen konnten. Er drückte in etwa den gleichen Horror aus wie der des Mädchens, das vor uns stehen geblieben ist, nur im Gegensatz zu Marvin bleibt mir dieser angewiderte Ausdruck leider nicht erspart.

»Ich hab dich schon überall gesucht«, erklärt sie Jonah, sobald sie mit der Kopf-bis-Fuß-Missbilligung meiner Erscheinung abgeschlossen hat.

»Warum?«, fragt er, und es klingt so kühl, dass ich überrascht zu ihm aufsehe. Er hält nach wie vor meine Hand, stelle ich fest, und ich will mich aus seinem Griff befreien, als er meine Finger noch fester umschließt.

»Weil …«, beginnt das Mädchen, doch dann schüttelt sie den Kopf. Ihre Augen landen auf unseren ineinanderverschränkten Händen. »Willst du mir deine *Freundin* nicht vorstellen?« Selten hat ein Wort weniger freundlich geklungen. Ich winde mich quasi unter ihrem Hohn, bevor ich zu Staub zerfalle und mich zwischen den Schotter unter meinen Füßen mische.

Jonah räuspert sich. »Liv, das ist Annika. Annika, Liv.«

Gerade noch kann ich dem Impuls widerstehen, ihr meine Hand entgegenzustrecken, denn ich bin mir ziemlich sicher, sie würde sie nicht wollen. Das also ist Annika. Besagte Annika, die Jonahs Freund Simon vorhin schon erwähnte. Sie legt den Kopf schief und betrachtet mich ein weiteres Mal. Eingehend.

In so ziemlich allem ist Annika das genaue Gegenteil von mir. Sehr schlank. Sehr dunkelhaarig. Sehr selbstbewusst.

Noch einmal versuche ich, meine Hand aus der von Jonah zu lösen, doch er hält daran fest. Schließlich richtet Annika ihren grazilen Schwanenhals noch ein wenig graziler auf und nickt mir zu. »Hi«, sagt sie. »Ich bin Jonahs Freundin.«

»Ach, verdammter Blödsinn, Annika, was soll der Mist?« Nun lässt Jonah mich doch los, um seine Arme vor der Brust zu verschränken. »Wieso hast du mich gesucht?«

»Wieso? Weil du nicht zum Konzert gekommen bist!«

»Du sagst das so, als hätte ich jemals behauptet, ich würde mir Kylie Minogue anhören wollen!«

Annika starrt Jonah an, und der starrt zurück. Dann sagt er, ohne den Blick von ihr zu lösen: »Wartest du kurz auf mich? Ich bin gleich wieder da«, nimmt seine *Freundin* am Arm und zerrt sie geradezu ein Stück von mir weg.

Ich kann nicht hören, was gesprochen wird, und ich kann Jonahs Gesicht nicht sehen, aber ihres. Unter dem hübschen olivfarbenen Teint wird Annika blass. Wenn ich nicht davon überzeugt wäre, dass sich dieses Mädchen von nichts so leicht einschüchtern lässt, würde ich sogar sagen, sie hat Tränen in den Augen, als Jonah mit ihr fertig ist, doch vermutlich ist es keine Trauer. Sie macht eine äußerst zackige Handbewegung in meine Richtung, spuckt eine Bemerkung aus, die ich nicht hören muss, um sie zu verstehen, und verzieht ihre Lippen zu einem angewiderten Schnörkel.

Ohne ein weiteres Wort lässt Jonah sie stehen. Er dreht sich um, kommt zu mir zurück, greift abermals nach meiner Hand und zieht mich weiter.

Einige Schritte stolpere ich stumm neben ihm her. Mein Herz klopft wie wild. Ich wünschte, ich könnte sagen, ich hätte eine solche Szene noch nie erlebt, doch das habe ich. Als älteste Freundin eines der begehrtesten Jungen der Schule haben mich schon mehr mitleidige, abscheuliche Blicke getroffen, als gut für mich waren.

Ich schlucke meine Beklemmungen hinunter. Atme einmal tief ein und setze ein Lächeln auf, während ich Jonahs Hand ein wenig fester drücke. »Hey, was war das denn?«, frage ich. Gott, meine Stimme sollte *leichthin* klingen, doch sie wirkt alles andere als das. Hysterisch geradezu. Was Jonah nicht zu bemerken scheint. Er schnaubt.

»Gar nichts. Annika.«

»Deine …«

»Ex. Ich bin mir nur nicht sicher, ob das tatsächlich bei ihr angekommen ist.«

»Wie lange seid ihr denn schon getrennt?«

»Mehr als zwei Monate.«

»Oh.«

»Ja, *oh*.«

Wir laufen schweigend nebeneinander her, kommen aber immer weniger voran. Je weiter wir uns der Gasse mit den Foodtrucks nähern, desto mehr Leute schieben sich vor uns her und um uns herum. Ich lasse Jonahs Hand los. Bei dieser Geschwindigkeit ist es höchst unwahrscheinlich, dass wir einander verlieren. Und er wirkt ohnehin nicht so, als hätte er es mitbekommen. Seine Stirn ist gerunzelt, sein schöner Mund zu einer harten Linie gezogen, und er scheint über irgendetwas nachzugrübeln.

Ich wende den Blick ab. *Schöner Mund, Liv, ja? Gott, du bist* ... Zeit, dass ich wieder meinen Platz hinter der Fritteuse einnehme, schätze ich. Die Stunde mit Jonah war nett, aber sie hat auch gezeigt, dass ich offensichtlich emotional völlig verwirrt bin und Ausflüge dieser Art tunlichst unterlassen sollte. Zumal ich in diesem Fall ohnehin weit außerhalb meiner Liga unterwegs bin.

Nicht zuletzt Annikas Reaktion auf mich hat die Gedanken bestärkt, die ich vorhin schon hatte: Ein Typ wie Jonah hängt nicht ab mit Typen wie mir, er vergnügt sich mit den Annikas dieser Welt. Mit den Mädchen, die nicht nur schön sind, sondern auch darum wissen, die nicht zu unsicher sind, enge Klamotten zu tragen, deren Lippen dieses siegessichere Lächeln umspielt und die sich absolut nichts dabei denken, Jungs wie Jonah als ihren Freund zu bezeichnen, obwohl er das gar nicht mehr ist.

Nach wie vor spüre ich ihre Verachtung. Für meine Schlabberklamotten, für all das darunter, die Fehler und Schwächen, die Narben, das Unschöne. Und ich bin erleichtert, als Jacksons Truck in Sichtweite kommt. Ich sehne mich danach, mich hinter der Theke zu verkriechen, denn alles ist besser, als sich solchen Blicken aussetzen zu müssen.

»Okay«, rufe ich betont fröhlich, als wir vor den Stufen zum Seiteneingang stehen bleiben. »Das war ... wirklich lustig!« Ich grinse und spüre dabei jeden verdammten verkrampften Muskel in meinem Gesicht. »Ich wünsche dir noch ganz viel Spaß auf dem Festival! Und eine gute Heimfahrt!« Ich wedle mit dem Arm, sicher sehe ich aus wie eine überdrehte Geistesgestörte, doch ich will dieses Kapitel jetzt einfach beenden, es hinter mich bringen, je schneller, desto besser, wie man einen schmerzenden Zahn eben zieht.

»Bist du sicher, dass du nicht später noch mal wegkannst? Irgendwann werden diese Verrückten doch auch mal aufhören zu essen.«

Für zwei oder drei Sekunden starre ich ihn an. *Was will er von mir?*, frage ich mich. Gemessen an seiner Exfreundin bin ich ganz und gar nicht sein Fall. Und es ist nicht so, als wären mir die Blicke nicht aufgefallen, die Jonah den lieben langen Tag auf sich zieht. Er hat ziemlich freie Auswahl, würde ich sagen. Also – *was will er?* Will er es sich leicht machen? Obwohl er das absolut nicht nötig hat? Warum sollte er?

Ich schüttle den Kopf. »Nein, leider, die essen hier bis in den frühen Morgen. *Engländer.*« Ich zucke mit den Schultern. »Du weißt doch, was man von Engländern sagt, sie sind ...«

»Was machst du schon wieder hier?« Mafalda füllt den Rahmen der schmalen Tür, teigverschmierte Handschuhe von sich gestreckt, als wollte sie sich freiwillig stellen, das *What* ein einziges knallendes t. »Wenn du nichts zu essen willst, dann verschwinde wieder und genieß das Festival mit deinem neuen Freund.«

»Das ist nicht …«, beginne ich schrill, als Jacksons vollbärtiges Gesicht hinter dem meiner Tante auftaucht.

»Ist er das? Sieht harmlos genug aus, oder nicht?«

»Es gibt Serienkiller, die aussehen wie Mamas Liebling.«

»Nun, da hast du wieder recht.« Er drückt einen Kuss auf Mafaldas Nacken und meine Tante neigt bereitwillig den Kopf zur Seite. »Ich steh auf intelligente Frauen, das weißt du, ja?«, brummt er.

»Mmmmmh.« Sie schließt die Augen, und bevor sich die Szene in noch expliziterer Peinlichkeit vor uns entfalten kann, hebe ich eine Hand.

»Stopp«, sage ich laut. »Jackson, verbrennt da irgendwas?«

»Oh, shit.« Jackson lässt von Mafalda ab, humpelt zurück in den Wagen und beginnt zu fluchen.

»Okay, machen wir weiter«, ruft meine Tante. »Habt Spaß, ihr Süßen. Tut nichts, was ich nicht auch tun würde. Also tut vermutlich alles, nehme ich an.« Womit sie mit einer letzten verscheuchenden Geste und mithilfe ihres Ellbogens die Tür zum Wohnwagen zuzieht.

»Mafalda!« Ich laufe die drei Stufen nach oben und klopfe dagegen, bevor ich einmal um den Wagen herumlaufe und mich zwischen die Wartenden dränge.

»Hey, was fällt dir ein? Hinten anstellen!«

»Ja, genau! Noch nie was von Schlange stehen gehört?«

»Sieht das etwa aus wie das Ende?«

»Mafalda …«

»Livvy! Ich seh dich morgen früh, um den Truck sauber zu kriegen, okay? Und mach dir keine Sorgen um Jackson.

Sein Freund Pete übernimmt in einer halben Stunde oder so, wir kommen also gut zurecht. Und jetzt ab mit dir! Chop-chop!«

Ich starre meine Tante an, ungläubig und mit kaum einem klaren Gedanken im Kopf, da spüre ich Jonahs Hand, die sich um meinen Ellbogen schließt.

»Keine Sorge«, ruft er in Richtung des Trucks. »Ich bringe sie rechtzeitig zurück!« Womit er mich wegzieht. Und ich es zulasse.

13

Jonah

»Der Freund deiner Tante sieht genauso schräg aus wie
sie«, erkläre ich im selben Augenblick, in dem sich Liv aus
meinem Griff befreit. »Nur ein ganzes Stück jünger. Er wirkt
kaum älter als ich. Verrückt. Stimmt das? Wie alt ist der
Kerl?«

Liv reibt sich den Arm.

»Oh, sorry, war das zu fest?«

Sie schüttelt den Kopf, und ehrlich gesagt sieht sie nicht
sonderlich begeistert aus, im Gegenteil. Sie öffnet den Mund,
klappt ihn zu, wiederholt das Ganze, blickt auf den Boden,
dann wieder mich an, inzwischen leicht rot angelaufen. Ich
denke, das ist eventuell der Moment, in dem ich mich fragen
sollte, was ich hier eigentlich mache? Ich meine, abgesehen
davon, dass ich das Mädchen kaum kenne und sie trotzdem
seit etwa einer Stunde hinter mir her über diese englischen
Felder schleife und ich sie sympathisch finde, ist sie überhaupt nicht mein Typ. Oder habe ich einen Typ? Keine Ahnung. Wobei ich sagen muss, dass sie …

»Jonah, hör mal.« Sie bleibt stehen. Ich warte einige Sekunden, hebe schließlich erwartungsvoll die Brauen, doch es
kommt nichts mehr. Sie beißt auf ihrer Unterlippe herum.
Als mein Blick sich gerade auf die kleine Stelle eingezoomt
hat, an der der Schneidezahn auf ganz offensichtlich super-

weiche Haut trifft, öffnet sie den Mund und sprudelt doch damit heraus, in etwa genauso schnell, wie sie bei unserer ersten Begegnung von ihrer Tante erzählt hat.

Als sie fertig ist, blinzle ich verwirrt.

»Warte … *Was?*«

»Ich sagte, ich gehöre nicht zu denen, die sich auf einem Festival für eine Nacht aufreißen lassen. Und ich finde, wenn es das ist, worum es dir geht, dann solltest du vielleicht nicht mit mir deine Zeit verschwenden. Ich meine, *offensichtlich* ist das die letzte Möglichkeit für dich, dieses Festival … äh, auszukosten, und du bist Single und vielleicht willst du sogar deiner Ex etwas heimzahlen oder ihr eins auswischen oder womöglich ist dir einfach nur klar geworden, dass du morgen schon wieder abreist, und jetzt möchtest du so viel wie möglich aus der verbleibenden Zeit machen, und das verstehe ich, ich dachte nur, ich sag dir lieber gleich, dass ich …«

Ich lache laut auf. »Ist ja gut, stopp!« Gott, dieses Mädchen kann quasseln, so viel steht fest. »Das hatte ich schon beim ersten Mal verstanden, okay?«

»Wieso …«, beginnt sie, schüttelt dann aber den Kopf.

»Denkst du wirklich, das hatte ich vor?«

Liv sieht zu mir auf. Diese blaue Brille lässt ihre Augen noch blauer wirken, und für einen Moment bin ich abgelenkt, weil mich der Anblick an irgendetwas erinnert. An etwas Gutes. Etwas, das ein warmes Gefühl in meinen Inneren hinterlässt.

»Ich meine«, fahre ich fort, »glaubst du ehrlich, ich will Zeit mir dir verbringen, um … keine Ahnung … dich später ins Bett zu kriegen?« Ungläubig starre ich sie an. Ich starre sie quasi nieder, und zu spät geht mir auf, wie arrogant das klingen muss. So als wäre sie die Letzte, mit der ich mir vorstellen könnte, die Nacht zu verbringen. Prompt legt sich ein Ausdruck auf ihr Gesicht, der klarmacht, dass sie den Satz genau so verstanden hat, doch als ich beginne mit: »Damit wollte ich keinesfalls sagen, dass ich nicht mir dir ...«, fällt sie mir ins Wort.

»Es wirkte gerade so, als hätte meine liebreizende Tante dir einen Freifahrtschein gegeben, um mich abzuschleppen, und ich wollte nur klarstellen, dass daraus nichts wird. Ich habe einen Freund.«

»Ich weiß.«

Verwirrt runzelt sie die Stirn. »Woher ... Oh, klar, sicher. Heute Morgen vor dem Truck. Du warst auch da.«

Ich nicke. »Hattet ihr Streit? Ich meine, nicht, dass ich irgendetwas hätte verstehen können, aber es sah so aus, als sei das eine Art Krisengespräch gewesen.«

»Eine Art Krisengespräch. Hm-hm.«

Ich warte einen Augenblick, und als nichts weiter kommt: »Okay, also ... nachdem jetzt alle Unklarheiten beseitigt sind ...« Ich greife nach ihrer Hand. »Ist das in Ordnung? Ein rein freundschaftliches An-die-Hand-Nehmen? Damit wir uns in der Menschenmasse nicht verlieren?«

»Äh ... okay. Rein freundschaftlich. Total in Ordnung.«

Ich drücke ihre Hand einmal, grinse sie an und ignoriere das idiotische Kribbeln in meinem Nacken, das diese Berührung schon den kompletten Nachmittag in mir auslöst.

14

Liv

»Tatsächlich habe ich noch nicht mal die Hauptbühne gesehen«, erkläre ich, denn alles ist besser, jedes Thema als
dieses – und ausgerechnet ich musste es ansprechen. *Gott,
Liv, das ist typisch für dich.* Auf grässliche, furchtbare Weise *so*
typisch. Ich meine, er tut so, als wäre es keine große Sache,
dass ich ihm quasi unterstellt habe, er würde mit mir schlafen wollen. Aber, Holy Macaroni, peinlicher geht es kaum.
Und weil es an Peinlichkeit nicht mehr zu toppen war, fühlte
ich mich bemüßigt, Laurent zu erwähnen. Ich meine, er soll
nicht denken, dass ich darauf warte, aufgerissen zu werden.
Er soll nicht denken, dass es niemanden gibt, der mich attraktiv genug dafür findet.

»Zur Pyramid-Stage geht es da lang, glaube ich«, sagt
Jonah. Er ist unbeeindruckt und das rechne ich ihm hoch an.
Wenn er so tun kann, als habe die Unterhaltung gerade eben
nie stattgefunden, dann kann ich es sicher auch. Also bahnen
wir uns unseren Weg zur Hauptbühne, doch als wir dort
ankommen, wird gerade umgebaut.

»Immerhin besser als Kylie Minogue«, sagt Jonah.

»Was hast du gegen die arme Frau? Immerhin war sie mal
ein Superstar.«

»*War.* Vergangenheit. Und ich kann mit diesem Popgedu-
del wenig anfangen.«

»Ich auch nicht. Wobei … es gibt ein paar Songs, für die würde ich eine Ausnahme machen. *Fix You* zum Beispiel oder auch *Jar of Hearts*.«

Er zuckt mit den Schultern.

»O Gott, du kennst *Jar of Hearts* nicht? Der Text ist großartig. Über eine Liebe, die so zerstörerisch ist, dass man sich wünscht, es hätte sie nie gegeben. *I wish I had missed the first time that we kissed.*«

»Ja, das klingt großartig«, sagt Jonah spöttisch.

»Du weißt, was ich meine.«

»Ich gebe mir die größte Mühe, Liv.« Für einige Sekunden klingt der letzte Buchstabe meines Namens nach in meinen Ohren, weich und samtig, und mein Herz beginnt, schneller zu schlagen. Ich räuspere mich. Hebe meinen Jutebeutel von den Schultern und ziehe das Festivalprogramm hervor. »Pyramide Stage …«, murmle ich, während ich darin blättere, »ah, hier. Oh. Nach Kylie machen sie eine Umbaupause bis 17.45 Uhr, dann kommt Miley Cyrus.«

»Kylie, Miley. Hilfe, es wird schlimmer.«

Ich sehe auf mein Handy. »Es ist Viertel nach fünf. Vielleicht sollten wir uns hier noch ein bisschen umsehen, bis es losgeht.«

»Miley Cyrus – willst du das wirklich?«

»Wen hast du denn auf der Hauptbühne erwartet? Billie Eilish? Ah, ich sehe gerade, die spielt später auch noch.« Ich halte Jonah das Programm hin. »Other Stage – ist das weit von hier?«

»Keine Ahnung.«

»Dann erst mal Miley. Was hast du nur gegen sie? Finden die meisten sie nicht ziemlich sexy?«

»Äh, ja, nein. Kann ich nicht bestätigen.«

»Und wieso nicht?«

Mit dem Zeigefinger tippt er sich gegen die Lippen. »Die Zähne.«

»Die … Zähne? Was stimmt nicht mit ihren Zähnen?«

»Ich weiß nicht. Sie hat zu viele davon.«

»Okay …« Ich beiße mir auf die Lippe, um nicht zu grinsen, denn das wäre Miley gegenüber nicht sonderlich solidarisch. Was ich als Nächstes von mir gebe, ist es allerdings auch nicht. »Dann einigen wir uns doch darauf, dass Liam Hemsworth das Sexyste ist an Miley Cyrus.«

»Ah, sieh an, der gute Liam. Der ist super, oder? Wer ist das?«

»Ach, komm schon. Ihr Ex. Noch-Ehemann. On-off. Was weiß ich. Hast du nicht die *Hunger Games* gesehen?«

»Tatsächlich, die habe ich gesehen. Welcher ist Liam? Der Bäcker?«

»Der andere.«

»Der Waldschrat?«

Ich werfe Jonah einen gespielt schockierten Blick zu und er lacht. »Ja, ich verstehe. Der ist natürlich super.«

»Total super«, behaupte ich.

»Weil er so muskelbepackt ist. Und so … cool.«

»Und weil er ein tolles Lächeln hat.«

»Oh, ja, das auch.« Jonah lächelt ebenfalls, und diesmal presse ich die Lippen fest aufeinander, um mich davon abzuhalten, ihm zu sagen, dass seines zweifelsohne auch ganz nett ist.

»Wie wäre es damit?«

Nachdem wir das riesige Feld vor der pyramidenförmigen Bühne überquert haben, ist Jonah bei einem roten Doppel-

100

deckerbus stehen geblieben, der einen nahezu himmlischen Duft verströmt. Es riecht nach süßem Teig und starkem Tee, und als ich meinen Blick über die Tische schweifen lasse, die davor aufgebaut sind, wird mir auch klar, weshalb. »Scones«, murmle ich mit einem kaum hörbaren Seufzen, während Jonah auf einen der Tische zusteuert, an dem gerade zwei Plätze frei werden. Wieso dreht sich bei solchen Festivals eigentlich immer alles ums Essen? Wieso duftet es überall so gut? Wieso arbeite ausgerechnet ich in einem Foodtruck? Wenigstens muss ich keine Backwaren verkaufen, denke ich. Das wäre mein Tod. Mein *Tod*.

»Hast du Hunger?«, fragt Jonah, nachdem wir uns hingesetzt haben. »Mir ist gerade eingefallen, dass ich nach dieser Miniportion *Linsenbällchen* gar nichts mehr gegessen habe. Als ich mich vorhin anstellen wollte, hat mich offensichtlich jemand abgelenkt.«

»Offensichtlich.« Ich nicke. »Und offensichtlich hat dich dieser jemand außerdem davor bewahrt, Esras teuflische Tofuspieße zu verspeisen. Sie haben den Ruf, die Verdauung zu fördern, wenn du verstehst, was ich meine, und das weit über die Grenzen Glastonburys hinaus.«

»Oh.« Jonah verzieht das Gesicht. »Tja, dann … danke, schätze ich?«

»Und ob.«

Zwei Sekunden lang sehen wir einander an, dann greift er nach der schmalen Plastikkarte, auf der die wenigen Speisen und Getränke des Doppeldeckers aufgelistet sind.

»Was zur Hölle sind Crumpets?«, fragt er, während er die Karte zurück auf den Tisch fallen lässt und sich die Finger an seiner Jeans abwischt.

»Oh, die sind superlecker«, informiere ich ihn. »Crumpets

sind so kleine Pufferdinger, aus … Hefeteig, glaube ich, und man isst sie mit einer Art Zitronenmarmelade.«

»Pufferdinger.«

Ich nicke.

»Die oder Scones?« Er spricht die Scones ganz falsch aus, wie Scooons, nicht mit kurzem o, wie man das so macht in England. Ich korrigiere ihn. Dann schlage ich vor, von jedem eins zu nehmen, falls er beides noch nicht kennt.

»Wird gemacht, Miss UK, und für dich?«

»Ich … für mich nur einen schwarzen Tee, bitte.«

»Was? Erst preist du diesen ganzen Kram an und selber willst du nichts?«

»Ich hatte vorhin noch einen Linsenfalafel. Den muss ich erst mal verdauen.«

Ich sehe ihm nach, wie er im Bus verschwindet, um die Bestellung aufzugeben, ohne schlechtes Gewissen wegen dieser Lüge. Wir kennen uns kaum und werden zu wenig Zeit miteinander verbringen, als dass Jonah auffallen dürfte, was mit mir nicht stimmt.

»Wow, die Dinger sind gut. Sicher, dass du nicht probieren willst?«

»Ich weiß, wie sie schmecken.«

»Genau deshalb ja. Du musst überprüfen, ob die hier besonders gut sind.« Einmal mehr hält er mir den dick mit Lemon Curd bestrichenen Crumpet hin, der fantastisch aussieht und noch besser riecht und … Ich beuge mich vor und beiße ein winziges Stück davon ab, weil er sonst sicher keine Ruhe geben wird.

»Hervorragend«, kommentiere ich.

»Soweit du das nach diesem Mäusebiss beurteilen kannst.

Was ist das mit euch Mädchen? Müsst ihr wirklich immer nur Salat essen?«

Das sollte vermutlich witzig sein. Statt zu antworten, greife ich nach dem Serviettenspender, ziehe eine heraus, wische mir damit über den Mund und zucke mit den Schultern. Ich wünschte, er würde aufhören, mir Essen anzubieten, und ich wünschte, mir würde deshalb nicht das Wasser im Mund zusammenlaufen. Ich lege die Serviette beiseite und greife nach meiner Teetasse. »Wusstest du, dass Glastonbury Tor als Eingang nach Avalon gilt?«

»Avalon?« Jonah beißt in seinen Scone, auf dem sich Clotted Cream und Marmelade türmen, und ich nippe an meinem Tee, um den süßen Geschmack des Crumpet zu vertreiben.

»Avalon, das Land der Feen. Später wurde es auch noch mit König Artus in Verbindung gebracht, aber ich habe vergessen, wie genau.«

Jonah kaut, während er mir zuhört, den Kopf ein kleines bisschen zur Seite geneigt. Obwohl er nicht lächelt, blitzen seine Augen, als täte er es doch, und sie sind wirklich schön, Jonahs Augen, fabelhaft schön. Mein Blick fällt auf seinen Mund, sein Kinn, rutscht tiefer, zu seinem Adamsapfel, der markant hervorsteht und hüpft, jedes Mal, wenn er schluckt. Bloß tut er das schon eine Weile nicht mehr, weil Jonah offenbar aufgehört hat zu kauen. Mir ist nicht aufgefallen, wie viele lange Sekunden ich schon dasitze und ihn einfach nur anstarre, bis es mir schlagartig bewusst wird und er diese fantastisch geschwungenen Lippen zu einem wissenden Grinsen verzieht.

Ich räuspere mich. »Und mit Tor ist übrigens kein richtiges Tor gemeint und auch nicht der Turm auf der Spitze des

Hügels«, erkläre ich, als hätte Jonah mich nie dabei ertappt, wie ich ihn anschmachte, »sondern der Hügel selbst.«

»Ach, ehrlich?« Er schiebt sich den letzten Bissen seines Scones in den Mund, kaut langsam, viel zu langsam, und schluckt ihn hinunter. »Wieso heißt der Hügel Tor?«

»Keine Ahnung. Ich glaube, es leitet sich von einem keltischen Wort ab oder so was.«

»Und was ist das für ein Turm?«

»Er ... äh ... ist Teil einer Kirche gewesen?«

»War das eine Frage? Dann sollten wir das unbedingt bei Gelegenheit nachlesen. Deine Angaben sind reichlich unpräzise.«

Eine Sekunde lang starre ich Jonah an. Er macht sich über mich lustig. Weil er mich ertappt hat. Ich setze mich ein Stück aufrechter hin und werfe ihm über den Rand meiner Sonnenbrille einen strengen Blick zu. »Ich bin kein Tourguide. Oder Historikerin.«

»Nein? Was bist du dann?«

Ich spitze die Lippen.

»Nein, im Ernst. Du hast mir noch gar nicht erzählt, was du in Stade machst.«

»Ich fange im Herbst eine Ausbildung an.«

»Eine Ausbildung? Was für eine?«

»Holzbildhauerin.«

Jonah, der gerade einen Schluck aus seinem Kaffeebecher nehmen wollte, sieht mich über den Rand der Tasse hinweg an. »Also doch eine Künstlerin.«

Ich schüttle den Kopf. »Nein, das nicht.«

»Du wirst rot.«

»Werde ich nicht.« Obwohl ich spüre, wie heiß sich meine Wangen anfühlen. Ich bin keine Künstlerin. Eventuell wird irgendwann mal eine aus mir werden, oder eben auch nicht.

»Was machst du in Offenbach?«

Obwohl es wirkt, als wisse Jonah genau, dass ich mit der Frage nur von mir selbst ablenken möchte, lässt er den Künstlerkram fallen und antwortet stattdessen: »Ich jobbe als Filmvorführer.«

»Oh! Das ist ja klasse! Dann kannst du alle Filme umsonst sehen, wie cool!«

»Ja, all die alten Schinken, die bei uns laufen. Ich arbeite im Filmmuseum. In Frankfurt.«

»Wow, das klingt ... noch toller.« Ich lache. »Was laufen da für alte Schinken?«

Jonah zuckt die Schultern. »Querbeet. Mit und ohne Farbe. Mit und ohne Ton. Letzte Woche lief *Die blaue Lagune*. Also streng genommen zeigen wir sogar Erotik.«

»Das ist ...«

»Skandalös, ich weiß.«

»Ich habe keine Ahnung, was *Die blaue Lagune* sein soll, aber so, wie du es sagst, klingt es irgendwie ... *schmutzig*.« Ich wackle mit den Brauen wie eine Tempeltänzerin mit ihren Hüften, und Jonah lacht so heftig, dass er dabei fast seinen Cappuccino verschüttet. »Der ist übrigens grässlich«, erklärt er, während er den Kaffee mit unseren gebrauchten Servietten vom Tisch wischt.

»Ich hab dich gewarnt.«

»Ja, das hast du.«

»Der Tee ist erstklassig.«

»Ich mag Tee nicht.«

»Hey, willst du mich beleidigen? Ich bin zur Hälfte Engländerin!«

Jonah wirft die Servietten ein Stück von sich und lehnt sich in seinen Stuhl zurück. Dann beugt er sich erneut vor, greift nach meiner Tasse und nippt daran, während er mich nicht aus den Augen lässt. Und dieser Blick ... *Good God, please help me.* Ich bin kurz davor, aufzuspringen und zu sagen: *Nimm mich! Ich hab es mir anders überlegt! Reiß mich auf! Tu es einfach!*

»Widerlich«, sagt er, als er die Tasse vor mir abstellt, aber er lächelt dabei.

»Extrem.« Ich greife nach dem Tee, nehme einen Schluck und sehe ihm ebenfalls in die Augen. Dann blinzle ich. Sehr, sehr langsam.

Was. Tust. Du. Liv?

Jonah ist derjenige, der sich diesmal räuspert. Er löst seinen Blick von mir und wendet ihn stattdessen seinem Handy zu. »Noch fünfzehn Minuten bis Miley«, sagt er.

»Das klingt superenthusiastisch.«

»Oh, das bin ich. Es kann kaum etwas Besseres geben, als zwischen ein paar Tausend Menschen gequetscht einer amerikanischen Megazicke beim Trällern ihrer einfältigen Songs zuzusehen.«

»Kennst du *einen* Song von Miley Cyrus?«

»Froh und stolz darf ich behaupten: Nein.«

Kopfschüttelnd gebe ich einen tadelnden Laut von mir, während ich mein Smartphone aus der Tasche ziehe und die Kopfhörer anstecke. Jonahs Lächeln verschwindet.

»Oh, bitte!«, stöhnt er.

»Ein Song. Und der ist echt gut, ich verspreche es.« Ich reiche ihm einen Knopf der Kopfhörer, positioniere den anderen in meinem Ohr, durchsuche meine Playlist, drücke auf Start, und noch bevor der Gesang bei *Nothing Breaks Like a Heart* einsetzt, habe ich diese Idee bereits bereut, denn wieder wendet Jonah nicht den Blick von mir ab, nicht eine Sekunde der gut dreieinhalb Minuten, die dieser Song andauert.

Wenn ich wirklich nicht will, dass der Abend in seinem Zelt und mit mir auf dem Rücken endet, wenn ich wirklich nicht möchte, dass dem Desaster, das mein Liebesleben ist, noch ein weiteres Katastrophenkapitel hinzugefügt wird, sollte ich schleunigst aufhören, meine Gedanken ständig in diese Richtung schweifen zu lassen. Vermutlich denkt er nicht im Entferntesten daran. Vermutlich habe ich einen Krümel an der Wange oder einen Fleck auf der Nase oder er sieht ohnehin einfach durch mich hindurch, das wäre noch die naheliegendste Erklärung.

»Das ist nicht ganz so übel wie gedacht«, sagt er, als das Stück geendet hat. »Aber es ist und bleibt Radiogedudel.«

»Radiogedudel«, wiederhole ich kopfschüttelnd. »Wie abwertend das ist. Ich meine, einen Song zu schreiben, der so eingängig ist, dass er überhaupt im Radio gespielt wird *und* sich dann auch noch in den Köpfen festsetzt, ist auch eine Kunstform. Etwa nicht? Ganz abgesehen von dem Text. Immer, wenn ich den Song höre, frage ich mich, wieso nicht schon längst jemand auf die Idee gekommen ist, dieses Lied zu schreiben. *Nothing Breaks Like a Heart* – so simpel. Und so wahr.«

»Ich weiß nicht«, sagt Jonah. »Es gibt doch sicher tausend andere Dinge, die wie ein Herz brechen können.«

»Was zum Beispiel?«

»Keine Ahnung. Vertrauen.«

»Vertrauen ist kein Ding.«

»Ein Herz auch nicht. Es ist ein Organ. Es kann nicht brechen.«

»Studien haben bewiesen, dass ein Herz durch emotiona-
len Stress tatsächlich Schaden nehmen kann.«

»Wow. Gibt es irgendetwas, Liv ohne E, worüber du dir
noch keine Gedanken gemacht hast?«

»Liv ohne E?« Ich lache auf und Jonah grinst ebenfalls.

»Liv ohne E. So merke ich mir deinen Namen.«

»Ooooh, das ist …« Und jetzt schütte ich mich aus vor
Lachen. »Klar. Klar, dass du dir Eselsbrücken baust, um dich
an die Namen von Mädchen zu erinnern. Es sind so viele,
hab ich recht? Und man kann sich schließlich nicht alles merken, das ist echt zu viel verlangt.«

»Du sagst es.« Er lächelt immer noch, lehnt sich zurück,
schlägt ein Bein über das andere. Er trägt schwarze Jeans,
dazu ein schwarzes T-Shirt, was mir jetzt erst richtig auffällt.
Kein Wunder, dass ich ihn auf den ersten Blick als düster
empfunden habe, als mürrischen Existenzialisten. Nicht so,
wenn er lächelt allerdings, wie in diesem Augenblick. Wenn
er lächelt, wirkt es fast wie ein Sonnenaufgang auf seinem
Gesicht. Er schiebt sich sorgsam darüber, bringt alles zum
Strahlen, leuchtet, mitten in mein Herz.

»Jonah«, sage ich. »Jonah ohne S.«

Er grinst breiter.

Ich lasse den Namen auf meiner Zunge zergehen. »Jonah …
Wie ein Ion, oder? Ein elektrisch geladenes Teilchen.« Ich tue
so, als müsste ich ihn eindringlich mustern, dann nicke ich.
»Genau«, stimme ich mir selbst zu. »Das passt zu dir, findest
du nicht auch?«

»Das ›chen‹ gefällt mir nicht.«

Ich reiße die Augen auf. »War das etwa eine Anspielung

auf …« Unschlüssig wedle ich mit der Hand herum, doch Jonah lacht nur noch mehr.

»Lass uns gehen«, sagt er, während er aufsteht und für einen Moment die Arme über den Kopf streckt. *Wohin du willst*, denke ich, und gemeinsam machen wir uns auf den Weg zurück zur Hauptbühne.

15

Jonah

Wenn ich richtig gerechnet habe, kenne ich Liv jetzt gerade mal zwei Stunden und fünfundvierzig Minuten, und in dieser Zeit habe ich mich besser unterhalten und hatte mehr Spaß als an allen Festivaltagen davor. Von der Seite werfe ich ihr einen Blick zu. Sie hat ihren Hut abgenommen und in die Jutetasche gestopft, weshalb der Wind ihr die Haarsträhnen ins Gesicht wirbelt, die sich aus ihrem dicken, geflochtenen Zopf gelöst haben. Ständig ist sie damit beschäftigt, sich diese Strähnen von den Wangen zu wischen. Sie wirkt fahrig. Das tut sie eigentlich schon eine ganze Weile. Und ich denke, das könnte auch damit zusammenhängen, dass ich vorhin, an dem Tisch vor dem Tee-Bus, nicht damit aufhören konnte, sie anzustarren. Offensichtlich kann ich das immer noch nicht.

Durch die Menge von Miley-Cyrus-Fans haben wir uns so weit nach vorn geschoben, wie es ging, doch nun stehen wir hier, umringt von fremden Menschen, und nach wie vor ist Liv dabei, an ihrem Top herumzuzupfen, sich Haare hinters Ohr oder die Sonnenbrille die Nase hochzuschieben.

»Stillhalten ist nicht dein Ding, oder?«

Sie sieht zu mir auf, über den Rand der Brille hinweg, die blauen Augen groß und schlau und strahlend. Ungeschminkt. Livs Gesicht ist so natürlich und trotzdem so ausdrucksstark, dass es die Mädchen um sie herum vor Neid erblassen lassen müsste. Ich sollte damit aufhören, überhaupt darüber nachzudenken, denn immerhin hat sie ihre (nicht vorhandenen) Intentionen, was mich angeht, sehr, sehr deutlich gemacht. Das, und ... sie hat einen Freund. Wieso vergesse ich eigentlich immer, dass dieses Mädchen nicht zu haben ist, selbst, wenn ich es wollte?

Kurz entschlossen schiebe ich sie vor mich und umarme sie von hinten, sodass sie mit dem Rücken gegen meine Brust lehnt. Weshalb ich das tue? Um sie nicht länger anzustarren, das ist zumindest die offizielle Erklärung, die ich mir selbst gebe. Ob das die beste Idee war? *O Mann,* leider nein. Mit der gesamten Länge ihres Körpers lehnt sich Liv gegen mich, die Hände instinktiv auf meinen, die ihre Taille umfassen. Schlechte Idee. Richtig schlechte Idee. Und sie scheint es auch zu spüren, denn nun dreht sie den Kopf, um mich anzusehen, fragend, unsicher.

Ich nicke in Richtung Bühne und verstärke den Griff um ihren Körper noch.

Wie sich herausstellt, ist die Musik von Miley Cyrus eher zum Weglaufen geeignet als zum gemütlichen Hin- und Herwiegen, und trotzdem tun wir genau das. Etwa dreißig Minuten lang. Und ich muss zugeben, dass das Mädchen vor mir der einzige Grund ist, weshalb ich es überhaupt so lange aushalte, denn mittlerweile schmerzen meine Ohren. Als die letzten Töne von *Nothing Breaks Like a Heart* verklungen sind, beuge ich mich vor und rufe in Livs Ohr: »Ich bin mir nicht sicher, ob ich noch mehr davon ertrage.«

Über die Schulter hinweg sieht sie mich an. »Die Liveversion war richtig gut.«

»Egal welche Version – das macht die Musik von Miss Cyrus nicht besser.«

»Mrs Hemsworth. Zumindest noch.«

»Oh, ja, ich vergaß. Supersexy. Megareich. Hammererfolgreich. Genau dein Typ also.«

»Wenn du das sagst.«

Gemeinsam schieben wir uns durch die Menge, bis wir endlich wieder atmen können und das grauenhafte Gejaule hinter uns gelassen haben.

Habe ich erwähnt, dass dieses Gelände weitläufig ist? Wieder brauchen wir ewig, um uns an Bühnen und Ständen vorbei durch Ansammlungen von Hippies und Hipstern zu schlagen, bis wir zu dem Hügel kommen, auf dem ich vor einigen Stunden bereits gelegen habe. Auch hier sind die Menschen nicht weniger geworden, doch Liv und ich finden einen Platz, etwas weiter oben, zu dicht dran an einem Haufen besoffener Kerle, neben denen vermutlich niemand liegen möchte, aus der einfachen Angst, eventuell angekotzt zu werden.

Kaum haben wir uns hingesetzt, zieht Liv den Festivalplan aus ihrer Tasche und steckt die Nase hinein.

»Also«, beginne ich. »Was haben Liam Soundso und dein Freund gemeinsam?«

»Was?« Verwirrt blinzelt sie mich an.

»Na ja, du hast gesagt, Liam Dingens sei dein Typ, und ...«

»Ich habe nie behauptet, dass Liam Hemsworth mein Typ sei. Das warst du.«

»Er gefällt dir also nicht?«

Gerade öffnet Liv den Mund, da kommt mir plötzlich ein

Gedanke. »Wo steckt dein Freund eigentlich? Wartet er bei deiner Tante auf dich oder …«

»Nein.« Sie räuspert sich. »Laurent ist zurückgeflogen. Nach Hamburg.«

Laurent. Oh, wieso nur denke ich, dass das exakt der richtige Name zu diesen grässlichen Schuhen ist?

»Laurent. Und Liv. Liv und Laurent.« Und wieso ärgert es mich, dass die beiden Namen klingen, als hätte sich das jemand ausgedacht? »Wie lange seid ihr schon zusammen?«

»Ein halbes Jahr etwa.«

»Und? Was gefällt dir an ihm? Ich meine, er und Liam Dingsbums können nicht gerade als Zwillinge durchgehen, oder?«

Wieder mustert sie mich, verwirrt diesmal.

»Also, ist es sein Aussehen? Oder … keine Ahnung. Sein IQ? Ist er besonders romantisch oder …«

»Was soll die Fragerei, Jonah?«

»Warum antwortest du nicht einfach?«

»Wieso willst du das alles wissen?«

»Ich weiß nicht. Vielleicht, weil du so ein Geheimnis daraus machst.«

»Ich mache überhaupt kein Geheimnis daraus.«

Ich warte, ob sie noch etwas hinzufügt, was nicht der Fall ist, und beginne zu lachen.

»Was?«

»Nichts. Reden wir eben nicht über *Laurent*.«

»Wieso sagst du das so?«

»Was?«

»Seinen Namen. *Laurent*. Wieso betonst du ihn so komisch?«

»Hab ich das?« Und ob ich das habe. Den Namen kann ich

ebenso wenig leiden wie ihn selbst oder seine Schuhe oder die Art, wie er Liv heute Morgen behandelt hat. Von oben herab. Gönnerhaft. Gefällt mir nicht.

Liv seufzt. »Wir haben gestritten, okay? Weil er … Weil er extra hergeflogen ist für das Wochenende und ich dann keine Zeit für ihn hatte.«

»Wieso hattest du keine Zeit für ihn?«

Stirnrunzelnd sieht sie mich an. »Der Foodtruck? Hallo?«

Ebenso stirnrunzelnd blinzle ich zurück. »Ja? Und? Den Foodtruck gibt es heute auch. Und sitzen wir etwa nicht weit davon entfernt nebeneinander auf einer chilligen Wiese und unterhalten uns nett?«

Sie starrt mich an. Blinzelt. Und dann kriecht ganz allmählich Röte auf ihre Wangen, und fast panisch tastet Liv nach ihrer Tasche, vermutlich um den Kopf darin zu vergraben.

»Warte.« Ich schnappe mir den Beutel. »Heißt das, *für mich* hast du dir heute Zeit genommen, wohingegen *Laurent* das Wochenende damit verbracht hat, vor dem Foodtruck herumzuschleichen, um den schlechten Witzen deiner Tante zu entgehen?«

»Hey!«

»Ist es so?«

»Nein.«

»Wie ist es dann?«

Sie schweigt und schaut überallhin, nur nicht mich an.

»Wow«, beginne ich. »Ich fühle mich geehrt. Ich weiß zwar nicht, wie genau ich zu …«

»Hör auf!« Sie versetzt mir einen Stoß, fest genug, dass ich zur Seite kippe, und dann noch mal, als ich mich lachend wieder aufrichte. »So war es nicht. Mafalda ist offenbar auf einmal eingefallen, dass heute der letzte Festivaltag ist und ich unbedingt noch ein bisschen darin eintauchen sollte, bevor ich es ganz verpasse. Das ist alles.«

»Und das hättest du nicht auch zusammen mit *Laurent* tun können?«

»*Laurent* ist heute Morgen abgereist.«

»Wieso sprichst du seinen Namen so seltsam aus?«

Und das ist der Moment, in dem Liv sich quasi auf mich wirft, lachend und nur halb so verärgert, wie sie es vermutlich gern wäre.

Ich liege auf dem Rücken, sie auf mir, und als sie sich wieder aufsetzen will, halte ich ihre Arme fest. »Ich glaube, deine Tante mag mich.«

Liv versucht, sich aus meinem Griff zu befreien, aber ich lasse nicht locker.

»Wirklich, das ganze Gerede über meine nicht vorhandenen Eier sei ihr verziehen. Sag ihr das.«

»Sicher. Werde ich ausrichten.«

»Vermutlich denkt sie, ich bin genau dein Typ. Ich meine, es liegen nicht gerade Welten zwischen *mir* und Liam Soundso, hab ich recht?«

Liv senkt den Kopf auf meine Brust, und ich spüre ihr Lachen mehr, als dass ich es höre, bevor sie wieder versucht, sich aus meinem Griff zu befreien, und diesmal lasse ich sie. Wir setzen uns beide auf.

»*Genau mein Typ.*« Sie schüttelt den Kopf. »Selbst wenn das so wäre – rein hypothetisch gesprochen, denn meine Tante kennt meinen Typ nicht, aber sie kennt immerhin *meinen Freund* –, also, selbst wenn sie so manipulativ wäre, könnte sie nicht mehr danebenliegen, weil …«

»Weil?«

»Weil *ich* schließlich überhaupt nicht *dein Typ* bin.«

»Ah. Und das weißt du, *weil* …«

Sie sieht mich an. »Weil ich deine Exfreundin gesehen habe.«

Ich halte ihrem Blick stand, vier, fünf, zehn Sekunden lang. Sie sieht zuerst weg.

»Was, wenn Annika überhaupt nicht mein Typ ist, sondern die Ausnahme?«

»Sie ist superhübsch.«

Ich antworte nicht. Liv sieht wieder zu mir, als würde sie nach Bestätigung suchen. »Groß, dunkel, geheimnisvoll. Sehr schlank.«

»Groß, dunkel, schlank«, sage ich. »Geheimnisvoll? Keine Ahnung.« Annika *ist* superhübsch, leider weiß sie das, leider reicht es nicht, denn leider ist das nur die Hülle. *Leider* ist Annika jemand, deren Inneres dem Äußeren nicht entspricht. Oder womöglich doch, wenn man genau hinsehen würde, unter die makellos arrangierte Fassade. Ich fürchte, dazu hat mein Interesse nie ausgereicht.

»Okay, jetzt hätten wir also geklärt, was *mein* Typ ist«, sage ich. »Aber was ist mit dir? Was gefällt dir an *Laurent*?«

»Oh, Jonah, ernsthaft? Wieso fängst du immer wieder damit an? Wieso interessiert dich Laurent überhaupt?«

»Keine Ahnung. Eigentlich interessiert er mich überhaupt nicht. Ehrlich nicht.«

Ich muss über meine eigene Dreistigkeit lachen und Liv tut es auch. Und dann schweigen wir, als wäre uns meine unerklärliche Hartnäckigkeit auf einmal beiden peinlich.

Liv löst sich als Erste daraus. Sie nimmt sich mal wieder den Festivalplaner vor und beginnt: »Wollen wir dann überlegen, was wir als Nächstes …«

»Wie wäre es damit?«, unterbreche ich sie. »Wir einigen

uns auf einen fairen Informationsaustausch. Eine Wahrheit gegen eine andere. Ich frage dich was, du darfst mich was fragen.«

»Wie kommst du darauf, dass ich dir Fragen stellen möchte?«

»Oh, Wahnsinn, Liv. Das trifft mich tief. Mitten ins Herz.« Ich mache eine entsprechende Geste und Liv verdreht die Augen.

»Was ist so schlimm daran, mir zu sagen, was dir an deinem Freund gefällt?« Jetzt, wo ich die Frage laut ausspreche, wird mir bewusst, dass sie sich ehrlich ein bisschen seltsam anstellt, oder? Entweder, sie will nur mit mir nicht über Laurent reden, oder ihr fällt einfach keine Antwort ein. Mehr oder weniger erfolgreich unterdrücke ich ein Grinsen.

Liv murmelt: »So einfach ist das nicht.«

Und ich sage: »Irgendwie habe ich das Gefühl, dass es mich genau deshalb interessiert.«

Sie zögert einige weitere Sekunden, dann, wie um eine Dosis Mut einzuatmen, holt sie Luft: »An Laurent gefällt mir, dass er offen ist.«

»Offen?« Ich nicke. »Okay, ich schätze, das ist gut?«

»Das ist es.«

»Das heißt, er hat dir heute Morgen irgendetwas Wichtiges *eröffnet*? Das würde Sinn ergeben.«

»Wieso würde das Sinn ergeben?«

»Ich weiß nicht. Es sah eben danach aus.«

Für einen Augenblick runzelt sie die Stirn, dann sagt sie: »Bin nicht eigentlich ich dran mit der nächsten Frage?«

»Ich dachte, du interessierst dich nicht für mich?«

»Ah, Mr Fishing-for-compliments, das tue ich auch nicht. Aber ein Spiel ist ein Spiel, oder? Die Regeln sind die Regeln.«

»Tja, danke, das ist furchtbar schmeichelhaft. Halte dich an die Regeln, bitte. Nur zu.«

»Also gut. Warum war Schluss mit Annika?«

»*Das* ist eine äußerst schwierige, nicht zu beantwortende Frage.«

»Was? Wieso das denn? Du wirst doch wohl wissen, weshalb du Schluss gemacht hast?«

»Du bist davon überzeugt, dass *ich* Schluss gemacht habe?«

»Hundertprozentig.«

»Wieso?«

»Weil mir im Gegensatz zu dir aufgefallen ist, wie sie dich immer noch ansieht.«

»Mmmmh.« Die Wahrheit ist, es ist mir durchaus aufgefallen, doch ich habe mich dazu entschlossen, es zu ignorieren. »Okay, das muss schneller gehen«, sage ich. »Warum ist Laurent hergekommen, wenn klar war, dass du keine Zeit für ihn haben wirst?«

»Hey, du hast meine Frage nicht beantwortet!«

»Unüberbrückbare Differenzen.«

»Klar.« Sie schüttelt den Kopf.

»Also?«

»Es mag schwer nachzuvollziehen sein, aber Laurent ist hergekommen, weil er mich sehen wollte.«

»Wieso sollte das schwer nachzuvollziehen sein?«

»Ich bin dran. Was hat dir an Annika gefallen?«

»Dass sie da war.«

»Dass sie *da war*?« Liv sieht mich ungläubig an. Und jetzt, da ich ohne nachzudenken eine Antwort gegeben habe, die vermutlich mehr über mich verrät, als mir lieb ist, fange ich allmählich an, meine eigene Taktik infrage zu stellen. Bin ich tatsächlich so neugierig darauf, mehr über dieses Mädchen zu erfahren, dass ich bereit bin, gegebenenfalls zu viel über mich selbst preiszugeben? Ich muss an heute Morgen denken. Daran, was ich empfunden habe, als ich Liv zum ersten Mal gesehen habe. Dass sie mir leidgetan hat und dass ich mich auf irgendeine extrem befremdliche Art mit ihr identifizieren konnte: mit ihrem aufgesetzen Lächeln und der Verlorenheit dahinter. Und als würde Liv genau in diesem Augenblick genau das Gleiche in mir sehen, sagt sie:

»Alles klar. Nächste Frage.«

Ich räuspere mich. »Mal sehen.« Jetzt wäre die perfekte Gelegenheit, mit dem Schwachsinn aufzuhören. Oder? Schnapp dir diesen dummen Festivalplaner, deute wahllos auf ein Konzert und geh dorthin, wo es zu laut ist, um sich zu unterhalten.

»Ist Laurent dein erster Freund?«

»Ja. Ist Annika – oh, warte, das ist sicher die dümmste aller Fragen.«

»Stimmt.« Ich grinse sie an. »Annika *war*, warte ... meine achte Freundin, genau. In meinem Leben hatte ich acht Beziehungen, sie dauerten zwischen ...« Ich überlege. »Anderthalb und zehn Monate, so in etwa. Die mit Annika hielt sechs.«

»Du hattest schon *acht* Beziehungen?« Liv starrt mich an. »Wie alt bist du? Vierzig?«

»Ich bin zwanzig, und sagte ich nicht eben, einige davon waren sehr, sehr kurz? Und das waren zwei Fragen. Also ... War Laurent der Erste, in den du je verliebt warst?«

»Das waren keine zwei Fragen!«

»Und wieder weichst du aus. Und wieso werde ich das Gefühl nicht los, dass du mir was verschweigst?«

Und dann. In diesem Augenblick. Da passiert etwas. Mit Liv. *In* Liv. Ich weiß das deshalb so genau, weil ich sicher bin, ich habe eben ganz genauso ausgesehen. Als ich mit mir gehadert habe, ob dieses Hin und Her zwischen uns wirklich die beste Idee ist. Ob es nicht klüger wäre, zu dem harmlosen Geflirte von vorher zurückzukehren, wo man nicht Gefahr läuft, mehr von sich zu zeigen, mehr als man je vorhatte.

Ich sehe es ihr an. Sie wägt ab. Und ich will es ihr ebenfalls leicht machen, so wie sie vorhin über meine Annika-Antwort hinweggegangen ist. Ich öffne den Mund, um ihr zu sagen, es sei nicht wichtig, sie solle die Frage vergessen, da sagt sie: »Der erste Junge, in den ich je verliebt war, heißt Marvin.«

»Marvin?«

Sie zuckt zusammen beim Klang des Namens, nicht einmal äußerlich, *innerlich*, und trotzdem kann ich es sehen. Da wären wir. Genau in dem Augenblick angekommen, in dem wir mehr von uns verraten, als wir sollten. Ich überlege, wie ich uns aus dieser Situation rette. Und entscheide mich für: »Gehören alberne Namen eigentlich zu deinen favorisierten Auswahlkriterien?« Was womöglich nicht wirklich funktioniert, denn Liv verzieht keine Miene.

»Lass uns gehen.«

»Wohin?«

»Egal wohin. Erst mal weg.«

Und wieder erkenne ich den Gesichtsausdruck. Und ich kenne das Gefühl. Also stehe ich auf und laufe Liv wortlos hinterher, den Hügel runter, erst einmal weg.

16

Liv

Ich hätte nichts sagen sollen. Ich hätte Marvins Namen niemals erwähnen sollen.

Ich habe es Jonah angesehen.

Ihm war klar, dass Marvin nicht einfach irgendjemand aus meiner Vergangenheit ist, irgendein Schwarm, den man in der ersten Klasse und bald darauf vergessen hat.

Ich habe es Jonah *angesehen*. Und er direkt durch mich hindurch.

Und ich hätte niemals etwas sagen sollen.

Ich stehe in der Schlange vor den Dixiklos, und ich würde gern tief durchatmen, lass es an diesem Ort aber sicherheitshalber bleiben. Stattdessen ziehe ich meinen Hut aus der Tasche und mir dann tief ins Gesicht, während ich versuche, ruhig zu bleiben, nicht in Panik zu verfallen. Nicht nur, dass zu befürchten ist, dass Jonah im Laufe des Abends auf das Thema Marvin zurückkommen wird, jetzt ist es auch in meinem Kopf. Schon wieder. Nachdem ich mir im vergangenen Jahr so große Mühe gegeben habe, es daraus zu verbannen. Denn die Wahrheit ist, Marvin ist nicht nur der erste Junge, in den ich je verliebt war – er ist bis dato auch der einzige. Und das, da bin ich mir ziemlich sicher, sollte kein Mädchen denken, das seit sechs Monaten in einer Beziehung mit einem anderen steckt. Richtig?

Ich habe viele dumme Dinge getan, seit mir klar wurde, dass Marvin nicht dasselbe für mich empfindet wie ich für ihn. Ich habe abgenommen, was an sich nicht verwerflich ist, doch ich habe es aus den falschen Gründen getan. Nicht für mich, für *ihn*. Ich habe mit einem Jungen geschlafen, der mir nichts bedeutet – genauso wenig wie ich ihm –, einfach nur, um es hinter mich zu bringen. Ich habe versucht, mich in einen anderen zu verlieben, und nicht erst seit heute Morgen ist klar, wie aussichtslos das war.

Ich drücke mir den Hut noch ein wenig fester auf den Kopf, schiebe die Sonnenbrille nach oben, verschränke die Arme vor der Brust.

Ich bin nicht sicher, weshalb ich Marvin überhaupt erwähnt habe. Ich meine, was soll das? Ich kenne Jonah kaum, wir haben gerade mal ein paar Stunden miteinander verbracht, viel mehr werden es auch nicht werden, und trotzdem … irgendwie … *trotzdem*. Vielleicht ist es einfach an der Zeit, sich dem zu stellen, was ich empfinde. Es laut auszusprechen. Es jemandem zu erzählen, der flüchtig genug in meinem Leben ist, um es morgen schon wieder vergessen zu haben. Dinge wie:

Ich bin das Mädchen, das seit dem Kindergarten in denselben Jungen verliebt ist – denselben Jungen, der lange Jahre mein bester Freund war und nun mit Emma zusammen ist.

Ich bin das Mädchen, das immer zwanzig Kilo zu viel wog, um sich selbstbewusst genug zu fühlen, Marvin ihre Gefühle zu gestehen.

Ich bin das Mädchen, das Sex hatte mit Typen, in die sie nicht verliebt war, nicht mal ein bisschen.

Ich bin das Mädchen, das zwanzig Kilo abgenommen hat

und immer noch das dicke Mädchen sieht, wenn es in den Spiegel schaut.

»Da bist du. Ich hatte schon befürchtet, du bist zurück zu deiner Tante geflohen.«

Jonah steht auf einmal wieder neben mir, ein unverbindliches Lächeln auf dem Gesicht. Er ist gut darin, in dieser Unverbindlichkeit, stelle ich fest. So zu tun, als sei nie etwas geschehen, als hätte er nichts gesagt, ich nichts gesagt, nun – mir kann das nur sehr, sehr recht sein. Er hält meinen Festivalplaner in Händen und fragt:

»Möchtest du *The Cure* sehen? Die spielen um 21.30 Uhr auf der Pyramid-Stage. Davor *Vampire Weekend*. Um halb acht. Das ist in …« Er zieht sein Handy hervor. »Circa anderthalb Stunden. Wahnsinn, wie lange stehst du schon hier? Eben war es doch erst fünf?«

»Immer das Gleiche mit den Damenklos«, murmle ich und Jonah sagt: »Das nächste Mal schieben wir dich einfach hinter einen Busch.«

Bis wir die vermaledeiten Dixis hinter uns gelassen haben, ist es deutlich Abend geworden, ein azurblau leuchtender, auf eine Weise vielversprechender Abend. Es ist noch hell, die Sonne hat gerade erst mit ihrem Untergang begonnen, doch mit Glühlampen geschmückte Zelte und Stände leuchten bereits in die Dämmerung, und, wenn überhaupt möglich, schieben sich noch mehr Menschen zwischen ihnen hindurch. Einige Minuten lang lassen wir uns ziellos von der Masse vorantreiben, vorbei an der Bühne, auf der Billie Eilish performt in atemlosen Stakkato. Es ist voll. Es ist überall so schrecklich, schrecklich voll, ein Meer aus Menschen umspült uns, wiegt uns hin und her, während ich mich an-

strenge, wenigstens einen Blick auf die Übertragungslein-
wände zu erhaschen.

»Sollen wir versuchen, weiter nach vorne zu kommen?«,
ruft Jonah und schnell schüttle ich den Kopf. Von hier aus
dürfte es unmöglich sein, sich durch die tobende Masse zu
schieben, wir würden darin untergehen.

Also ziehe ich Jonah zur Seite, weg von den vielen Menschen, weg von dem *Whoomwhoom* der Lautsprecher, dem
Grölen des Publikums.

»Warst du schon mal bei dem Steinkreis?«, frage ich, als
wir uns weit genug von dem Konzert entfernt haben, um
uns wieder hören zu können.

»Hier? Oder Stonehenge? Die Antwort lautet weder
noch.«

»Hier. In der Nähe des Turms, auf dem wir heute schon
waren.«

Jonah wirft einen Blick über die Schulter. »Wenn wir den
jemals wiederfinden. Ich komme mir vor, als würden wir
den ganzen Tag mehr ziellos durch die Gegend rennen als
sonst was.«

»In diesem Fall lohnt es sich aber zu suchen. Es soll ein
mystischer Ort sein, sehr besonders.«

»Sagt wer?«

»Deine Freundin Leonora.«

»Gott, nein, nicht Leonora, die Quacksalberin.« Er sieht
tatsächlich entsetzt aus, was mich zum Lachen bringt, obwohl ich mich noch nicht wirklich danach fühle.

»Meine Tante hat mir auch schon davon erzählt«, füge ich
hinzu.

»Das macht es kein bisschen besser, das ist dir klar, oder?«

Man kann von meiner Tante halten, was man mag (und auch von Leonora), aber als wir den Peace Garden betreten, in dem sich unter anderem der Steinkreis befindet, spüre ich es: die Ruhe, die Kraft, die Magie. Oder vielleicht liegt es auch nur an den vielen Meditierenden, durch die wir uns hindurchschlängeln, um zum Inneren des Kreises zu gelangen, oder an dem tiefen Dröhnen des Gongs, der in regelmäßigen Abständen seine dunklen Töne von sich schweben lässt, sie vibrieren durch meinen Körper. Was auch immer es ist, die Stimmung in dieser kleinen Oase ist bemerkenswert genug, um uns zum Schweigen zu bringen.

Wortlos setzen wir uns zwischen die anderen Zuhörer dieses Gong-Bads, das sich wie eine Decke aus Klang über uns legt. Noch immer wortlos lassen wir uns nebeneinander nach hinten ins Gras sinken und schließen die Augen.

Es ist wie eine Art Trance. Bommmmm. Booommmmmmm. Die Ms schmelzen in meinem Bauch, zergehen wie ein warmer, weicher Brei auf der Zunge. Und dann bin ich tatsächlich eingeschlafen. So halbwegs zumindest. Die ganze Zeit über habe ich den Eindruck, im Hier und Jetzt und absolut wach zu sein, doch auf einmal schreckt mich eine Bewegung auf und ich öffne die Augen. Neben mir schläft Jonah. Das, was mich geweckt hat, ist sein Arm, der offenbar von seinem Bauch gerutscht und gegen meinen Oberschenkel gefallen ist.

Ich richte mich auf und mustere ihn. Er sieht absolut makellos aus, wenn er schläft. Jünger als zwanzig. Weicher. Und gar nicht so, als hätte er schon acht Beziehungen gehabt. Ich hebe die Hand, um eine Haarsträhne aus seiner Stirn zu streichen, halte mich aber im letzten Moment zurück. Die Wimpern sind lang. Tiefschwarz. Die Lippen absolut küssenswert. Wenn ich ernsthaft darüber nachdenke, muss ich mir wohl eingestehen, dass ich ihn wirklich, *wirklich* gerne küssen würde. Ich weiß nicht, woher dieser Impuls kommt. Gerade habe ich noch über Marvin nachgedacht, dann über Laurent, nun möchte ich Jonah küssen. Abrupt lasse ich mich ins Gras zurückfallen und presse die Lider zusammen. Wenn ich diesen Abend unbeschadet überstehen will, sollte ich womöglich das Denken ganz lassen.

Ich drehe den Kopf nach links, blinzle.

Jonahs Brustkorb hebt und senkt sich mit seinem ruhigen, gleichmäßigen Atem. Um uns herum sitzen und liegen noch fünf Dutzend andere Leute, doch hier, inmitten dieses Kreises ist es, als befänden wir uns unter einer Glaswolke, die nur vom Klang unseres Atems und dem des monotonen Gongs gefüllt ist. Erneut schließe ich die Augen und schwebe. Über mich hinweg, dann über Jonahs schlafende Gestalt, über die Steine, die diesen magischen Kreis formen, immer höher, über die Felder, den Turm, die Stände, die Bühnen, das Festivalgelände, Glastonbury, über Tausende von Menschen, nach oben, oben, oben.

Als ich aufwache, sehe ich in Jonahs weit geöffnete Augen. Sein Blick wandert von einem Punkt meines Gesichts zum anderen, als würde er etwas, *mich*, studieren. Ich blinzle, richte mich auf und blicke auf ihn herunter. Um uns herum hat das Stimmengewirr zugenommen, von dem Gong ist nichts mehr zu hören.

»Wie spät ist es?«

Jonah setzt sich ebenfalls auf und zieht sein Handy aus der Hosentasche. »Gleich halb acht.«

»Ach, du … haben wir *so* lange geschlafen?«

»*Du* hast so lange geschlafen«, erwidert Jonah, »ich hab dir dabei zugesehen.«

»Du lügst. Ich weiß ganz genau, dass du auch geschlafen hast.«

Jonah lächelt, steht auf, streckt mir seine Hände entgegen und hilft mir auf.

Ich stehe vor ihm, doch er lässt nicht los.

17
Jonah

Ich wünschte, ich hätte die Augen gar nicht erst geschlossen. In der Sekunde, in der ich es tat, kamen die Bilder zurück. Weil der Schlaf, dieser eine Moment, in dem ich keine Macht habe, die Gedanken von mir zu schieben, die perfekte Angriffsfläche für Erinnerungen dieser Art bietet – Erinnerungen, die ich ausblende, wann immer ich kann, Erinnerungen, die Magenschmerzen verursachen, Übelkeit, von denen ich so viele habe. Die meisten alt und verstaubt und weit, weit weg von mir. Aber diese eine hier ist frisch. So frisch, dass Dejan recht damit hatte, mich zu fragen, was mit mir los ist. So frisch, dass sie über mich hereinschwappte in dem Augenblick, in dem ich auf der Wiese zwischen den Steinen meine Konzentration verlor.

Meine Mutter. Mit meiner Schwester. Ihr Lachen. Ihr sorgloses, unbeschwertes, glückliches Lachen.

Ich lasse Liv nicht los. Ich war mit Annika zusammen, weil sie gerade da war, doch ich halte an Liv fest, weil sie mir etwas gibt, das mir bis dahin noch niemand gegeben hat; das Gefühl, nicht allein zu sein.

Ich schüttle den Kopf, befreie ihn von allen düsteren Gedanken und von dem Mist, den ich mir da zusammenreime.

»*Vampire Weekend*«, frage ich sie, »oder Sonnenuntergang?«

»Sonnenuntergang?« Sie runzelt die Stirn.

»Von dem Hügel dahinten.« Ich nicke zu dem Hang hinter uns, auf dem die Veranstalter bunte Großbuchstaben aufgestellt haben, die *Glastonbury* schreiben. »Die meisten hocken sich da oben hin, um den Sonnenuntergang zu sehen«, erkläre ich. »Mit Blick über das Gelände. Und auf Glastonbury Tor. Inklusive Kirchturmruine. Was auch immer.« Ich zucke mit den Schultern. In der Sekunde, in der ich anfing, über den Sonnenuntergang und die Aussicht und weiß Gott was zu labern, fiel mir ein, dass Liv mich besser nicht für den Romantiker halten sollte, nach dem ich gerade klinge. Ich bin alles andere als das. Alles. Andere. Ich überlege, ihre Hand loszulassen, nur um ihr zu beweisen, dass ich nicht derjenige bin, mit dem sie Händchen halten sollte, aber ... Gerade kann ich mich nicht dazu durchringen. Stattdessen sage ich: »*Vampire Weekend* muss nicht unbedingt sein. *The Cure* würde ich aber echt gerne mal live sehen.«

»Okay. Dann sehen wir uns den Sonnenuntergang an, inmitten tausend anderer Besucher«, sagt Liv. »Klingt super-romantisch.«

»Lass uns erst was zu essen holen«, schlage ich vor, während wir uns zum Ausgang des Peace Garden durchschlagen. Wir schieben uns durch die Massen, bis wir zu einem Stand vordringen, bei dem Pizza angeboten wird.

»Was hältst du davon?«

»Wie kannst du schon wieder Hunger haben?«

»Hast du keinen?«

»Nicht wirklich. Nein.«

»Durst?«

Sie klopft auf ihren Jutesack. »Ich hab Wasser dabei.«

Richtig. Die Blümchenflasche. Wie mir Vanessa bei unserer Ankunft schon eindringlich erklärt hat, arbeiten die Veranstalter in diesem Jahr offenbar mehr denn je gegen Müll und Umweltverschmutzung und haben kurzerhand Wegwerfflaschen aus Plastik verboten. Die meisten haben deshalb ihre eigenen Nachfüllflaschen dabei, um sie bei den Stationen, die über das Festivalgelände verteilt sind, mit Wasser aufzutanken. Ich bin – wie bereits angedeutet – nicht sonderlich umweltpolitisch aktiv, aber das scheint sogar mir eine richtig gute Idee zu sein. Leider gehöre ich trotzdem nicht zu denen, die andauernd eine Nachfüllflasche mit sich herumtragen wollen, ergo kaufe ich auch diesmal eine Flasche Cola, für die ich das Pfand nie wiedersehen werde. Von dem Pfand, das ich hier schon bezahlt, aber aus reiner Trägheit nicht zurückverlangt habe, könnte ich Liv sicher auf eine Pizza einladen.

»Willst du echt nichts?«, frage ich noch mal. »Ich bezahle.«

»Nein, wirklich. Keinen Hunger.«

Wir finden einen Platz, hoch oben auf dem Hügel. Da sich die Gruppe neben uns zusammenschiebt, als wollten sie sich stapeln, haben wir sogar ein bisschen Luft. Ich bin mir nicht sicher, was die da zu viert unter der Plane treiben, auf die sie sich vermutlich drauflegen wollten, und ich will es auch nicht wissen. Liv sieht ebenfalls zu ihnen hinüber, dann schnell wieder weg.

Ich beiße in das Stück Pizza in meiner Hand. Liv kramt ihre Wasserflasche hervor und trinkt. Sie setzt Hut und Sonnenbrille ab und lässt beides in der Tasche verschwinden. Danach schweigen wir, während ich esse und wir die Sonne anstarren, als müsste sie, keine Ahnung, Saltos schlagen oder sonst was. Im Gegensatz zu den Anfängen unserer einen halben Tag andauernden Beziehung empfinde ich dieses Schweigen als angenehm, und Liv scheint es ähnlich zu gehen, denn sie strengt sich ausnahmsweise mal nicht an, es zu brechen. Sie sitzt da, streckt ihr Gesicht den letzten wärmenden Strahlen entgegen, schließt die Augen, atmet ruhig ein und aus. Und für eine Sekunde vergesse ich zu essen.

Die Augen nach wie vor geschlossen, das Gesicht immer noch geradeaus gerichtet, sagt sie schließlich: »Laurent hat mit mir Schluss gemacht heute Morgen.«

Sie spricht so leise, ich kann mich genauso gut verhört haben. »*Was?*«

Liv sieht mich an. »Vorübergehend. Er sagte, ich soll mir überlegen, was ich wirklich will. Ob ich ihn will. Und ob ich ihn liebe.«

Ich runzle die Stirn, dann blinzle ich, verwirrt und … irgendetwas anderes. Die Information, dass sie doch nicht mit Laurent zusammen ist, macht etwas mit mir, das ich gerade nicht näher betrachten möchte.

»Warum?«, frage ich schließlich. »Weil du hier in Glastonbury nicht genug Zeit für ihn hattest?«

»Das auch. Es war aber schon eine Weile davor nicht mehr wirklich gut.«

Ich warte, ob sie mir noch mehr sagen will, aber das scheint nicht der Fall zu sein. »Bist du, ich weiß nicht, unglücklich deswegen?«

Sie löst ihren Schneidersitz, stellt stattdessen die Knie auf, umschlingt sie mit den Armen und legt den Kopf darauf. »Das sollte ich, oder?«

»Aber du bist es nicht?«

Sie dreht mir ihr Gesicht zu. Dann schüttelt sie sehr langsam den Kopf.

Ich lasse die Hand mit der Pizza sinken und mustere sie. Ihr Zopf löst sich allmählich auf. In der untergehenden Sonne glänzen und glitzern ihre blonden Haare in allen möglichen Rottönen. Sie sieht wirklich wunderschön aus. Wunderschön und sehr, sehr traurig. Ich frage mich, warum sie mir das alles erzählt, nachdem sie sich zuvor so entschieden geweigert hat, mir auch nur die simpelsten Fragen zu beantworten. Für den Bruchteil einer Sekunde kommt mir der idiotische Gedanke, dass sie es tut, weil sie womöglich denkt, sie und ich, wir könnten ... Und ich verwerfe die Idee sofort. Eigentlich habe ich das Gefühl, dass sie einfach nur jemandem erzählen möchte, was sie normalerweise mit sich selbst ausmacht. Ihr Freund hat sich von ihr getrennt – und sie ist offenbar nicht im Geringsten traurig darüber. Und irgendwo, ganz tief in den Untiefen meines Unterbewusstseins, kann ich tatsächlich nachvollziehen, weshalb sie ausgerechnet mit mir darüber spricht. Weil es mir aus unerklärlichen Gründen von Anfang an genauso ging, weil ich diesen Sog in ihre Richtung spürte von dem Moment an, in dem ich sie das erste Mal gesehen habe.

»Deine Pizza wird kalt.«

»Hm? Oh, klar.« Ich nehme einen Bissen. »Also ... *Laurent* ...«

Sie murmelt etwas.

»Was?«

Liv faltet sich in den Schneidersitz zurück. »Ich weiß nicht, weshalb ich überhaupt damit anfange.«

»Womit?«

»Mit ... Warst du schon mal mit jemandem zusammen, in den du kein bisschen verliebt warst?«

Ich versuche, ernst zu bleiben, weil ihr Gesicht so unglaublich tragisch aussieht, doch ich denke nicht, dass es mir hundertprozentig gelingt. Ob ich schon mal mit jemandem zusammen war, in den ich nicht verliebt gewesen bin? Die Frage ist so absurd, dass ich am liebsten laut loslachen würde. Schließlich belasse ich es bei einem einfachen *Ja*.

Liv blinzelt.

Ich frage: »Du warst also nicht verliebt in Laurent?«, doch insgeheim denke ich, dass ich das ziemlich beruhigend finde. Ich meine, das Aftershave. Die Schuhe. Der ganze Vollhonk.

»Ich glaube nicht«, sagt Liv. »Ich dachte, das kommt vielleicht noch, aber irgendwie ist es nicht passiert.«

»Weshalb warst du dann mit ihm zusammen?«

»Weil ...«

»Weil?«

»Weil er da war?« Ein halbes Grinsen.

Ich starre auf ihren Mund. »Also ... *weil*?«

»Weil ... Ich denke, weil Marvin ...«

»Marvin? Das war der andere mit dem irrwitzigen Namen. Der Erste, in den du je verliebt warst?«

Liv seufzt.

Ich drehe mich zu ihr und setze mich wie sie in den Schneidersitz, und weil sie ihre wunderhübschen Lippen wieder zu einer starren Linie gepresst hat, halte ich ihr das letzte Stück Pizza hin, nur damit sie sie wieder öffnet. Und ich bin ehrlich nicht sicher, ob ich das tue, weil ich zu feige bin, sie mit meinen Fingerspitzen zu berühren. Oder meinen Mund darauf zu pressen. Ich halte ihr das Pizzastück hin, bis sie nachgibt und hineinbeißt.

»Du warst also mit Laurent zusammen, obwohl du eigentlich in Marvin verliebt bist?«

Sie kaut so lange auf diesem winzigen Stück Teig herum, dass ich schon bereue, sie damit gefüttert zu haben. Schließlich sagt sie: »Ich weiß nicht.«

»Du weißt nicht?«

»Marvin und ich kennen uns schon ewig. Er wohnt nebenan. Wir waren zusammen im Kindergarten und in der Schule und ...« Sie vollendet den Satz nicht, setzt sich stattdessen aufrechter hin.

»Und?«, frage ich, nachdem sie nicht weiterredet.

»Und ... nichts.«

»Und nichts. Außer, dass du verliebt bist in Marvin. Der womöglich keine Ahnung hat, *dass* du in ihn verliebt bist?«

»Er hat eine Freundin.«

»Seit dem Kindergarten schon?«

Livs Augen blitzen, doch sie zuckt nur mit den Schultern und schweigt.

»Weiß er es nun oder nicht?«

»Was?«

»Ach, komm schon, stell dich nicht dumm. Weiß er, dass du in ihn verliebt bist, seit ihr im Sandkasten gespielt habt?«

Nach wie vor antwortet Liv nicht, doch nach einer Weile holt sie tief Luft und stößt sie dann genauso eindringlich wieder aus. »Er war mein bester Freund. Ich dachte, er würde es merken, und ich dachte, er würde vielleicht genauso ... Es war dumm, so zu denken. Also, nein, er weiß es nicht. Er ist ziemlich verknallt in Emma.«

»Okay. Das ist Scheiße.«

»Nicht für sie.«

»Aber womöglich für ihn?«

Verwirrt blinzelt Liv mich an und ich rudere auf der Stelle zurück. »Ich meine, du warst seine beste Freundin, oder?

Und so ein Verknalltsein wiegt ja nicht auf, dass ihr euch schon ewig kennt und ... keine Ahnung. Du ihn besser verstehst als jede andere? Viel mehr über ihn weißt? Quasi seine Seelenverwandte bist?«

Livs Stirnrunzeln vertieft sich und ich wechsle das Thema.

»Also – wie passt Laurent nun in dieses delikate Spiel um Marvins Gunst?«

»Wenn du dich lustig machst ...«

»Ich mache mich nicht lustig! Ich meine es ernst. Du hast keine Ahnung, wie ernst ich es meine. Wieso *Laurent*?«

»Wir haben uns auf einer Party kennengelernt.«

»Der Klassiker.«

Liv schweigt.

»Okay, auf einer Party. Und was war dann?«

»Er ... Es war einfach nett, dass er mich nicht aus der Schule kannte, schätze ich. Dass er all den Ballast irgendwie nicht mitbekommen hat. Dass er nur mich kannte, Liv – die jetzige Liv. Nicht die alte. Nicht die ... die ...« Sie wedelt mit der Hand herum und schließlich seufzt sie. »Nicht die, die immer schon in ihren besten Freund verknallt war. Was irgendwie alle zu wissen schienen, bloß Marvin nicht.«

»Das spricht nicht sehr für seinen Intellekt«, sage ich.

»Oder er wollte es einfach nicht sehen«, erwidert sie leise.

»Mmmh.« Ich nicke. Damit, etwas nicht sehen zu wollen, kenne ich mich bestens aus. »War er auch auf der Party? Marvin?«

»Ja.«

»Wolltest du ihn eifersüchtig machen.«

»Vie... ja.«

»Hat es geklappt?«

»Nicht wirklich.«

»Shit.« Wir sehen einander an, und für eine Sekunde gehe ich aus der Szene hinaus, blicke auf uns beide, wie wir hier sitzen: einander gegenüber, im Schneidersitz, ernst, aber bunt angestrahlt von der farbenfrohen Dämmerung. Ich stelle mir vor, wie ich die Hand, die in meinen Schoß liegt, hebe, wie ich damit nach Liv greife, wie ich sie zu mir ziehe, und … Ich blinzle. Fest steht, ich sitze einem Mädchen gegenüber, zu dem ich mich offensichtlich hingezogen fühle, aber mehr noch tut sie mir leid. Das zumindest rede ich mir ein. Sie tut mir leid, genauso, wie sie mir heute Morgen schon leidgetan hat. Und niemand ist überraschter darüber, instinktiv richtiggelegen zu haben, als ich, dessen Ur-Instinkte schon sehr früh den Bach runtergeschwommen sind, mitsamt dem Ur-Vertrauen und dem ganzen anderen psychologischen Quatsch.

»Und, bist du eifersüchtig auf … Wie hieß sie? Emma?«

»Die meiste Zeit.«

»Würdest du sie am liebsten umbringen?«

»Was?« Entsetzt starrt Liv mich an. So, als hätte *ich* ihr den Freund ausgespannt, nicht Emma, und obwohl ich keine Ahnung habe, weshalb ich das gerade gefragt habe, bin ich erleichtert, dass die Traurigkeit aus ihrem Blick vorübergehend etwas anderem gewichen ist.

»Wie kannst du so was Bescheuertes fragen?«

»Wieso ist das bescheuert? Du willst Marvin, Marvin will Emma, du bist eifersüchtig …«

»Deshalb will ich sie nicht gleich töten!«

»Dann liebst du ihn vielleicht nicht genug.«

»Also wirklich.« Fassungsloses Kopfschütteln. »Das ist das Dümmste, was ich je gehört habe.«

»Und ich finde«, sage ich, »aus Liebe zu töten ist der einzige Grund, der so eine Tat rechtfertigen kann.«

Nach wie vor schüttelt Liv den Kopf, lässt mich dabei aber nicht aus den Augen. Schließlich fragt sie: »Was ist mit dir? Würdest du den nächsten Typen umbringen, mit dem Annika etwas anfängt?«

Ich schnaube. »Wohl kaum.«

»Weil du nicht mehr in sie verliebt bist?«

»Weil ich noch nie in sie verliebt war?«

Sie nickt. Das Thema hatten wir schon. »Warum warst du dann *wirklich* mit ihr zusammen?«, fragt sie.

Ich zucke mit den Schultern. Und dann, dann sage ich ihr einfach die Wahrheit: »Weil ich nicht gut allein sein kann.«

Liv öffnet den Mund, schließt ihn wieder, ohne etwas zu erwidern. Mein Blick folgt der Bewegung ihrer Lippen. Die Farbe hat sich verändert. Im Licht der untergehenden Sonne sind sie mehr orange als rot, die Haut an Livs Wangen scheint zu leuchten, und ihre Augen … Shit. Es reicht langsam, Jonah. Hör auf, überhaupt in diese Richtung zu denken. Nicht mit einem Mädchen wie ihr.

»Wie meinst du das, du kannst nicht gut allein sein?«, fragt sie schließlich.

»So, wie ich es sage.« Ich halte ihrem Blick stand. Näher, denke ich, muss ich ihr dieses Thema nicht erläutern, immerhin habe ich ihr damit schon deutlich mehr erzählt als jedem anderen, den ich kenne. Ich führe Beziehungen – kurze, längere, bessere, schlechtere – und ich führe sie hauptsächlich deshalb, weil ich es nicht ertragen kann, allein zu sein. Das mag ein Mutterkomplex sein, wie Dejan einmal (und dann nie wieder) vermutete. Was auch immer es ist, es hat dazu geführt, dass zwischen einer und einer anderen Beziehung kaum mehr als ein paar Wochen liegen. So viele eben, wie ich allein aushalten kann. Gerade befinde ich mich in Woche zehn und es wird allmählich härter.

»Okay«, sagt Liv.

Ich lächle sie an. Mir gefällt es kolossal, dass wir uns gegenseitig solche Mühe geben, dem anderen nicht mehr zu entlocken, als der preisgeben will. Weshalb ich beschließe, ihr freiwillig noch etwas zu geben.

»Ich bin mir nicht sicher, ob ich überhaupt schon mal verliebt war. Dieses ganze Konzept von Liebe …« Ich zucke mit den Schultern. »Es leuchtet mir irgendwie nicht so ganz ein.«

»Was daran liegen könnte, dass du Liebe als Konzept betrachtest.«

»Was ist es sonst? Die Leute verlieben sich hauptsächlich deshalb, weil sie Angst davor haben, allein zu bleiben. Da steckt ein gewisses Kalkül dahinter, findest du nicht?«

»Nicht jeder denkt so. Manche verlieben sich ganz gegen die Vernunft, und manche bleiben lieber allein, als mit jemandem zusammen zu sein, den sie nicht lieben.«

Nachdenklich sehe ich Liv an und sie wendet den Blick ab. In dieser Beziehung, wenn es darum geht, mit jemandem zusammen zu sein, den man nicht liebt, kennt sie sich ebenso gut aus wie ich.

»Das heißt also, du warst nicht in Annika verliebt«, sagt sie schließlich. »Oder in die sieben davor?«

»Das heißt es vermutlich, ja.«

»Das ist traurig.«

Ich antworte nicht. Wo sie recht hat, gibt es nichts weiter zu sagen.

»Ich hoffe … Ich meine, ich habe nicht vor, noch einmal so eine Beziehung zu führen wie mit Laurent.«

»Amen.«

Noch einmal tauschen wir Blicke. Lange, nachdenkliche, erstaunlich wohlwollende Blicke. Schließlich deutet sie mit dem Kopf in Richtung des Sonnenuntergangs, der ihr Gesicht zum Leuchten bringt. »Du solltest dich umdrehen. Du verpasst das ganze Spektakel.«

Das glaube ich kaum. Aber ich setze mich trotzdem neben sie. Beide strecken wir unsere Beine vor uns aus und lassen uns, auf die Ellbogen gestützt, ins Gras fallen. Unsere Arme berühren sich beinah. Aber nur fast.

18

Liv

Ich könnte hier ewig so sitzen. Die letzten Sonnenstrahlen des Tages wärmen mein Gesicht, die Nähe von Jonahs Körper tut ihr Übriges, damit mir nicht kalt wird, ich habe – zum ersten Mal überhaupt – den Mut aufgebracht, jemandem zu erzählen, was ich getan habe. Dass ich aus den falschen Gründen mit dem falschen Jungen zusammen war, und Jonah hat mich nicht dafür verurteilt, im Gegenteil. Er weiß ganz genau, wie sich das anfühlt. Zwar bin ich nicht sicher, ob es sich für ihn genauso angefühlt hat wie für mich, aber das Verständnis in seinem Blick hat gereicht, um mir dieses andauernde, nagende schlechte Gewissen zu nehmen, zumindest für einen Augenblick.

Ich genieße Jonahs Nähe so sehr. Denke ich, bis er sagt: »Also, zeig mir ein Foto von Marvin.«

Ich lache ungläubig. »Das werde ich nicht tun.«

»Wieso nicht? Ist er hässlich?«

Ich starre ihn an. Lasse mich nach hinten fallen und bedecke mit dem Arm meine Augen. Ich bereue nicht, Jonah von Laurent und Marvin erzählt zu haben. Doch die Art und Weise, wie er sich an diesen Themen festbeißt, wie er immer mehr nachbohrt, und … warum?, frage ich mich. Es bringt mich auf Ideen. Ideen, auf die ich nicht kommen sollte und die gerade überhaupt keinen Platz haben in meinem Kopf.

»Was ist? Stimmt es? Sieht er aus wie *das Biest*?« Jonah schiebt meinen Arm zur Seite, was ich widerstandslos geschehen lasse, und dann funkle ich ihn an. Und er … Als wäre überhaupt nichts dabei, verschränkt er seine Hand mit meiner, im Gras, neben meinem Kopf, während er sich auf den anderen Arm stützt. Er beugt sich noch ein Stück vor und ich halte den Atem an. Gott, er wird mich küssen, denke ich, und im nächsten Augenblick gratuliere ich mir selbst zum Idiotismus des Monats. Natürlich wird er das nicht tun. Nicht nach dem Gespräch, das wir gerade geführt haben, und auch sonst nicht. Warum sollte er? Und er tut es auch nicht. Allerdings setzt er sich auch nicht wieder auf. Er starrt mich an und dann murmelt er: »Du hast Sommersprossen auf der Nase.«

Ich schlucke. Und Jonahs Blick, er wandert zu meinem Hals und der empfindlichen Haut dort, und ich spüre diesen Blick beinahe wie eine Berührung, und ich kann das unmöglich länger ertragen. Ich richte mich so plötzlich auf, dass ich Jonah eine Kopfnuss verpasse.

»Oouuh«, stöhnen wir gleichzeitig.

»Sorry«, murmle ich. Dann greife ich nach meiner Tasche, um irgendetwas zu tun, ziehe das Handy heraus und scrolle durch meine Fotos. Ich bin rot geworden. Ich fühle die Farbe auf meiner Wange. Heiß. Jonah starrt mich nach wie vor an, jetzt von der Seite, und ich wünschte wirklich, er würde damit aufhören.

»Da.« Ich halte ihm das Smartphone hin und er nimmt es mir aus der Hand.

»Das ist er? Marvin?«

Er sieht gar nicht auf das Foto, sondern immer noch mich an, und erst als ich nicke, senkt er den Blick.

»Sieht irgendwie so *normal* aus«, sagt er. »Nein, ehrlich, gemessen an deinen Vorlieben habe ich ihn mir anders vorgestellt.«

»Jonah«, sage ich warnend und will ihm das Telefon abnehmen, doch er hält es höher.

»Braune Haare, braune Augen, kein bisschen markant. Nein.« Er schüttelt den Kopf. »Für einen Kerl, der seit Jahrzehnten dein Herz für sich beansprucht, sieht er reichlich unscheinbar aus.«

»Es sind keine Jahrzehnte, ich bin achtzehn. Und er beansprucht mein Herz nicht, genau das ist das Problem, oder?« Ich greife nach dem Handy und stopfe es zurück in meine Tasche.

Jonah beobachtet mich dabei, dann wendet er seinen Blick dem Himmel zu.

Die Wahrheit ist, ich sehe Marvins Foto an und weiß nicht, was ich fühlen soll. Es ist, als hätte ich mich so lange an meine Liebe zu diesem Jungen geklammert, um mich selbst im Gleichgewicht zu halten, und wenn ich sie loslasse, gerät gleich alles ins Wanken. Ich. Das, was mich ausmacht. Ich habe echt keine Ahnung. Alles, was ich weiß, ist, dass Marvin mich nie so angesehen hat, wie Jonah das eben getan hat. Und dass dieser Blick, mit dem er mich betrachtet – *mich*, Liv, immer noch ich, immer noch unscheinbar, die meiste Zeit ihres Lebens zu rund, um interessant zu sein – dass er mich erdet, auf eine Weise. Er beruhigt und beunruhigt mich zugleich.

Ergibt das irgendeinen Sinn?

Etwas *dingt* und *bingt* und Jonah greift nach seinem eigenen Handy.

»Was zur Hölle?«, murmelt er, der Finger wischt bereits über das Display, das von oben bis unten mit ungelesenen Nachrichten bedeckt ist.

»Ist was passiert?«

Er schüttelt den Kopf. »Die sind nur alle auf einmal durchgekommen. Scheint, als hätte mein Handy gerade mal wieder auf Empfang gestellt.«

Jonah scrollt sich durch seine Nachrichten, also ziehe ich mein Handy ebenfalls wieder heraus und werfe einen Blick darauf. Nach wie vor keine Nachricht von Mafalda. Wenn mein Vater wüsste, dass seine Schwester mich nicht nur in regelmäßigen Abständen mit Haschischrauch einnebelt, sondern mich darüber hinaus auch noch in die Arme eines Jungen schiebt, den keiner von uns beiden kennt … Ich schüttle den Kopf. Dann drücke ich das Kamera-Icon und mache eine Aufnahme von dem spektakulär eingefärbten Himmel vor uns, inklusive Glastonbury Tor, der in der Ferne deutlich zu erkennen ist.

Neben mir seufzt Jonah.

»Was ist?«

»Die anderen wollen wissen, wo ich bleibe. Als hätten wir an dem Wochenende nicht schon genug Zeit miteinander verbracht. Als hätten Annika und ich nicht schon …« Er schüttelt den Kopf.

»Seid ihr verabredet? Du musst nicht mit mir rumhängen, wenn du lieber deine Freunde treffen möchtest. Ich bin mir sicher, Mafalda kann meine Hilfe gut gebrauchen. Wenn du also lieber …«

»Hey, stopp mal. Habe ich irgendwann in den letzten Stunden den Eindruck vermittelt, ich würde *mit dir rumhängen*, weil ich muss?«

Ich blinzle. Und ich denke: *Nein, das hast du nicht.* Aber ich bin nach wie vor ich. Liv. Unscheinbar und uninteressant. Und es ist ganz und gar typisch für mich anzunehmen, dass ein Junge wie Jonah niemals mit einem Mädchen wie mir auch nur vorübergehend Zeit verbringen möchte.

Und als ahnte Jonah, was hinter meiner Stirn vor sich geht (oder zumindest, dass es nichts Gutes sein kann), runzelt er seine.»Was ist?«

»Nichts.«

Mehr Stirnrunzeln. Dann widmet er sich weiter seinem Handy, tippt ein paar Sekunden lang drauf herum, schiebt es zurück in die Hosentasche. Wortlos betrachten wir gemeinsam ein paar Minuten lang den Himmel, schließlich sieht er mich an und sagt:»Wenn wir uns den kompletten Sonnenuntergang ansehen, verpassen wir *The Cure*.«

»Um Himmels willen«, spotte ich, um dann, unsicher, wie wichtig ihm diese Band ist, hinzuzufügen:»Dann sollten wir gehen, oder?«

Einige Sekunden noch sieht Jonah mich an, dann den Himmel, dann wieder mich. Und dann sagt er:»Wir könnten uns stattdessen den Sonnenaufgang ansehen.«

Für einen Augenblick bin ich sprachlos. Und … nichts. Will er mir damit sagen, dass er die Nacht mit mir verbringen möchte? Mit mir, nicht mit seinen Kumpels oder sonst wem? Schweigend mustere ich ihn. Bis … »Warte!« Meine Augen werden schmal. Er will *die Nacht* mit mir verbringen?

»Das ist doch kein erneuter Versuch, mich rumzukriegen, oder?«

»Ein erneuter?«

Ich ziehe die Augenbrauen nach oben.

Jonah lacht. »Das ist gar kein Versuch«, sagt er. »Nur eine

Möglichkeit.« Er steht auf, dann zieht er mich hoch. Gemeinsam machen wir uns auf den Weg.

Je später der Abend, desto verrückter erscheinen die Gäste. Wir kommen an einer Gruppe Frauen vorbei, die ausgelassen zu den schrägen Klängen eines Saxofons tanzt – mit nichts bekleidet als mit Körperfarbe. Jede einzelne Rundung hebt und senkt sich in dem verwirrenden, abgehackten Rhythmus, und ich kann an nichts anderes denken als daran, dass ich mich das nie trauen würde. Nicht einmal mit weiteren zwanzig Kilo weniger. Wir durchqueren eine Art Zirkusbereich, wo sich Trapezkünstler durch die Lüfte schwingen und Feuerspucker ihre Keulen jonglieren. Ein paar Meter weiter, inmitten eines kleinen Rasenstücks, steht ein Klavier, auf dem ein Hippie *Bohemian Rhapsody* spielt. Ich halte mein Handy in der Hand und mache Fotos. Von dem Klavierspieler filme ich ein kurzes Video, obwohl mir jetzt schon klar ist, dass es zu Hause, im langweiligen Stade, nicht annähernd die Atmosphäre rüberbringen wird, die uns hier umgibt.

Ich zucke zusammen, als mir Jonah das Smartphone aus der Hand nimmt. Er drückt darauf herum, dann hält er es mit ausgestrecktem Arm von sich und schießt ein Selfie von uns beiden.

Ich bin mir sicher, es zeigt den höllisch attraktiven Jonah und das viel beschriebene Reh im Scheinwerferlicht. Ein Blick auf das Display genügt, um meinen Verdacht zu bestätigen. »Hey, mach noch eins«, sage ich. »Auf dem hier sehe ich aus wie ...« Ich komme nicht dazu, den Satz zu vollenden, denn genau in diesem Moment unterbricht der schrille Ausruf eines Mädchens unsere Unterhaltung.

»Jonah! Wo warst du denn so plötzlich? Ich hab den halben Vormittag auf dich gewartet.« Sie spricht Englisch. Ein undeutliches, vom Alkohol in die Breite gezogenes, amerikanisches Englisch, das ich nicht sonderlich gut verstehe. Was sich allerdings sehr gut interpretieren lässt, ist ihre Gestik: Sie hängt geradezu an Jonahs Hals, während sie mehr verwaschene Worte in sein Ohr brüllt und sich dabei dichter und dichter an ihn herandrängt. Ich könnte schwören, Jonah wird rot. Und während ihr scheußlicher Singsang (*Wo warst du? Ich hab auf dich gewartet!*) sich immer tiefer in mein Bewusstsein gräbt, schaue ich schnell zur Seite, um nicht noch mehr von der Unterhaltung mitzubekommen.

Mein Blick fällt auf die zwei Mädchen, die die betrunkene Blondine begleiten – sie tuscheln hinter vorgehaltener Hand, und obwohl sie noch nicht einmal in meine Richtung sehen, fühle ich mich unwohl. Ich wünschte wirklich, ich wäre nicht andauernd so unsicher, doch jetzt scheint mir nicht der richtige Moment, um das ändern zu können. Nicht mit all den wirklich hübschen, vor allem superschlanken Mädchen um mich herum. Nicht mit einem Jungen wie Jonah an meiner Seite, der von überallher schmachtende Blicke erntet und der seine Aufmerksamkeit ganz offensichtlich gestern noch jemand anderem gewidmet hat.

Ich fürchte, bei dem Gedanken dreht sich mir der Magen um. *Wo warst du denn so plötzlich? Ich hab den halben Vormittag auf dich gewartet!* Heißt das, sie waren zum Kaffee verabredet und er ist nicht gekommen? Oder heißt es, er hat die Nacht mit ihr verbracht und ist am Morgen verschwunden?

»Sorry, das war …«

»Schon okay.«

Er hat die Blondine von sich geschoben, verabschiedet

und zieht mich nun geradezu hinter sich her, um unseren Weg fortzusetzen. Er murmelt etwas, das ich nicht verstehe, und ich würde ihm am liebsten meine Hand entziehen. Mir ist gerade nicht danach, seine zu halten, doch ich will ihn auch nicht spüren lassen, dass mich die Tatsache verletzt, dass er gestern noch mit einer solchen Trulla losgezogen ist. Und heute mit mir. Angeblich ohne Hintergedanken. Ja, genau.

Letztlich reiße ich mich doch von ihm los.

Jonah seufzt. Und obwohl ich kein Wort gesagt habe, setzt er an: »Wir saßen gestern Nacht noch um so ein Feuer herum. Auf dem Campingplatz. Simon hielt es für witzig, die Mädchen anzusprechen, seine Freundin nicht so sehr. Also hat er sie in meine Richtung geschubst und … nichts weiter. Ein Bier später bin ich ins Zelt gegangen. Und ich hab keine Ahnung, weshalb ich dir das überhaupt erzähle, ich muss mich nicht rechtfertigen, es spielt gar keine Rolle, oder? Es ist ja nicht so, als würden wir …« Mit einer Hand deutet er zwischen uns beiden hin und her. »Als …«

»Natürlich nicht!« Einige Sekunden lang starre ich ihn an, dann schüttle ich den Kopf.

Er hat so recht. Er hat so ungeheuer recht. Es ist gar nichts zwischen uns, und keine Geringere als ich selbst hat das von vornherein festgelegt, also was soll der Scheiß, Liv?

Ich greife nach seiner Hand. Drücke sie. »Sorry«, sage ich. »Lass uns gehen.« Damit ziehe ich ihn weiter, durch die Massen hindurch, wie zuvor auch, doch nun fühlt es sich auf einmal seltsam an. So, als wäre das gar nicht Jonahs Hand in meiner, sondern die eines Fremden.

Während wir auf die Pyramid-Stage zulaufen, versuche ich, mich aus dieser Stimmung zu schütteln, den Abend als das zu betrachten, was er ist. Es dauert ein paar Meter, bis mir klar wird, dass ich auch darauf keine Antwort habe. Ich weiß nicht, *was dieser Abend ist*. Vor ein paar Stunden habe ich beschlossen, mit einem fremden Jungen loszuziehen, ohne einen Schimmer, was mich erwarten würde. Ablenkung, vermutlich. Eine gewisse Distanz zwischen mir und dem, was mich eigentlich beschäftigt – der Schlamassel mit Laurent – und ... Spaß, ja. Von vornherein war klar, dass es bei diesem Tag und diesem Abend bleiben, dass ich den Jungen danach nie wiedersehen würde.

Und auf einmal hinterlässt dieser Gedanke ein seltsam verstörendes Gefühl in mir.

Ich schüttle es ab und drehe mich lächelnd zu Jonah um, bevor ich meinen Weg fortsetze.

19

Jonah

Scheiße. *Scheiße.* Scheiße. Sieht so aus, als könnte mein Hirn kein anderes Wort formulieren, während ich hinter Liv herlaufe, benommen, als hätte mir jemand ein Brett vor den Kopf geschlagen. Ich fühle mich furchtbar, weil ich gelogen habe, bin nicht sicher, weshalb ich es getan habe, und verspüre obendrein das dringende Bedürfnis, es Liv zu beichten und alles richtigzustellen.

Was zur Hölle ist los mit mir?

Dieser Nachmittag, Abend, die Nacht, was auch immer, war nicht geplant und ohne Hintergedanken, die simple Möglichkeit, die Zeit mit jemand anderem zu verbringen als allein und dennoch von Annika wegzukommen. Liv hat einen Freund, verdammt noch mal. Auch wenn sie ihn gerade offenbar nicht mehr hat … und mich der Gedanke, seit ich davon weiß, nicht mehr loszulassen scheint. Vorhin, auf dem Hügel, *im Sonnenuntergang*, da hätte ich sie beinah geküsst. Wäre sie nicht aufgesprungen, um sich selbst oder uns beide zu retten, ich hätte es getan. Trotz *Marvin*. Und obwohl Liv ganz sicher jemand Besseren verdient, jemand, der aufgeräumter ist und ehrlich, kein Schulabbrecher, Lügner, keiner, der mit Mädchen zusammen ist, nur um nicht allein zu sein, und sie dann am ausgestreckten Arm verhungern lässt. Emotional gesehen.

Und warum nur schießt mir jetzt der Gedanke in den Kopf, dass es mit Liv womöglich anders wäre? Irgendwo auf diesem Gelände muss mein Verstand verloren gegangen sein, vielleicht sollte ich losziehen, um ihn zu suchen. Ich hab sie angelogen. Gestern Nacht noch war ich mit einer anderen zusammen. Sie lebt sonst wo und ich woanders. Selbst, wenn ich wollte … Aber ich will nicht. Weshalb ich den Gedanken fallen lasse, als wäre er heiß, einmal tief durchatme und Livs Hand drücke, um sie zum Stehenbleiben zu bewegen.

»Wollen wir hierbleiben? Viel näher kommen wir nicht ran, fürchte ich.«

»Vielleicht noch da vorne?«

»Das ist ziemlich nah an den Boxen.«

»Wie alt bist du? Hundert?« Sie wirft mir ein aufgesetztes Lächeln zu, dann zieht sie mich in Richtung der Lautsprecher. Und ich denke kein bisschen darüber nach, dass ich Liv erst einen Nachmittag kenne und trotzdem weiß, wann eines ihrer Lächeln Fake ist.

Als das Konzert beginnt, wird schnell klar, warum um uns herum großzügig Platz ist. Die Musik dröhnt derart laut aus den riesigen Boxen, dass man seine eigenen Gedanken nicht versteht, geschweige denn die Worte des anderen. Was nicht so schlecht ist. Also, Ersteres. Und nach der Begegnung mit Sally wirkt es beinahe so, als habe Liv mich hierhergezogen, um sich nicht mehr mit mir unterhalten zu müssen, was ich ihr ehrlich nicht verübeln kann.

Ich beobachte sie, während sie sich auf die Zehenspitzen stellt, um besser zu sehen. Unmittelbar vor uns ragt eine Leinwand empor, um das Geschehen auf der Bühne zu uns nach hinten zu übertragen, doch offenbar möchte sie lieber wissen, was da vorne live vor sich geht. Ich beuge mich zu ihr runter, die Lippen dicht an ihrem Ohr, um die schwurbelnden *Cure*-Gitarren zu übertönen. »Wie heißt du eigentlich richtig?«, rufe ich. »Olivia?«

Sie dreht sich zu mir um. »Wie kommst du jetzt darauf?«, brüllt sie zurück.

Ich zucke mit den Schultern.

»Liv«, ruft sie. »Einfach Liv.« Dann dreht sie sich zurück zur Bühne und hebt sich auf die Zehenspitzen.

»Soll ich dich auf die Schultern nehmen?«

»Was?«

»SOLL ICH DICH AUF DIE SCHULTERN NEHMEN?«, wiederhole ich, noch lauter diesmal. »Damit du besser siehst?« Sie starrt mich mit weit aufgerissenen Augen an, und ich denke, sie hat immer noch nicht verstanden, also beuge ich mich weiter vor und bedeute ihr, auf meinen Rücken zu klettern. Nachdem sich nichts tut, werfe ich ihr einen Blick zu und sie schüttelt wild den Kopf.

»Nein«, ruft sie über den immer lauter werdenden Song hinweg. »Auf keinen Fall!«

Sie sieht so schockiert aus, dass ich lachen muss. »Was? Denkst du, ich lasse dich fallen?« Ich gehe in die Knie mit dem Vorhaben, ihr das Gegenteil zu beweisen, woraufhin sie beinahe hysterisch wird. Ich habe sie noch nicht mal berührt, da hat sie mich bereits von sich geschoben, so heftig, dass ich auf meinem Hintern lande. Für einen Moment bin ich geschockt. Über die Wucht, mit der sie mich gestoßen hat, und von der Wut in ihren Augen.

»Was sollte das denn? Ich hab Nein gesagt«, brüllt sie zu mir runter. Und sie macht keine Anstalten mir aufzuhelfen, also rapple ich mich selbst hoch.

»Okay, mein Fehler«, rufe ich, »tut mir leid.« Und das tut
es. »Ich wollte dich nicht stressen, eigentlich habe ich es gut
gemeint, ich wollte …«

Und dann fliegt plötzlich etwas über unsere Köpfe hinweg, und bevor ich den Satz zu Ende bringen oder Liv den
Mund öffnen kann, trifft mich dieses Etwas an der Stirn und
wirft mich beinahe erneut zu Boden.

»*Was* … ah, Shit.« Plastikbecher. Gefüllt noch dazu. Ich
sehe an mir runter, auf die feuchten Flecken auf meinem
T-Shirt, während ich mir die Stirn reibe, und dann zu Liv. Sie
hält ihr Top von sich weg, das ebenfalls nass geworden ist –
ziemlich nass, wie ich auf den ersten, kurzen Blick feststelle.
Auch ihr Zopf hat was abbekommen.

Ich schnüffle an meiner Hand. »Bier.«

Liv verzieht das Gesicht.

Ich sehe mich nach dem Idioten um, der den Becher geworfen haben könnte, kann in der dichten Menge an Zuhörern
aber natürlich niemanden ausmachen.

Liv stellt sich auf die Zehenspitzen und brüllt mir ins Ohr.
»Bier ist gut für die Haare.«

Exakt in dem Moment fegt ein weiterer Becher über uns
hinweg und entlädt einen erneuten Schwall Bier über unsere
Köpfe.

»Das darf echt nicht wahr sein«, brülle ich, und Liv, die
sich eine feuchte Haarsträhne aus dem Gesicht wischt, bricht
auf einmal in Gelächter aus. Ich sehe sie an und schüttle den
Kopf, und Liv lacht nur noch mehr.

Dieses Konzert ist mit Abstand das beste, auf dem ich je war.
Nicht nur, dass *The Cure* grandios sind und all ihre Hits spielen – die Gesellschaft ist unbeschreiblich.

Nachdem wir den Platz aufgegeben haben (zu feucht, wie Liv treffend formulierte), sind wir erst zur Bar gezogen, um uns selbst zwei Bier zu kaufen (wo wir ohnehin schon danach stinken), um uns dann das Konzert von noch weiter hinten anzusehen. Wir tanzen. Und nein, ich bin normalerweise kein Tänzer. Aber mit Liv neben mir, vor mir, um mich herum scheint es sich auf einmal nicht mehr vermeiden zu lassen.

Gerade läuft die erste Zugabe, »Lullaby«, ein echter Klassiker. Die Gitarre schrammelt eine Melodie, die fast wie ein Kinderlied klingt, doch dazu haucht Robert Smith ins Mikrofon wie das personifizierte Monster aus dem Schrank. Liv steht vor mir, nickt mit dem Kopf und schwankt hin und her auf die Art, die ich schon am Nachmittag beobachtet habe. Sehr weich, sehr … aus dem Takt. Ich habe meine Hände um ihre Taille gelegt, irgendwie geht es nicht anders, und es scheint sie nicht zu stören.

Der Himmel über uns ist dunkel, aber noch nicht schwarz. Ich beuge mich vor und rufe: »Das ist echt ein Megakonzert. Ich bin froh, dass ich mitgekommen bin.«

Sie antwortet über ihre Schulter, und als ich es nicht verstehe, dreht sie sich in meinen Armen zu mir um. »Wieso mitgekommen? *The Cure* war doch dein Vorschlag?«

»Nein, das Festival meinte ich. So ganz allgemein.«

Sie legt fragend den Kopf schief, weshalb ich hinzufüge. »Ich war zuerst nicht wirklich begeistert. Ich meine, England ist weit weg und es ist teuer, und dann auch noch Annika … Und dann hat mich Dejan eben doch überredet. Und jetzt bin ich froh.«

Liv betrachtet mich schweigend, eine ganze Weile lang, und nun bin ich derjenige, der sich im Rhythmus der Musik bewegt, der uns langsam hin- und herwiegt. Bis sie plötzlich beide Hände in meinem Nacken verschränkt, sich auf die Zehenspitzen stellt und sagt:»Ich bin auch froh.« Und dann küsst sie mich auf die Wange, dicht unter mein Ohr. Und ich erstarre in Schock, während sie sich wieder umdreht und sich Robert Smith zuwendet.

Es ist halb zwölf, bis der letzte Ton verklungen ist und die grellen Flutlichter das Ende des Konzerts bedeuten. Halb zwölf, zwei Bier und eine unzählige Reihe von Gedankenketten später, die sich allesamt um ein Thema drehen: Wie dicht darf ich Liv zu mir ziehen, um nicht als aufdringlich zu gelten, beziehungsweise wie nah dürfen meine Lippen ihrem Ohr kommen, ohne dass sie merkt, dass ich sie am liebsten küssen würde, so wie sie das vorhin bei mir getan hat?

Vorhin.

Vor ein paar Stunden.

Es kann unmöglich mein Ernst sein, dass ich seit diesem Augenblick an nichts anderes mehr denken kann. So viel zum Thema Verstand. Nein, er ist zwischenzeitlich nicht wiederaufgetaucht. Oder ich habe ihn in Bier ertränkt, wer weiß? Gute Idee eigentlich, ich schiebe einfach alles auf den Alkohol. Der hat schon immer sämtliche Hemmungen beseitigt, richtig? Zwar befinde ich mich nicht gerade im Vollrausch, um ehrlich zu sein, merke ich die zwei Bier nicht mal sonderlich, aber trotzdem. An irgendwas muss es ja liegen. Aus dem Augenwinkel werfe ich Liv einen Blick zu. Was ist das bloß, das uns hier wie siamesische Zwillinge aneinanderkettet, obwohl wir uns noch nicht mal einen Tag kennen?

Tja. Ich werde das sicherlich nicht ergründen, dazu fehlt allein schon die Zeit. Ich meine, der Abend ist bald rum und …

»O Gott, ich stinke, als wäre ich in ein Fass gefallen.« Ich beuge mich zu ihr runter und schnüffle. »Stimmt. Hilfe! Du riechst erbärmlich.«

Das bringt mir einen Schlag ein, mit dem Handrücken in die Magengegend. Sie funkelt mich an. Ihr Blick wandert über mein Gesicht, von einem Auge zum anderen, zurück, zu meinem Mund. Hin und her. Gerissen. So wie ich?

»Lass uns eine dieser Wasserstellen suchen«, sage ich schließlich. »Vielleicht können wir uns da ein bisschen grundreinigen.« Und abkühlen. Ganz dringend abkühlen.

Ich fürchte, wir tun genau das Gegenteil. Stolpern über das Festivalgelände, lachend, nach Bier stinkend, *glücklich*. Liv zieht ihr Top aus. Leider tut sie es unter diesem riesigen Pullover, den sie zuvor aus ihrer Tasche gezogen hat, weshalb ich nicht sonderlich viel zu sehen bekomme.

Noch einmal schnuppere ich an ihr.

»Hey!«

»Ich wollte nur sichergehen, dass du jetzt besser riechst, nach … Wem gehört der Pullover? Laurent? *Marvin*?«

Sie verdreht die Augen, doch sie wird rot dabei. Dann stößt sie mich in die Seite, während ich mir zwei Hände voll Wasser ins Gesicht spritze. »Du hast nicht zufällig noch eines von Marvins T-Shirts in deiner Tasche?«

»Zufällig nicht.«

Ich zucke mit den Schultern. Verteile vorsichtshalber noch ein bisschen Wasser auf meiner Brust. »Dann wirst du wohl mit dem Geruch nach abgestandenem Bier leben müssen.«

Liv greift nach dem Saum meines T-Shirts, beugt sich vor und schnuppert daran, bevor sie sich wieder aufrichtet.

»Entsetzlich«, sagt sie und grinst.

»Wirklich?«, frage ich langsam. Dann lege ich schnell einen Arm um ihre Schultern und drücke ihr Gesicht gegen meine Brust, während wir beide lachen, ganz so, als könnten wir nicht mehr damit aufhören. Und während wir weiterziehen, lasse ich meinen Arm einfach dort liegen. Und zum wiederholten Mal an diesem Abend denke ich …

Ach. Wen interessiert's?

Durch Zufall landen wir an diesem Lagerfeuer. Oder vielleicht ist es kein Zufall, denn um diese Zeit flackert und lodert es an den unterschiedlichsten Stellen auf dem Gelände, nur dieses hier ist besonders schön. Und besonders groß. Um ein ziemlich beeindruckendes Feuer wurden Bierbänke aufgestellt, und mit mehr Glück als sonst was ergattern Liv und ich zwei letzte Plätze. Die Feuerstelle ist umgeben von Bäumen, die von Scheinwerfern in sämtlichen Farben angestrahlt werden. Man kommt sich vor wie in einem verzauberten Wald. Liv und ich rücken eng zusammen, um auf der schmalen Bank Platz zu finden, und sehen fasziniert in die Flammen, dann ins Blätterdach um uns herum und wieder zurück.

»Sieht fast aus wie bei Harry Potter«, sagt Liv. »Beim Camping während der Quidditch-Weltmeisterschaft. Fehlt nur noch, dass Hagrid hier irgendwo aus den Büschen spaziert.«

»Wer?«

Entgeistert starrt sie mich an. »Hagrid! Der Wildhüter von Hogwarts? Sag mir nicht, du kennst Harry Potter nicht!«

Einige Sekunden lang spiele ich ihr den Verwirrten vor,

dann fange ich an zu lachen. »Natürlich kenne ich Harry Potter«, sage ich. Dass ich die Bücher nie gelesen habe, beichte ich ihr besser nicht. Und auch, dass ich tatsächlich keinen Schimmer habe, wer Hagrid ist.

Liv zieht und zupft an dem Pullover, der eindeutig viel zu groß für sie ist. Als sie bemerkt, dass ich sie dabei beobachte, lässt sie es sein. Stattdessen seufzt sie, blickt geradeaus in die orangegelben Flammen und sagt: »Das Mädchen von vorhin …« Weiter nichts. Und mehr braucht es auch nicht, damit sich mein Magen zusammenzieht und mein Herz zu rasen beginnt.

Scheiße.

Liv bückt sich, hebt einen Zweig vom Boden auf und dreht ihn zwischen ihren Fingern hin und her. »Sie sah ziemlich unglücklich aus darüber, dass du sie gestern hast stehen lassen. Sogar heute Morgen hat sie noch auf dich gewartet, oder?«

Scheiße. Okay. *Sag's ihr einfach, Jonah. Sag's ihr.* Ich bin dabei, den Mund zu öffnen, als sie fortfährt:

»Du hättest die Zeit hier mit ihr verbringen können.«

Moment – worum geht es jetzt? Nicht darum, was mit diesem Mädchen war, sondern um Livs … Ich weiß nicht … Unsicherheiten? Nach wie vor zwirbelt sie diesen Zweig zwischen den Fingern, so lange, bis mir vom Zusehen schwindlig wird. Also nehme ich ihn ihr weg, lasse ihn auf den Boden zurückfallen und greife stattdessen nach ihrer Hand. Ich verflechte meine Finger mit ihren. Und lege beide Hände auf meinem Oberschenkel ab, kurz vor dem Knie.

Liv starrt darauf, eine ganze Weile lang.

Und ich sage: »Vielleicht hätte ich das. Wollte ich aber nicht.«

»Sie ist hübsch.«

Ich gebe einen Laut von mir. Einen, der nicht besonders fair klingt, immerhin habe ich mit dem Mädchen geschlafen. Mein Magen, er dreht sich um sich selbst bei dem Gedanken. Und trotzdem bringe ich es nicht über mich, Liv die Wahrheit zu sagen.

Scheiße.

»Ich habe es dir von Anfang an gesagt«, fährt sie fort, »wenn du lieber … du weißt schon … an deinem letzten Abend hier mit jemandem, der … der … der ein bisschen offener und vielleicht sogar …«

Ich starre sie an, mehrere Sekunden lang. *Gott, wenn du wüsstest*, denke ich. *Und red doch nicht so einen Quatsch.* Laut aber sage ich: »Shit. Du hast vermutlich recht.« Lasse ihre Hand los und stehe auf. »Sorry, ich muss jetzt weg. War nett mit dir.« Ich laufe bis fast zum Rand der Bäume, bevor ich umkehre und mich wieder neben sie setze. »Du spinnst, weißt du das?«

»Oh, ich werde noch rot bei all den zauberhaften Komplimenten.«

»Deine sind nicht weniger hinreißend, so viel steht fest.«

Sie antwortet nicht, kramt stattdessen in ihrem Jutebeutel nach der Wasserflasche und nimmt sie heraus. »Möchtest du?«

Ich greife nach der Flasche und trinke, ohne Liv aus den Augen zu lassen. Aus irgendeinem bescheuerten Grund habe ich das Gefühl, sie sieht mir beim Schlucken zu, aber das ist sicher Schwachsinn. Als sie allerdings die Flasche an die Lippen setzt und mein Blick sich nicht von ihrer Kehle lösen will, bin ich mir nicht mehr ganz so sicher, wer hier der Schwachsinnige ist.

Liv steckt das Wasser wieder ein, faltet die Hände im Schoß, stiert geradeaus, und mir kommt ein Gedanke.

»Das ist es, oder?«

»Das ist was?«

»Du kannst keine Komplimente annehmen und du kannst auch nicht verstehen, weshalb jemand gern mit dir zusammen sein will.«

Wieder lässt sie sich ziemlich lange Zeit mit ihrer Antwort, schließlich räuspert sie sich. »Und du klingst wie Leonora. Hat dir das schonmal jemand gesagt?«

Ich betrachte sie schweigend. Und sie wird rot. Selbst im Schein des Feuers ist das deutlich zu erkennen.

20

Liv

Mir ist heiß, und das hat rein gar nichts mit den Flammen vor mir zu tun. Jonah sitzt so dicht neben mir, dass ich seine Hitze spüren kann. Immerhin hält er nicht mehr meine Hand, denn das macht mich zunehmend nervös. Wenn man unsere gemeinsame Zeit als eine zylindrische Form betrachtet, haben wir bald die Spitze erreicht. Wir rücken enger und enger zusammen, näher und näher, bis wir uns unweigerlich berühren.

Ich frage mich, ob es tatsächlich möglich wäre, dass Jonah mich attraktiv findet, vielleicht sogar sexuell anziehend. Wobei, nein. Ich muss mir diese Annika nur ansehen, um sicher zu sein, dass ich niemals für ihn infrage käme, nicht auf diese Weise. Und dann dieses Mädchen von eben – sie sah nicht sonderlich echt aus, aber bildschön, das auf jeden Fall. Und ich bin gar nicht so sicher, ob nicht doch etwas war zwischen den beiden, mehr als Jonah zugeben will. Nun, es geht mich nichts an, nicht wahr? Ich bin nur die, die einen Pullover trägt, den man für einen Männerpullover halten könnte. Weil Jonah keine Ahnung hat, dass es meiner ist, dass er mir mal gepasst hat und dass dies noch gar nicht allzu lange her ist.

»Sag mir, was du am meisten an dir magst.«

Erschrocken starre ich Jonah an. »O mein Gott, geht es immer noch um die Komplimente?«

»Sag's doch einfach. Deine Augen? Haare? Lippen? Dein Hintern?«

Ich remple ihn an, als hätte er etwas Obszönes gesagt, und er kann sich gerade noch auf der Bank halten.

»Sag es einfach«, wiederholt er lachend.

»Wieso?«

»Wieso nicht?«

Ich ignoriere ihn und seinen bohrenden Blick und ziehe stattdessen mein Handy hervor. Schon nach Mitternacht. Keine Nachricht von Mafalda. Sie scheint unermessliches Vertrauen in alles und jeden zu haben, insbesondere in ihr fremde Jungs, mit denen sie ihre Nichte losschickt.

Ich tippe eine Nachricht an sie ein. *Alles in Ordnung. Ich hoffe, bei dir auch?* Neben mir scheint Jonah die Geduld in Person zu sein, er wartet immer noch auf eine Antwort. Der Schein des Feuers spielt mit seinem Gesicht, malt Kanten und Schwünge nach. Es spiegelt sich in seinen Augen, die mich unablässig und abwartend ansehen. Irgendwo zupft jemand auf einer Gitarre, und bevor ich mir noch deutlicher bewusst machen kann, was diese Atmosphäre und Jonahs Nähe und diese andauernde Spannung zwischen uns mit mir anstellen, sage ich: »Also gut. Meine Füße.«

»Deine Füße?« Jonah grinst.

»Das war der Zweck der Frage? Sich über mich lustig zu machen?«

»Überhaupt nicht.« Er lächelt nach wie vor. »Was findest du toll an deinen Füßen?«

»Hör jetzt auf damit.«

»Wieso? Du hast gesagt, *meine Füße*. Ich akzeptiere das und frage – warum?«

»Weil.«

»Weil?«

»Jetzt … lass es. Was gefällt dir denn am besten an dir?«

»Meine Größe. Jetzt du.«

»Deine Größe? Wieso?«

»Weil ich ziemlich lange warten musste, um groß genug zu sein.«

»Groß genug?«

»Ich werde kein Wort mehr sagen, bis du mir nicht deine Füße gezeigt hast.«

»Was?« Ich lache auf. Es klingt panisch, sogar in meinen eigenen Ohren. Jonah greift nach meiner Wade und versucht, mein Bein in seinen Schoß zu ziehen.

Ich zapple in seinem Griff. »Hör auf damit!« Er lacht und ich lache und wir rangeln auf dieser Bank miteinander, so lange, bis wir beide auf dem Boden landen. Bei meinem Sturz trete ich versehentlich das Mädchen neben mir, das dies gar nicht lustig findet, doch Jonah und ich können mit Lachen und Glucksen gar nicht mehr aufhören. Bis wir uns gefangen haben, hat sich das verärgerte Mädchen derart breitgemacht, dass für uns kein Platz mehr auf der Bank ist.

»Oh«, flüstere ich, als es mir auffällt.

»Shit«, flüstert Jonah zurück.

Und wieder beginnen wir zu kichern. Dann steht Jonah auf, zieht mich auf die Füße und ohne ein weiteres Wort spazieren wir durch die bunten Wälder davon.

Ich lasse mich von ihm führen, keine Ahnung, wohin. Für eine Sekunde sorge ich mich darum, wie ich überhaupt nach Hause kommen soll – Mafaldas Cottage steht in Glastonbury Ort und um diese Zeit fahren ganz sicher keine Busse mehr. Dann fällt mir Jonahs Vorschlag ein, gemeinsam den Sonnenaufgang zu erleben. Falls er das ernst gemeint hat. Falls nicht, mache ich zur Not durch, bis am Morgen die Busse wieder fahren.

Ich drücke Jonahs Hand, um seine Aufmerksamkeit zu erlangen, und er dreht sich zu mir um. »Ich sollte meine Tante anrufen«, sage ich ihm, »womöglich macht sie sich schon Sorgen.«

»Ich wette dagegen«, sagt er. Doch er zieht mich neben einen bereits geschlossenen Informationsstand von Greenpeace, damit ich Mafalda anrufen kann.

Als ich mein Telefon hervorziehe, leuchtet eine Nachricht von ihr auf dem Display.

Du bist 18. Hab Spaß. Bis morgen früh.

Jonah sieht mir über die Schulter und lacht. »Die Wette habe ich wohl gewonnen.«

Ich stecke das Telefon ein. »Man kann auch zu cool sein«, grummle ich.

Er legt einen Arm um meine Schulter und setzt eine gespielt mitleidige Miene auf. »Arme Livvy. Manche Kinder können mit zu viel Verantwortung einfach nicht umgehen.«

Ich schüttle ihn ab und stoße mit dem Ellbogen in seine Rippen. »Haha.«

»Immerhin bist du schon achtzehn. Das heißt, wir können dich bedenkenlos in den gefährlichen Teil dieses über alle Maßen ausschweifenden Festivals führen.«

»Ja, bitte, tu das«, sage ich spöttisch.

»Dank mir nicht zu früh«, gibt er fröhlich zurück.

Vor dem mittlerweile schwarzen Himmel über uns blenden die grellen Lichter ineinander wie Farbschlieren. Die Geräusche haben sich verändert, die Stimmung mit ihnen. Statt der

Gitarren, der Gongs, der dumpfen Trommeln dröhnen nun die abgehackten Sounds von Technostücken durch die Nacht, das Gelächter klingt schriller, die Schreie euphorischer. Wir sind auf einem Feld angekommen, das vor feierwütigen Festivalbesuchern überquillt, es müssen fast mehr sein als bei *The Cure*. Lichtblitze zucken über ihre Körper hinweg, ich erkenne Frauen mit Masken, Männer mit Federboas, Halbnackte, Junge, Alte, alle wirken ekstatisch. Vorne, auf einer Art Bühne, liegt ein überdimensionaler, abgeschnittener Kopf vor der Menge – er ist meterhoch, ein Kunstobjekt, mit einer Art VR-Brille anstelle der Augen, die ebenfalls Lichtschwerter auf die Masse der Tanzenden spuckt.

»Heilige Scheiße, was ist das denn bitte?«

»Laut deines Lageplans gehört das zu Block 9. Der Partyplace to be. Geöffnet von Sonnenuntergang bis Sonnenaufgang.«

»Ich fühle mich wie im Inneren einer Droge.«

»Ich bin mir ziemlich sicher, dass du hier auch das Äußere kennenlernen kannst.«

»Nein, danke. Mir reichen schon die Dunstkreise meiner Tante.«

Ich stehe dicht neben Jonah, doch wir schreien schon wieder. Die Musik ist ohrenbetäubend, die grölende Masse um uns herum laut und die Technobeats lassen mich im Sekundentakt zusammenfahren, es gibt überhaupt kein Entrinnen.

»Wollen wir tanzen?«, rufe ich Jonah zu und er zuckt mit den Schultern, mehrmals, bis ich begreife, dass er bereits damit begonnen hat. Ich grinse ihn an, während ich mich von der Musik fortwaschen lasse. Es kann nicht immer so einfach sein, richtig? *Er* kann nicht immer so einfach sein. Alles fühlt sich ungeheuer leicht an, wenn wir zusammen sind, als gäbe es überhaupt keine Komplikationen. Als hätten wir einfach nur Spaß, als *wären* wir einfach nur – so, wie wir sind. Wenn wir es nicht zerreden, versteht sich. Nicht länger darüber nachdenken. Es nicht versauen.

Ich schließe die Augen, gebe mich dem Rhythmus hin. Ich spüre Jonah neben mir, unsere Arme berühren sich hier und da, er weicht nicht von meiner Seite. Und so dumm das klingt, aber … Auf einmal wird mir warm ums Herz, im ganz wörtlichen Sinne. Ich fühle etwas, das vorher nicht da gewesen ist. Eine Art Vollkommenheit. So als wäre ich auf einmal genug, mir und allen anderen. Ich kann mich nicht erinnern, dass ich jemals so empfunden habe oder dass je irgendwer mir dieses Gefühl hätte vermitteln können. Aber bei Jonah, da fühle ich mich auf einmal nicht mehr so, als müsste ich jede Stille mit Worten füllen aus der puren Panik heraus, langweilig zu wirken oder ungenügend. Ich habe keine Angst davor, hier neben ihm zu tanzen, seine Fragen zu beantworten, ich habe nicht einmal mehr Angst davor, von ihm ausgelacht zu werden, weil er mir grundsätzlich das Gefühl vermittelt, mit mir zu lachen, nicht über mich. Ich frage mich, was das für ein Junge ist oder welch kosmische Kombination wir zwei wohl abgeben oder wie es sein würde, nicht nur seine Hand zu halten, sondern von ihm umarmt zu werden, *wirklich* umarmt zu werden. Und geküsst.

Ich öffne die Augen so plötzlich, dass mir beinahe schwindlig wird. Jonah starrt mich an. Sein Blick fällt auf meine Lippen, und jetzt frage ich mich, ob er Gedanken lesen kann, ob er womöglich gar nicht von dieser Welt ist und ob er mir deshalb so anders vorkommt. Dann bricht er den Augenkontakt. Breitet die Arme aus, so weit das in der menschengefüllten Enge um uns herum möglich ist, und bewegt sie ruckelnd wie ein Roboter auf Speed. Ich lache laut los, beinahe hysterisch, so erleichtert bin ich, ich kann unmöglich länger an seine Küsse denken. Ich kopiere seine Moves, gemeinsam albern wir herum zu den dröhnenden Beats dieser fantastischen Nacht, und ganz allmählich wird mir klar, dass ich mich tatsächlich im Inneren einer Droge befinde. Meiner ganz persönlichen Droge namens Jonah.

21

Jonah

»Wie heißt du eigentlich mit Nachnamen?«, brüllt Liv in mein Ohr.

»Warum?«, rufe ich zurück.

»Ich soll dir meine Füße zeigen und du kannst mir nicht mal deinen Nachnamen verraten?«

Wir tanzen seit mehr als einer Stunde, die Technobeats sind mir dermaßen ins Blut geronnen, ich kann nicht mehr aufhören, mich zu bewegen. Liv geht es offensichtlich genauso: Sie zuckt und zappelt wie ein Lachs auf Wanderschaft, wobei sich ihr Zopf so gut wie aufgelöst hat, er ist zu langen, wirren Strähnen zerfallen. Einige davon kleben an ihren erhitzten, geröteten Wangen, und ich muss mich quasi mit Gewalt davon abhalten, sie ihr aus dem Gesicht zu streichen. Habe ich das erst mal getan, kann ich nicht dafür garantieren, wie die Geschichte ausgeht.

»Also?«

»Also was?«

Sie sieht mich an, als sei ich der größte Idiot, der hier rumläuft. »Dein Nachname!«

»Gerat. Zufrieden?«

Sie nickt nachdenklich. Grinst. Dann schließt sie die Augen und gibt sich der Musik hin.

Ich ziehe sie ein Stück näher zu mir. Dann lasse ich sie

abrupt wieder los, denn – Hilfe! Habe ich mir nicht gerade eben selbst erklärt, was passiert, wenn ich nicht aufhöre, sie anzusehen, anzufassen oder auch nur daran zu denken?

»Ich hab Hunger.«

»*Schon wieder?*«

»Dahinten hab ich einen Stand gesehen. Wollen wir?«

»Okay.« Sie hebt die Arme und wischt sich mit beiden Händen Haare aus dem Gesicht. Dann öffnet sie ihren lädierten Zopf, schüttelt ihre Mähne aus, doch gerade, als sie dazu ansetzt, sie wieder zusammenzubinden, greife ich nach ihrem Handgelenk.

»Warte mal. Ich hab dich noch nie mit offenen Haaren gesehen.«

»Was kein sonderlich großes Wunder ist, weil wir uns heute erst kennengelernt haben.« Sie lacht. Mich aus, nehme ich an. Dann wuschelt sie mit den Fingern durch ihre lange, dichte Mähne und dreht sich einmal vor mir im Kreis.

Hilfe. Wirklich.

»Tadaaaa!«

»Damit kann man sicher super headbangen.« Ich räuspere mich.

Liv wirft ihren Kopf nach vorn und zeigt es mir. *Und sicher kann man noch viel besser seine Hände darin vergraben,* ist das, was ich nicht ausspreche.

Der Stand, den ich vorher entdeckt hatte, entpuppt sich als Crêpes-Bude. Mir ist nicht wirklich nach Pfannkuchen, aber irgendetwas muss ich essen, sonst wird mir übel, das spüre ich.

»Was möchtest du haben?«

»Nichts, danke.«

Ich sehe auf sie runter. »Du wirst mir langsam unheimlich. Isst du überhaupt noch mal irgendwas?«

Sie öffnet den Mund, leckt sich die Lippen, setzt erneut an: »Nutella-Crêpe ist nicht gerade das, was man essen sollte, wenn man Hunger hat.«

»Es gibt sie auch mit Käse.« Ich reihe mich ein in die Schlange, die ewig ist – was sonst? Und Liv bietet an, sich in der Zwischenzeit bei den Getränken anzustellen, um uns noch zwei Bier zu besorgen. Ich fürchte, dort ist nicht viel weniger los. Was mir genügend Zeit lässt, meine wiederkehrenden Gedanken an weitere *Berührungspunkte* mit Liv zu verdrängen. Ich sollte besser kein Bier mehr trinken. Diese Lippen … Es ist nicht so, als wären sie mir nicht auf den ersten Blick aufgefallen, aber je mehr Alkohol ich in mein System bringe, desto umwerfender finde ich sie wohl.

»Hier.«

Jetzt war sie doch schneller. Wir bestellen unsere Crêpes und quetschen uns an einen der Stehtische, um sie zu essen.

Zwei Bissen und von Verdrängung kann keine Rede mehr sein. Liv kaut. Und sie gibt dabei Geräusche von sich. *Keine* Schmatzgeräusche. Eher solche, die man sehr gern an anderer Stelle hören würde, am liebsten in der Horizontalen.

»Ich liebe Nutella«, nuschelt sie schließlich.

»Ach«, kommentiere ich trocken.

»Mmmmh. Ich esse so was nicht sehr oft.«

»Vielleicht solltest du? Es scheint dir zu schmecken.«

Sie wirft mir einen Blick zu, so spöttisch wie mein Ton, als hätte ich nicht alle Tassen im Schrank.

»Wie kann man Crêpe mit Käse bestellen, wenn sie Nutella haben? Ich meine, *Nutella* eben – nicht irgendeine Nuss-Nougat-Creme. Und das in *England*. Unglaublich.«

»Du hast vorhin selbst gesagt, dass man das nicht essen sollte, wenn man Hunger hat. Und ich habe Hunger.« Ich beiße in meinen Käsepfannkuchen und spüle mit einem Schluck Bier nach. »Außerdem passt das viel besser zum Bier.«

Sie beißt ab, kaut, trinkt, verzieht das Gesicht. »Womöglich«, sagt sie.

Gott, sie ist wirklich süß. Im Grunde wird sie von Minute zu Minute großartiger.

»Liv«, sage ich.

»Ja?«

»Wie ist dein Nachname?«

»Warum?«

Ich werfe ihr einen strengen Blick zu und sie lacht. »Forest.«

»Forest? Wie der Wald?«

Sie nickt. »Forest wie der Wald. Mein Vater ist Engländer, schon vergessen?«

»Nein.« Nachdenklich beiße ich ab, noch nachdenklicher kaue ich. »*I'm lost in a forest, all alone.* Einer der richtig guten, alten *Cure*-Songs. Ich würde mich freuen, wenn sie einen Song hätten, der Gerat heißt.«

»Es gibt eine Schauspielerin, die Gerat heißt.«

»Ja, ich weiß.«

»Und?«, fragt Liv. »Verwandt? Verschwägert?«

»Nichts dergleichen.«

Sie nickt, während sie ihren Crêpe verzehrt, irre langsam, wie mir jetzt erst auffällt, nachdem meiner längst verschlungen ist.

»Du musst einen anderen Song für dich finden«, sagt sie.
»Irgendwas, das zu dir passt.«

Ich antworte nicht. Im Augenblick fällt mir kein Song ein, der zu mir passen könnte. Es sei denn, irgendeine tragische Ballade, von einem Loser ohne Perspektive mit einer Schwäche für Nutella essende Mädchen, die zu gut für ihn sind.

»Hast du Geschwister?«

»Was?«

»Geschwister? Hast du welche?«

»Nein«, erwidere ich. Ich greife nach meinem Bier, spüle die Lüge hinunter. Eine mehr heute Abend. »Und du? Die kleine Schwester, oder? Wie heißt sie?«

»Leni!« Liv strahlt mich an, die Mundwinkel voller Schokolade, was mich zum Lachen bringt. »Sie ist zehn, rotzfrech und tierisch süß.«

Ohne darüber nachzudenken, wische ich mit dem Daumen die Nutellareste von Livs Mund, und das Lächeln verschwindet. »Du hattest da was«, erkläre ich und halte ihr meinen verschmierten Finger entgegen. Ich kann mich gerade noch bremsen, die Schokolade einfach abzulecken, damit sie mich nicht vollends für einen Creep hält, und wische mir stattdessen die Hände an einer Serviette ab. »Also. Leni?«

Liv räuspert sich. »Ja, Leni, sie … Wie gesagt, sie ist zehn, furchtbar niedlich und wird von allen verzogen.«

»Süß.«

»Ja.«

Meine Bemerkung klang nicht wirklich enthusiastisch und Liv merkt das. Doch statt näher darauf einzugehen, sagt sie: »*Let it go*. Der Song würde zu dir passen.«

»*Let it go*?«

»Aus *Die Eiskönigin*.«

»Oh. Fabelhaft.«

Wir beschließen, einen weiteren Teil des legendären Glastonbury Festivals zu erkunden, den wir noch nicht gesehen haben – das Cineramaggedon, das ich heute Morgen nur durch
Zufall entdeckt habe. Die Erinnerung daran kommt mir weit,
weit entfernt vor, eine Ewigkeit. Und sie lässt mich an Sally
denken, was ich gerade absolut nicht haben kann. Weil es
mich daran erinnert, dass ich Liv jetzt schon zum zweiten
Mal belogen habe. Was mich wiederum beinahe dankbar
sein lässt, dass ich sie nach dieser Nacht nie wiedersehen
werde, weil sie dann niemals erfahren wird, was für ein be-
schissener Lügner ich bin. Bei all meinem freimütigen Getue,
eine Wahrheit gegen eine andere, würde sie mich am Ende für
den miesesten Kerl aller Zeiten halten. Und hätte auch noch
recht damit.

Das Kino ist gerammelt voll. Jedes der Autos ist besetzt
und wir hatten nicht reserviert, natürlich nicht, weshalb wir
nicht mal mehr einen Kopfhörer bekommen. Wir lassen uns
trotzdem zwischen all den Autokinobesuchern im Gras nieder und starren zur Leinwand hinauf, auf der gerade Thor
gegen Iron Man den Hammer schwingt. Irgendein *Avengers*
also, ich weiß gerade nicht, welcher, und alles wirkt ein bisschen unscharf, aus dieser Nähe betrachtet, doch wen küm-
mert es? Da hocken wir in der Wiese, dicht nebeneinander,
und blinzeln nach oben.

»Ich kann nicht glauben, dass es hier sogar ein Autokino
gibt«, sagt Liv. Sie flüstert es. Nach all dem Trubel, nach der
lauten Technoparty und dem ständigen Stimmengewirr um
uns herum, ist dieser Platz hier seltsam still. Gespenstisch

fast. Kein Ton kommt aus Lautsprechern, kaum jemand spricht, weil die meisten Kopfhörer tragen. Unwirklich.

»Und was für ein cooles.«

»Zu schade, dass wir keine Plätze in einem der Autos reserviert haben«, flüstere ich.

»Das macht nichts. Ich find's auch so ziemlich klasse.«

»Ich auch. Und Fummeln lässt es sich hier auf der Wiese auch ganz prima.« Ich lege einen Arm um Livs Schultern und ziehe sie zu mir. Ich habe es aus Spaß gesagt und sie aus dem gleichen Grund umarmt, und Liv weiß das, denn sie grinst mich an, doch sie macht keine Anstalten, wieder von mir abzurücken.

»Willst du dich vor mich setzen?«, frage ich. »Dann hast du eine Lehne.«

»Und du?«

»Das ist in Ordnung, sonst hätte ich es nicht angeboten.«

Also setzen wir uns um. Ich öffne meine Beine, Liv setzt sich dazwischen und lehnt sich mit dem Rücken gegen meine Brust. Ich schlinge meine Arme um ihre Taille und ziehe sie noch ein Stück näher zu mir heran. Mein Kopf liegt beinah auf ihrer Schulter und ich nehme ihren Duft wahr, Mädchen und Schokoladencrêpe.

»Geht das so?«, flüstert sie.

»Ja«, wispere ich zurück. »Für dich?«

»Mmmh.«

Sie hat keine Ahnung, gar keine, wie gut sich das gerade anfühlt.

Ich weiß nicht, wie lange wir hier sitzen und auf die Leinwand starren, auf die Münder von Robert Downey Jr., Scarlett Johansson und wie die anderen alle heißen, und abgesehen davon – es ist der erste *Avengers*, das ist mir jetzt klar geworden, obwohl uns die Geschichte ohne Ton und reichlich verschwommen erzählt wird. Wir starren gebannt auf die Leinwand und mit jeder Bewegung streifen Livs Haare meine Wange. Meine Arme um ihre Taille sind schon eingeschlafen, so starr halte sich sie. Ich habe so große Angst, diesen Moment zu zerstören, dass ich mich überhaupt nicht mehr bewege.

Und plötzlich raunt Liv: »Dass er der Bruder ist von good old Liam weißt du, oder?«

»Wie?«

»Chris Hemsworth.« Sie nickt in Richtung Leinwand. »Ist der ältere Bruder von Liam Hemsworth.«

Ich brauche einen Moment, offensichtlich habe ich den Namen schon wieder verdrängt. »Aaaah! Dein Typ! Und Thor ist der Bruder von diesem Waldschrat?«

Sie wirft mir einen Blick zu, irgendetwas zwischen Spott und Mitleid, und ich grinse. Mag sein, es wurmt mich, dass sie diesen Schönling von Schauspieler gut findet, und mag sein, dass sie das inzwischen mehr als durchschaut hat.

»Im Vergleich zu all den anderen Superhelden hier, findest du Liam Dingsda immer noch so toll?«

»Nur fürs Protokoll: *Ich* hab nie behauptet, dass ich Liam Hemsworth soooo toll finde, das warst du.«

Ich gehe nicht darauf ein und nicke stattdessen auffordernd in Richtung Leinwand.

»Also gut. Gemessen an all den Superhelden hier …« Liv legt den Kopf schief und mein Blick fällt auf ihren Hals, auf die Kurve zur Schulter, auf die weiche Haut dort, die ihr verrutschter Pulli freigegeben hat und die bläulich schimmert in dem Licht, das die Leinwand darauf wirft. Und mit einem

Schlag ist mir klar, was es bedeutet, wenn es heißt, etwas sehe zum Anbeißen aus, und ...

»Mark Ruffalo.«

»Äh ... Was?«

»*Mark Ruffalo.*« Über die Schulter zum Anbeißen hinweg sieht sie mich an. »Wer ist hier der Filmexperte, arbeitet im Kino und kennt kaum einen Schauspielernamen?«

»Ich interessiere mich für die Filme«, sage ich, »nicht für muskelbepackte Schönlinge. Also, Mark ...«

»Hulk«, sagt Liv.

»*Hulk?*«, wiederhole ich ungläubig. »Der Kerl, der entweder als verstrahlter Nerd rumläuft oder als deformierter Riese in Grün?«

»Genau der.« Sie sieht zurück zur Leinwand und dann wieder mich an. »Er ist mit Abstand der Schlauste von allen, er ist freundlich und kämpft gegen das Monster in sich. Er ist vielleicht nicht der, der am besten aussieht, aber seine Liebenswürdigkeit strahlt eben auch nach außen.«

»Und diese Liebenswürdigkeit würdest du dem Waldschrat vorziehen? Und Thor? Und Iron Man?«

»Es war so klar, dass du noch nie etwas von inneren Werten gehört hast.«

»Innere Werte?«

Und wieder dieser spöttisch-mitleidige Blick.

Ich starre sie an. Eindringlich. Ihre wunderschönen Augen funkeln.

»Ach, Liv.« Ich verstärke meinen Griff um ihre Taille. »Fast hätte ich dir geglaubt. Aber nur *fast*.«

Sie prustet los. »Er ist wirklich freundlich!«

»Ja, klar.«

»Und was ist mit dir und Scarlett?«

»Welche Scarlett?«

»Johansson.«

»Oh, Scarlett Johansson.« Ich werfe ebenfalls einen Blick auf das Kinobild. »Black Widow. Hat nicht geklappt mit uns. Zu kalt. Zu rothaarig.«

»Zu rothaarig?«

Wieder starren wir einander an, mit angehaltenem Atem diesmal, zumindest kommt es mir so vor, und der Satz liegt mir auf der Zunge, nein, eigentlich steht er dort, in Position, bereit zum Absprung, und ich kann mich gerade noch davon abhalten, ihn auszusprechen.

Ich denke, ich stehe neuerdings auf Blondinen.

Was besser ein Geheimnis bleibt. Also schweige ich, zwicke Liv stattdessen in die Seite und sie kichert los.

»Kitzlig?«

»Nein?« Sie lacht noch mehr. Und weil sie süß ist und ich sie wahnsinnig gern lachen sehe, hören wir nicht mehr auf mit dem Spiel.

Sie kichert, ich kichere. Das tun wir so lange, bis wir im Gras liegen, uns überhaupt nicht mehr um den Film kümmern, sondern nur noch um uns beide.

22

Liv

Als wir später, nach dem Film, bei dem gleichen Hügel ankommen, auf dem wir nachmittags schon gelegen haben, ist
mir immer noch schwindlig. Von Jonahs Nähe, seinen Um-
armungen, den geflüsterten Worten, seinem Mund an meinem Ohr, dem Gelächter, der Berührung seiner Finger, die
mir Haarsträhnen aus dem Gesicht streichen. Mir ist
schwindlig und ich fühle mich komisch, ein bisschen ist es
mir auch peinlich, darum lasse ich mich ins Gras fallen, wie
eine Marionette, der die Fäden abgeschnitten wurden, lege
mich auf den Rücken und einen Arm über die Augen.

»Bist du müde?«, fragt Jonah, während er sich neben mich
legt.

»Wie spät ist es?«

Er rollt sich in meine Richtung, um sein Handy aus der
Hosentasche zu ziehen. »Kurz nach zwei.«

»Mmmh.«

»Brauchst du die exakte Uhrzeit, um festzustellen, ob du
müde bist?« Ich höre das Lachen in seiner Stimme und es findet ein warmes Echo in meinem Magen.

»Nein«, erwidere ich. »Ich bin auch nicht müde. Schlafen
kann ich morgen immer noch.«

»That's my girl.«

Er lässt sich zurück auf den Rücken fallen und unter meinem Arm hervor blinzle ich ihn an. *That's my girl.* Ich weiß, das ist nur ein Spruch, und ich gehe schwer davon aus, dass ich ihn lieber nicht ernst nehmen sollte, doch irgendetwas passiert hier gerade. Als hätte sich das Universum ein Stück nach rechts oder links bewegt und uns in seinem Prozess einen Tick näher zusammengeschoben. Noch näher.

»Wir sollten lieber nicht zu tief einatmen«, sagt Jonah.

Wie auf Kommando nehme ich einen tiefen Luftzug durch die Nase, der Geruch von Marihuana ist mir mittlerweile nur allzu vertraut. »Wie zu Hause«, sage ich, und jetzt ist es Jonah, der mir sein Gesicht zudreht, die Augenbrauen gehoben.

»Das war ein Scherz. Und ich meinte nicht mein eigentliches Zuhause, ich meinte Tante Mafalda. Sie und Jackson ...«

Im Liegen zucke ich mit den Schultern. »Sagen wir einfach, sie sind der Hippiezeit nie wirklich entwachsen.«

»Das muss toll sein, oder? Dauerstoned und gut gelaunt zu sein?«

»Ja, vielleicht für die beiden. Für alle anderen ist es manchmal superanstrengend.« Ich sehe Jonah an. »Als meine Großmutter starb, also die Mutter von Mafalda und meinem Dad, da ... Da hat sie auf der Beerdigung eine Riesenszene gemacht. Die Leute begannen damit, Erde auf den Sarg zu schaufeln, und Mafalda hatte plötzlich die Vision, dass ihre Mutter von dem Geräusch wach geworden ist und um Hilfe ruft. Sie wollte unbedingt den Sarg öffnen, um sie zu retten. Sie *hat* den Sarg geöffnet, zumindest hat sie es versucht, nachdem sie in die Grube gesprungen ist.«

»Oh, Shit.« Jonah lacht, peinlich berührt und doch irgendwie fasziniert, und ich beiße mir auf die Unterlippe, um nicht mit einzustimmen. Es ist nicht wirklich komisch, oder? Mein

Vater und der Rest der Familie jedenfalls empfanden es als alles andere als das.

»Es ist ein echtes Rätsel, wie die beiden so unterschiedlich sein können«, fahre ich fort. »Ich meine – Mafalda so abgedreht und mein Vater so überkorrekt.«

»Ist er das?«

»Schon irgendwie.« Ich schüttle den Kopf. »Ich meine, er ist jemand, der sich immer an die Regeln hält. Er würde nie über eine rote Ampel gehen, auch wenn gar kein Verkehr ist, zum Beispiel. Er ... Ich weiß nicht. Er ist eher zuverlässig, ernsthaft, wohingegen Mafalda ... Du hast sie ja gesehen.«

»Und er hat dich trotzdem nach Glastonbury gelassen?«

Ich lache. »Ich bin achtzehn!«

»Oh, ja, stimmt ja«, sagt er spöttisch. »*Achtzehn.*«

In gespielter Empörung schlage ich nach seinem Bein und er hält mein Handgelenk fest. Verschränkt unsere Finger miteinander. Und ich muss einfach etwas sagen, es verwirrt mich alles zu sehr.

»Du bist eher der haptische Typ, richtig?«

Jonah braucht ein paar Sekunden, bis er antwortet. »Ich habe ehrlich keine Ahnung. Stört es dich?«

»Nein. Ich hätte dich nur nie so eingeschätzt.«

»Ich mich auch nicht.«

Eine Weile liegen wir ganz still, lauschen dem Wispern und Lachen der Leute um uns herum, ihrem Seufzen und Stöhnen und ...

Ruckartig setze ich mich auf. »Hörst du das?«, flüsterschreie ich.

Jonah gibt ein unterdrücktes Lachen von sich, während er mich wieder nach unten zieht.

»Sssch.«

»Aber ich glaube, da hat jemand Sex!«

»Das glaube ich allerdings auch, Liv.« Wieder lacht er, leise und extrem sexy, oder ich weiß nicht, vielleicht liegt es an den Geräuschen um uns herum. Ich starre Jonah an, während nur ein paar Meter neben uns mehr oder minder unterdrückte Sexlaute unsere bis dato harmlose Unterhaltung untermalen.

»Jetzt bist du wenigstens wieder wach«, flüstert Jonah. »Deine Augen sind riesig. Und so voller Neugierde.«

Mit meiner freien Hand schlage ich ihn auf den flachen Bauch.

»Autsch.« Er lacht immer noch.

Ich lasse mich wieder auf den Rücken sinken und sage: »Ist das nicht verboten? Ich meine, man kann sich nicht einfach auf eine Wiese legen und anfangen zu rammeln.«

»Sie sollten sich besser nicht erwischen lassen.«

»Zu spät!«

»Von *Ordnungshütern*, meinte ich. Nicht dich.«

Ich räuspere mich. Diese ganz speziellen Geräusche schwingen sich zu einem ekstatischen Crescendo auf. »Ich wette, das hat Mafalda auch schon gemacht«, sage ich.

»Und du? Was ist mit dir?«

»Was? Nein! Natürlich nicht! Du etwa?«

Statt mir zu antworten, fragt Jonah: »Was war der außergewöhnlichste Ort, an dem du je Sex hattest?«

Ich lache auf. Dabei finde ich die Frage überhaupt nicht witzig. Und wie kommt Jonah überhaupt dazu, mich das zu fragen?

»Sorry. Das war eine blöde Frage. Ich weiß ja nicht mal … Ich meine, du und Laurent, ihr … Oder wolltest du dich für

Marvin aufheben? Wenn er der einzige Kerl ist, in den du je verliebt warst ...«

»Himmel, in welchem Jahrhundert lebst du? Denkst du wirklich, ich wäre ein halbes Jahr mit Laurent zusammen gewesen, ohne mit ihm zu schlafen?«

»Ich habe keine Ahnung.«

»Offensichtlich nicht.«

»Okay. Also, dann: Was war der ungewöhnlichste ...«

»Und ich war auch schon vorher keine Jungfrau mehr.« Jonah sieht mich an und ich drehe den Kopf weg und starre nach oben, in den Himmel. Und weil das Paar neben uns offensichtlich und endlich in stumme, postkoitale Verzückung entschwunden ist und die Worte zwischen uns aneinanderklirren wie Eiswürfel, lasse ich seine Hand los und setze mich auf.

Jonah tut es mir gleich.

Wir schweigen.

Dann: »Ich hatte mal Sex in einem Ruderboot. Beziehungsweise habe ich *versucht*, Sex in einem Ruderboot zu haben. Das Ding hat dermaßen geschaukelt, dass die Wasserwacht auf uns aufmerksam geworden ist.« Er sieht mich an und grinst. »War nicht schön.«

Gegen meinen Willen muss ich ebenfalls lachen. »Und was ist dann passiert? Wurdest du mit heruntergelassener Hose aus dem Boot gezogen?«

»Aaah, so viel Mitgefühl.« Jonah schüttelt den Kopf. »Wir wurden ermahnt. Mussten uns vor den Wasserrettern wieder anziehen.«

Ich beiße mir auf die Unterlippe, um nicht noch mehr zu lachen. »Ich hatte insgesamt mit zwei Typen Sex«, sage ich. »Im Bett.«

»Mit Laurent und …«

»Mit Laurent, und davor mit jemand anderem. Der … nicht wichtig war. Eher so eine einvernehmliche Verabredung zum Koitus.«

»O Gott, das hast du gerade nicht gesagt.«

»Wieso denn nicht? Dürfen so was nur Männer sagen? Es war keine Liebe im Spiel. Es war wie eine Art Abmachung. Wir tun es, aber keiner hat Ansprüche an den anderen, weil wir es nur tun, um es zu tun.«

Jonah sieht mich ungläubig an. »Wieso hast du es getan?«

»Weil …« Ich zögere. Ich habe noch nie mit jemandem darüber gesprochen, nicht einmal mit Freundinnen. Nicht über den wahren Grund. Aber mit Jonah … Aus irgendeiner Ahnung heraus weiß ich, dass er mich nicht dafür verurteilen wird. Und selbst wenn – nach dieser Nacht werde ich ihn nie wiedersehen. Also sage ich schließlich: »Weil ich es hinter mich bringen wollte.«

Jonahs Stirnrunzeln vertieft sich noch. »Das erste Mal?«

Ich nicke.

»Hm …«

Oder vielleicht versteht er es auch nicht. »Wieso *hm*?«

Er zuckt mit den Schultern. »Ich hätte eher gedacht, dass du jemand bist, der wartet. Auf den Richtigen, oder was weiß ich. Auf Marvin. Ganz abgesehen davon, dass das erste Mal doch nichts sein sollte, was man *hinter sich bringen* will.«

»Hast du in Bio nicht aufgepasst? Das Durchdringen des Hymens ist ein schmerzhafter Prozess, der bei Mädchen oder Frauen nicht selten dazu führt, dass gerade das erste Mal in nicht allzu großartiger Erinnerung bleibt.«

Jonah starrt mich an und nun wirkt er, als könnte er sich mit größter Mühe ein Lachen verkneifen. »Mir ist durchaus

bewusst, dass das Durchdringen des Hymens ein schmerzhafter Prozess ist. Aber, und es ist echt kaum zu glauben,
dass ausgerechnet ich dir das sagen muss – ist es nicht so,
dass das erste Mal auch deshalb zum unvergesslichen Erleb-
nis wird, weil man es mit jemandem teilt, den man, zumindest für diesen einen Moment, für etwas ganz Besonderes
hält?«

»Gerade wollte ich mich darüber wundern, warum du
nicht einfach sagst: *Mit jemandem teilt, den man liebt,* aber klar,
ich vergaß. Das Konzept Liebe ist dir ja fremd.« Tadelnd
schüttle ich den Kopf.

»Ich schlafe zumindest nicht mit jemandem allein um des
Aktes willen«, sagt Jonah. Und, nachdem er meinen Blick gesehen hat: »Zumindest nicht offiziell.«

Nun beginne ich zu lachen. »Im Grunde bist du also
schlimmer als all die Typen, die Frauen aufreißen, nur um
mit ihnen ins Bett zu gehen – du nämlich spielst ihnen auch
noch eine Beziehung vor, ohne auch nur ansatzweise in sie
verliebt zu sein.«

»Ich spiele gar nichts vor«, sagt Jonah.

»Du hast vorhin selbst zugegeben, dass du noch nie wirklich in jemanden verliebt warst.«

»Ja, und das meinte ich auch so. Ich habe nie jemandem
gesagt, ich sei verliebt. Meine Beziehungen haben sich immer einfach so ergeben.«

»Weil diejenige gerade da war«, sage ich. »Wie praktisch.«

Jonah schüttelt den Kopf. »Du denkst, ich hab Annika und
die anderen verarscht, aber das ist nicht wahr.«

23

Jonah

Sie glaubt mir nicht, das sehe ich ihr an. Und ich weiß wirklich nicht, weshalb das an mir nagt, an mir, der heute schon mehr als eine Lüge verbreitet hat, aber das tut es. Und ich sage es ihr auch. Und Liv, sie überlegt einige Sekunden und erwidert dann: »Wir haben keinen Grund, uns nicht die Wahrheit zu sagen, oder? Ich meine, wo wir ohnehin nur diesen einen Abend miteinander verbringen?«

Und ich, Lügner, der ich bin, öffne gerade den Mund, um etwas zu erwidern, da fährt sie fort: »Also gut. Ich habe mit dem anderen geschlafen, um es *hinter mich zu bringen*. Für Marvin.«

Ich blinzle. »Äh ... *Was?*«

Sie zuckt mit den Schultern. Dann blickt sie geradeaus, auf die bunten Lichter des Spektakels vor uns, auf die funkelnde Decke aus Lampions, Strahlern, Stroboskopen.

»Ich dachte, wenn Marvin ... Wenn er mich irgendwann anders sieht, nicht nur als seine Sandkastenfreundin, dann soll es perfekt sein. Wirklich schön. Ohne ... du weißt schon.«

Ich nicke. »Klar. Ohne das schmerzhafte Durchdringen von Hymen.«

Einige Sekunden lang ist es still zwischen uns, dann brechen wir gleichzeitig in Gelächter aus. Wir sehen einander an und es wird noch schlimmer – weder Liv noch ich können aufhören damit, und am Ende wischen wir uns beide Tränen aus den Augen.

»Ich habe ehrlich noch nie mit jemandem über *Hymen* geredet«, sage ich schließlich.

»Ich auch nicht.« Inzwischen hat Liv einen Schluckauf und ich klopfe ihr vorsichtig auf den Rücken.

»Wirklich nicht? Ich dachte, Mädchen besprechen solche Sachen untereinander?«

Sie schüttelt den Kopf. Wischt sich stöhnend noch ein paar Tränen aus dem Augenwinkel. Dann zieht sie ihren Jutebeutel zu sich heran und ihre Trinkflasche heraus. Aus der sie allerdings nicht trinkt, zumindest nicht so, wie man es tun sollte. Stattdessen krümmt sie sich über den Flaschenhals, rollt quasi den Kopf ein, um dann in der umständlichsten Art und Weise, die ich je gesehen habe, einen Schluck Wasser zu nehmen.

»Was zur Hölle machst du da?«

Sie setzt sich gerade hin, hickst, stöhnt und trinkt dann ganz normal aus ihrer Flasche. »Einen Schluckauf wird man am besten los, wenn man verkehrt rum aus einem Glas trinkt. Hast du das noch nie gehört?«

»Was heißt *verkehrt rum*?«

»Na, du … Ich kann das nicht erklären. So!«

Noch einmal beugt sie sich über ihre Trinkflasche, setzt in einem komplizierten Manöver ihre wunderschönen Lippen daran und versucht vergeblich, die Flasche so anzuheben, dass sie daraus trinken kann, was ihr aber nicht gelingt.

»Grrrr. Funktioniert womöglich nur mit Gläsern.«

Ich räuspere mich. »Vermutlich.« *Habe ich gerade wirklich,* denke ich, *habe ich … Ja.* Ziemlich sicher habe ich ihre Lippen als wunderschön bezeichnet, wenn auch nur in Gedanken, und nein, es war nicht das erste Mal, dass ich das gedacht habe, aber die Tatsache, dass es so ist, also, dass ihr Mund der schönste ist, den ich jemals gesehen habe, die wird allmählich zur … keine Ahnung. Zum Problem.

»Mir auf den Rücken zu klopfen hilft dagegen nicht«, unterbricht Liv meinen inneren Monolog, hickst und schiebt meine Hand weg. Noch einmal räuspere ich mich. Ich muss dringend an etwas anderes denken, sehr, sehr dringend.

»Wo ist eigentlich der sagenumwobene Tor abgeblieben?«, frage ich also. Ich blicke mich ratlos um.

»Er liegt in dieser Richtung, glaube ich«, sagt Liv und deutet nach links.

»Eine Schande, dass der Turm nicht beleuchtet ist, oder? Ich meine, wo das doch so ein mystischer Ort ist und das Wahrzeichen der Stadt und alles.«

»Hey.« Hicks. »Machst du dich lustig?« Der Schluckauf gibt nicht auf und automatisch will ich Liv wieder auf den Rücken klopfen, als mir einfällt, dass das nicht hilft. Also streiche ich mit der Hand, die ohnehin schon zwischen ihren Schulterblättern gelandet ist, sanft über die Stelle dazwischen. Sie dreht sich zu mir, mit offenem Mund, dann blinzelt sie. Ich ziehe die Hand weg. Liv räuspert sich. Wenn das so weitergeht, können wir bald die Hauptrollen von *Peinlich und Peinlicher* übernehmen. Immerhin ist der Schluckauf jetzt weg. Doch dann wird es noch unangenehmer, als erneut Stöhnen zu uns herüberdringt, Stöhnen und Grunzen und gemurmelte »Yes, aaaah, yes, *pleeeaaase*«.

»Oh, Shit, *noch mal*?« Entsetzt starrt Liv mich an. »Das halte ich nicht aus.«

»Ich auch nicht«, wispere ich zurück, aber grinsen muss ich trotzdem.

186

»Wohin jetzt?«

»Hmmmh … Hatten wir nicht beschlossen, uns den Sonnenaufgang anzusehen?«

»Im Ernst?«

»Wie lange läuft man hoch zu diesem Turm?«

»Oh, mmmh, wow, das kommt drauf an, wo man startet, nehme ich an. Zwischen 15 und 45 Minuten? Aber wir müssten erst mal zur Straße kommen, das kann ewig dauern über das ganze Festivalgelände, und dann fährt sicher kein Bus mehr nach Glastonbury.«

»Laufen?«

»Zu weit.«

Ich zucke mit den Schultern. »Dann per Anhalter. Irgendjemand wird sicher auch um diese Zeit noch hier rumfahren.«

»Per Anhalter. Das ist … leichtsinnig. Ich bin noch nie in meinem ganzen Leben per Anhalter gefahren.«

»Ich bin ja dabei.«

»Und du beschützt mich.«

»Ich beschütze dich. Dich und dein Hymen.«

Wieder mal rammt sie mir ihre Handfläche in den Bauch, doch sie lacht. »Zu spät«, sagt sie.

»Jaaaaa, also«, beginne ich, da fragt Liv: »Du willst wirklich da hoch? Es ist richtig steil. Und vermutlich stockfinster. Und du weißt, dass man auf den Turm nicht mal raufkommt? Er ist quasi ausgehöhlt, nur die Außenwände stehen und der Wind pfeift hindurch und …«

»… und wir sollten jetzt aufbrechen, bevor es hell wird, oder?« Ich ziehe mein Handy hervor und … kein Netz. »Mist.« Ich sehe Liv an. »Irgendeine Ahnung, wann die Sonne aufgeht?«

Sie zuckt mit den Schultern. »Fünf? Sechs?«

»Okay, wir sehen einfach nach, sobald wir wieder Netz haben.« Womit ich aufstehe und mir die Hose abklopfe. Von nebenan dringen mehr Aaahs und Uuuhs zu uns herüber, die wir geflissentlich ignorieren.

»Wir gehen wirklich da rauf? Mitten in der Nacht? Zum Eingang der Feenwelt?«

»Wäre ein Sonnenaufgang da oben magisch oder nicht?«, frage ich sie. Und das Leuchten in ihren Augen, selbst wenn sich nur die Festivallichter darin spiegeln, ist mir Antwort genug.

24

Liv

Wir brauchen ewig, bis wir die Landstraße erreichen. Einmal verlaufen wir uns, weil wir die Kennzeichnung eines Absperrzauns auf der Karte versehentlich für einen Ausgang halten, doch letztlich finden wir den richtigen. Es ist ruhiger hier, abseits der Bühnen, der Partys, der Feiernden. Links von uns erstreckt sich Farmland, zumindest ist es so eingezeichnet. Auf der anderen Seite breitet sich ein Campingplatz aus, weitläufig und erstaunlich unbewegt. Entweder, die Leute schlafen schon oder sie sind noch gar nicht in ihren Zelten.

»Warte mal.« Ich halte Jonah am Arm fest. »Ich glaube, ich gehe noch schnell ...« Ich nicke in Richtung der Sanitärbaracken keine hundert Meter von uns entfernt.

»Klar.« Jonah nickt ebenfalls.

Ich ziehe die Wasserflasche aus meiner Tasche. »Die kann ich auch gleich auffüllen. Der Weg zum Turm ist echt steil. Eine richtige kleine Wanderung. Und du siehst mir nicht unbedingt aus wie ein Sportler. Du siehst eher so aus, als würdest du auf halbem Weg schlappmachen und nach Wasser lechzen.« Mit der Flasche wedle ich vor Jonahs Gesicht herum und er nimmt sie mir ab.

»Oh, ich bin sportlich«, sagt er. »Wenn es darauf ankommt.« Er lächelt und wieder ist mein Magen der Teil von mir, der am unmittelbarsten darauf reagiert. Die Laute von eben schieben sich zurück in mein Bewusstsein, das Stöhnen, Jammern, Seufzen. Ich frage mich, wie Jonah ... O nein, das frage ich mich nicht. Ganz sicher nicht.

»Ich kann sie auf dem Klo auffüllen«, sage ich stattdessen. Er verzieht das Gesicht. »Ich suche eine der Auffüllstationen. Bin gleich wieder da.«

»Okay.« Ich blicke ihm nach. Es sieht überhaupt nicht unsportlich aus, wie er da zwischen den Zeltreihen zu joggen beginnt, einen Arm nach oben gestreckt, winkend, ohne sich umzudrehen. Ich grinse immer noch, während ich mich abwende und auf die Klos zusteuere.

Es ist nur eine kurze Schlange, die sich davor gebildet hat, was mich nicht überrascht, da dieser Teil des Festivalgeländes quasi ausgestorben ist. Es sind keine zehn Leute, die hier warten, fast alles Frauen. Aus dem Augenwinkel bemerke ich einen Mann, der auf unsere Reihe zutorkelt, und sehe schnell in die andere Richtung.

Ich lasse den Blick über das Feld schweifen, auf dem sich Zelte aneinanderschmiegen, dicht an dicht. Links davon sind Caravans aufgereiht, fein säuberlich, und ich frage mich, ob dort wohl der Bus steht, mit dem Jonah und seine Freunde nach Glastonbury gekommen sind. Eben hat er es nicht erwähnt, also wird das hier wohl ein anderer Zeltplatz sein. Es gibt so viele um das Festivalgelände herum, verwirrend viele. Und so viele Menschen. Und doch habe ich unter all den Tausenden Besuchern Jonah getroffen.

Als ich mich umdrehe, hat sich die Schlange ein paar Schritte nach vorn bewegt und ich will gerade aufschließen, als sich auf einmal jemand vor mich schiebt. Der Torkler.

»Hey, lässt du mich vor? Bei mir isses dringend.« Der Kerl

nuschelt die Worte mehr, als dass er sie formt, und der Gestank, der dabei aus seinem Mund kommt, ist schlimmer als der, der von den Toiletten ausgeht. Und das will was heißen. Instinktiv weiche ich einen Schritt zurück. »Klar«, murmle ich. »Mach nur.«

Der Typ grinst mich an und meine Nackenhaare stellen sich auf. Er hat so einen Blick drauf. Einen Blick, der besagt, dass er nicht vorhat, freundlich Danke zu sagen, sich umzudrehen und mich in Ruhe zu lassen. Und so ist es dann auch.

»Hi, Goldlöckchen«, grunzt er und will nach einer meiner Haarsträhnen greifen, doch wieder mache ich einen Schritt zurück, diesmal auf die Zehen des Mädchens hinter mir.

»Tut mir leid«, murmle ich, doch ich bezweifle, dass sie es überhaupt mitbekommt. Sie lehnt an der Schulter ihrer Freundin, beide haben die Augen geschlossen und es wirkt fast so, als würden sie im Stehen schlafen.

Der Kerl vor mir dagegen grinst mir immer noch entgegen. Er ist nicht sehr groß, aber breit, was die Situation für mich nicht unbedingt angenehmer macht. Wäre er nicht sturzbesoffen, schmutzig und stinkend, würde er mit seinem hellbraunen Man Bun, dem kurzen Vollbart und den vielen Muskeln für manchen Geschmack vielleicht sogar gut aussehen, doch das ist mir in diesem Augenblick herzlich egal. Ich bin dabei, den Abstand zwischen uns beiden so groß wie möglich zu halten, denn er hat sich nach wie vor nicht umgedreht.

Ich starre an ihm vorbei. »Würdest du …« Mit der Hand wedle ich in die generelle Richtung der Toiletten. »Es geht weiter da vorne, also, wenn du aufschließen könntest?«

Er reagiert nicht. Und während er mich stattdessen weiter anstarrt, mit eingefrorenem Blick, beginnt mein Herz schneller zu schlagen, einen unschönen, ungleichmäßigen, aufreibenden Rhythmus.

»Angst, Goldlöckchen?«, fragt er prompt, als könnte er sie von meinem Gesicht ablesen, und in diesem Moment wird mir klar, dass ich mich besser gar nicht auf eine Unterhaltung hätte einlassen sollen. Mist. Sein Mund verzieht sich zu einem trägen Grinsen und auf einmal liegt sein Arm über meiner Schulter.

»Hey, lass das.« Ich versuche, mich unter seinem Arm wegzuducken, doch für seinen desolaten Zustand legt er eine gehörige Entschlossenheit an den Tag. Sein Griff verstärkt sich, und nicht nur das, er legt den anderen Arm um meine Taille und versucht, mich zu sich zu ziehen.

»Hey!« Ich schreie jetzt, versuche energischer, ihn von mir wegzuschubsen, doch er findet das offensichtlich komisch und lacht mir ins Gesicht.

»Lass mich sofort los, du Arschloch«, rufe ich, lauter jetzt und in der Hoffnung, es möge einer von den anderen aus der Schlange reagieren. Tatsächlich dreht sich der Typ vor uns um und sagt irgendwas in Richtung: »Wooouuh, was ist los, Mann, willst du die Kleine nicht loslassen?«, unternimmt jedoch nichts, um seine Worte zu unterstreichen.

Fantastisch.

Ich schiebe den Kerl von mir, kraftvoll, so vehement ich kann, doch als wäre er ein Felsblock, lässt er sich nicht von mir wegbewegen. Stattdessen kommt er mit seinem Gesicht näher, als wollte er mich küssen, und ich kann kaum glauben, dass das hier passiert, dass niemand etwas unternimmt, um mir zu helfen, dass sie noch den Eindruck gewinnen, das hier sei ein ganz normaler Knatsch zwischen einem vermeintlich angetrunkenen Liebespaar.

»Hallo?« Eines der Mädchen hinter mir. Zaghaft. »Alles okay da vorn?«

Ich höre den Zweifel in ihrer Stimme, und trotzdem löst sie sich von ihrer Freundin und macht einen Schritt auf mich zu.

»Nein, es ist nicht in Ordnung, dieser Idiot …«, beginne ich, und dann taumle ich auf einmal, als Jonah den Typen entschlossen zur Seite schubst, sodass der von mir ablässt und einige Schritte nach hinten stolpert.

»Was denkst du, was du da machst?« Jonah schiebt sich vor mich.

»WasmischdudicheinArschgesicht?«

Mann, der Kerl ist wirklich betrunken. Er kann sich kaum auf den Beinen halten, macht jedoch trotzdem Anstalten, nach Jonah zu greifen. Und er ist breiter als Jonah. Und um einiges muskulöser. Bevor er uns erreicht hat, ziehe ich Jonah hinter mir her, weg von den Dixiklos, weg von dem Idioten.

25

Jonah

Wir sind ein ganzes Stück von den Sanitärcontainern entfernt, als Liv zwischen einer Reihe größerer Zelte stehen bleibt und sich umsieht. »Ich glaube nicht, dass er uns gefolgt ist«, sagt sie. »Alles in Ordnung mit dir?«

»Das fragst du mich?« Ungläubig sehe ich sie an. Sie bemüht sich, ihre Aufregung zu verbergen, aber so ganz gelingt ihr das nicht. Sie zittert und ihre Stimme klingt dünn. Und ich, ich bin stinksauer. Ich bin so sauer, ich zittere ebenfalls, und zwar vor Wut. Wie kommt dieser Kerl dazu, sie anzufassen? Und was ist mit den Leuten los, die einfach nur danebenstehen und nichts unternehmen, um ihr zu helfen?

»Du zitterst«, bringe ich schließlich hervor.

»Du auch.«

Ich fahre mir mit den Händen durch die Haare. »Was für ein blödes Arschloch. Ist wirklich alles in Ordnung?«

Sie nickt. Dann schüttelt sie den Kopf. »Ehrlich gesagt, ich weiß nicht. Ich meine, ich habe mich nicht wirklich bedroht gefühlt, immerhin waren da noch andere, was hätte er also groß tun können? Auf der anderen Seite ärgert es mich maßlos, dass er es geschafft hat, mich in seinen Arm zu ziehen, und ...« Mehr Kopfschütteln. Sie muss nichts weiter erklären. Vermutlich bin ich der, der am besten versteht, wie hilflos man sich fühlt, wenn jemand seine Macht ausspielt, körperlich, aber auch psychisch, wie schwach und ohnmächtig man dann ist. Ich kenne das, besser als mir guttut, aber das ist eine völlig andere Geschichte. Die ich Liv lieber nicht erzählen möchte.

»Warum hat dir niemand von den anderen geholfen?«, frage ich stattdessen, und wieder steigt Ärger in mir auf, denn auch das kommt mir nur allzu bekannt vor: Leute, die zusehen, die wegsehen, die ignorieren, was um sie herum geschieht. Für die habe ich am wenigsten Verständnis. Wie blind muss man sein, um nicht mitzubekommen, dass einem anderen Gewalt angetan wird? Von tief innen steigt Kälte in mir auf, und ich spanne jeden Muskel meines Körpers an, um sie unter Kontrolle zu bringen. Was auch immer da hochkommt, es hat nichts mit dem Hier und Jetzt zu tun, und ich fürchte, dass Liv etwas in meinem Gesicht abliest, ich sehe ihr ihre Verwunderung an, bevor sie blinzelt und sagt: »Ich denke, das Mädchen hinter mir hätte eingegriffen, wenn du nicht im gleichen Moment gekommen wärst. Also – alles in Ordnung. Wirklich.«

Sie lächelt und ich lächle gequält zurück. Sekunden vergehen. Schließlich mache ich einen Schritt nach vorn und nehme sie in die Arme. Sie riecht gut. Nach einem halben Tag hinter der Fritteuse und der anderen Hälfte umringt von schwitzenden Festivalbesuchern, riecht Liv immer noch so fantastisch, dass ich sie am liebsten nie mehr loslassen möchte. Vermutlich denkt sie, ich halte sie fest, um sie zu trösten, länger als nötig, und fester auch, doch das stimmt nicht. Sie ist ein viel größerer Trost für mich.

26

Liv

»Die Richtung stimmt, oder?«

»Auf jeden Fall. Ich bin hier schon oft mit Mafalda lang-gefahren.«

»Mmmh.«

In einvernehmlichem Schweigen gehen wir die Straße entlang in Richtung Glastonbury, wir und – ich weiß nicht – zwei Dutzend andere. Es ist dunkel und spät und unter normalen Umständen hätte es mich womöglich beruhigt, nicht mit Jonah allein hier entlanggehen zu müssen, jetzt allerdings … nein. Wirklich nicht. Immer wieder sehe ich mich nach Betrunkenen um, die Begegnung von eben hat mir gereicht.

»Wie lange, denkst du, werden wir brauchen?«, fragt Jo-nah.

»Ich schätze, für zehn Minuten Autofahrt sind wir zu Fuß in etwa eine Stunde unterwegs, also …«

Und das ist der Augenblick, in dem ein Bus neben uns zum Stehen kommt, so nah, dass es uns beinah in den Gra-ben wirft.

»Woah«, ruft Jonah, während er mit den Armen rudert.

Der Fahrer öffnet die Tür. »Glastonbury?«, brummt er.

»Yes!«

Und er winkt uns herein.

Der Bus braucht länger als zehn Minuten bis in den Ort,
denn er sammelt jeden einzelnen der zum Großteil angetrunkenen Fußgänger auf. Unglücklicherweise hält er dann
auch noch im Ortszentrum, was für uns eine fünfundvier-
zigminütige Wanderung auf die Spitze des Tors bedeutet.
Und der Weg ist steil. Und später dunkel. Das letzte Stück
zum alten Kirchturm hinauf ist ein schmaler, sich durch
Wiesen schlängelnder Pfad, der an manchen Stellen von quer
liegenden Holzbalken unterbrochen wird, über die ich regel-
mäßig stolpere. Weshalb ist es ausgerechnet in dieser Nacht
so finster, dass man kaum die Hand vor Augen sieht? Jonah
scheint den gleichen Gedanken zu haben.

»Wo zum Geier sind eigentlich die Sterne?«, murmelt er.
»Es war den ganzen Tag über sonnig, der Himmel dürfte
doch gar nicht so bewölkt sein, dass man überhaupt nichts
mehr sieht.«

Prompt stolpere ich über einen dieser blödsinnigen
Bremsbalken, und Jonah schafft es gerade noch, mich aufrecht zu halten.

»Warte, ich schalte die Taschenlampe ein.«

»Lieber nicht.«

»Wieso nicht?«

»Weil es das Ganze noch unheimlicher macht.«

»Es ist nicht unheimlich«, erwidert Jonah. »Bloß dunkel.«

Jaja, denke ich. Ich glaube ihm kein Wort. Seine Hand fühlt
sich klamm an in meiner und er hält stärker an mir fest, als
nötig wäre. Und ich weiß auch, warum – es liegt an diesem
Ort. An seiner Magie. Ich bin mir ziemlich sicher, Jonah
glaubt weder an Mythen, Sagen, Kraftfelder oder Ley-Linien,

und dennoch spürt er das Besondere dieses Hügels, auch wenn er es sich nicht eingestehen mag.

Je höher wir kommen, desto windiger wird es. Das kenne ich bereits von meinen früheren Besuchen – als würde der Wind den frei stehenden Hügel einnehmen und bezwingen wollen oder aber seine Besucher daran hindern, den Gipfel zu erreichen. Ich stemme mich dagegen, dankbar für den Windschatten, den Jonah mir bietet, und laufe einfach weiter, immer den Pfad entlang, keine Ahnung, wie lange. Als Jonah stehen bleibt, rumple ich überrascht in ihn hinein.

»Autsch.«

»Sieh mal«, flüstert er.

»Sieh mal was? Warum flüstern wir?«

»Da! Ist er das? Der Turm?«

Etwa fünfzig Meter über uns zeichnet sich vor dem schwarzen Himmel ein noch schwärzerer Umriss ab.

»Das sieht deutlich weniger einladend aus als bei Tageslicht«, wispere ich.

»Mmmh.« Jonah aktiviert den Bildschirm seines Handys. »3:15 Uhr.« Er tippt auf dem Smartphone herum. »Sonnenaufgang ist um 4:59 Uhr.«

»Dann wird es sicherlich bald dämmern. Kann nicht mehr lange dauern.«

»Ich frage mich, wer die Idee hatte, hier raufzuklettern«, brummt er, doch er geht weiter, ohne auf eine Antwort zu warten.

Ich habe Gänsehaut, die ganze Zeit über. Und ich habe keine Ahnung, wo die Leute sind, die mit uns hierhergewandert sind, denn gerade ist kein Mensch zu sehen. Es ist, als seien wir durch die Zeit gereist. Wenn jetzt auf einmal

König Arthur vor uns stünde, in seiner Rüstung, mit gezoge-
nem Schwert – wundern würde es mich nicht.

Als ich an einem Nachmittag hier oben war, mit Mafalda,
da schien die Sonne und ein Didgeridoo-Spieler gab im Inneren des Kirchturms ein kleines Konzert, was auch irgendwie
gespenstisch war, oder nein ... Das war nicht gespenstisch,
das war mystisch, magisch irgendwie. Das jetzt, es fühlt sich
an, als wären wir von der Geschichte verschluckt und in
einem anderen Jahrhundert wieder ausgespuckt worden.

»Irgendetwas ist mit diesem Ort, habe ich recht?«

»Vielleicht analysieren wir das, sobald wir wieder unten
sind.«

Ich kichere, doch sehr leise nur, damit wir die Feen nicht
stören.

Letztlich war es die richtige Entscheidung, den Hügel zu
erklimmen. Zwar war der kurze Moment im Inneren des
Turms, durch den der Wind pfiff, als wollte er uns höchstpersönlich filetieren, noch ziemlich schauderhaft, doch mittlerweile hat der Himmel ein wenig seiner Schwärze an die
Morgendämmerung abgegeben und die Landschaft schält
sich vor uns aus dem Schlaf, Wiesen, Wälder, Häuser, wie ein
Gemälde.

Jonah sitzt neben mir im Gras und mit Unschuldsmiene
blinzle ich ihn an.

»Jetzt brauchst du keine Angst mehr haben. Bald wird es
hell, kleiner Jonah.«

Er dreht sich zu mir, bedenkt mich mit einem reichlich
süffisanten Lächeln. »Du nimmst den Mund ganz schön
voll«, sagt er, »jetzt, wo gleich die Sonne aufgeht. Dabei hast

du gezittert da oben in dem Turm, wie ein Babyschaf, oder willst du das etwa leugnen?«

»Babyschafe heißen Lämmer, Dummchen. Und ich hab gezittert vor Ehrfurcht. Dieser Ort ist ein mythisches Kulturdenkmal und ihn nachts und im Dunkeln zu besuchen ist, als tauche man in sein eigenes Gebet ein.« Mit meiner Schulter stupse ich gegen seine. Ich fürchte, ich habe mich im Laufe unseres gemeinsamen Tages so sehr daran gewöhnt, ihn zu berühren, offensichtlich kann ich nicht mehr einfach neben ihm sitzen und es nicht tun.

Jonah scheint es ähnlich zu gehen. Er legt einen Arm um mich. Dann rutscht er ein Stück zur Seite und mich ein Stück nach vorn, sodass er hinter mir sitzt und beide Arme um mich legen kann, wie er es vorhin schon im Kino getan hat. Eine ganze Weile sitzen wir so da, während der Himmel sich vor uns verfärbt, die Welt erwacht, ich immer ruhiger und ruhiger werde. Ich lehne mich tiefer in Jonahs Arme. Lasse meinen Kopf zur Seite sinken, gegen seine Brust. Ich frage mich, wie er nach einem ganzen Tag in der Hitze, einem Konzert und mehreren Bierduschen immer noch so gut riechen kann. Am liebsten würde ich in ihn hineinkriechen. Verschmelzen und nie wieder auftauchen.

»Als Kind haben wir uns die Abhänge runterkugeln lassen. Habt ihr das auch gemacht?«

»Bei dir ist das nicht ganz so lange her, stimmt's?«

»Hey.« Ich drehe den Kopf, damit ich ihn ansehen kann. »Ich bin volljährig.«

»Ich weiß.«

Ich sehe wieder nach vorn, und Jonah … Jonah schiebt mit der Hand ein paar Haarsträhnen aus meinem Nacken und flüstert dann dicht neben meinem Ohr: »Und? Hast du Lust?«

O. Mein. Gott. Sicherlich lässt sich am Grad meiner Gänsehaut spielend leicht abmessen, wie viel Lust ich habe, trotzdem krächze ich:»Worauf?«

Ganz kurz habe ich den Eindruck, seine Lippen streifen meine Haut, verweilen dort einen Tick länger als zufällig, doch sicher bin ich nicht, und dann ist es auch wieder vorbei.

OMG. Ich erwähnte es schon.

»Der Hügel«, sagt Jonah.

»Der Hügel?« Ich fürchte, ich habe nicht nur den Faden verloren, sondern gleich das komplette Knäuel.

Jonah lacht ganz leise. »Du wolltest den Hügel runterrollen, wie du es früher gemacht hast, als Kind.«

»Oh. Oh, nein, nein, lieber nicht. Als ich mit Mafalda hier oben war, haben Schafe auf diesen Wiesen gegrast, also … Schafscheiße hat mir gerade noch gefehlt zu allem anderen, was sich heute so in meinem Pulli festgesogen hat.«

»Dafür riechst du aber wirklich gut«, sagt Jonah, und für eine Sekunde sehe ich ihn verblüfft an, weil ich doch das Gleiche über ihn gedacht habe, vor nicht einmal einer Minute. Im nächsten Augenblick bin ich erstarrt. Jonah hat den Griff um meine Taille verstärkt, er beugt sich zu mir vor, und ich kann meinen Blick nicht von seinen Lippen lösen, die näher kommen und näher, und … Er wird mich küssen. Ich bin fest davon überzeugt. Er wird mich küssen. Diesmal wird er es tun. O Gott. OGOTT! Doch in dem Moment, in dem sich meine Augen schließen, drückt Jonah mich noch ein bisschen fester in seine Umarmung und dann kippt er uns, seitlich, und rollt uns den Hügel hinunter.

Ich schreie. Mir egal, wer gerade einen Herzinfarkt bekommt oder welche Fabelwesen ich dadurch erweckt habe. Ich schreie, doch die Laute aus meinem Mund sind holprig und abgehackt, eher Umpf und Urgh statt AAAAAH, denn Jonah lässt mich nicht los, und zu zweit hier herunterzurollen ist eine eher ungelenke Angelegenheit. Beide stöhnen und grunzen wir, mal quetscht er mir meine Finger ab, mal schlägt sein Kopf im Gras auf, mit einer Hand umklammere ich meine Tasche, die zusätzlich gegen meine Beine schlägt, und irgendwann beginnen wir zu lachen zwischen all dem Gestöhne, und dann hat einer dieser verdammten Bremsbalken uns unsanft gestoppt.

Schwer atmend lassen wir uns auf den Rücken fallen, noch halb aufeinanderliegend.

»Mist, das tat weh«, sage ich, halb im Ernst, halb kichernd.

»Ja, ich hatte es auch ein bisschen weicher in Erinnerung.«

»Das könnte daran liegen, dass wir seinerzeit allein durch die Wiese gekullert sind, nicht zu zweit und übereinander.«

»Das könnte es. Ich dachte bloß, so macht es sicher noch mehr Spaß.« Stöhnend rappelt Jonah sich auf, ich bleibe noch liegen. Er beugt sich über mich. »Und trotzdem war es mir ein Vergnügen, Liv Forest. Insbesondere Sie im Arm zu halten war zweifellos vergnüglich. Mit meiner Schwester hätte ich so viel Körperkontakt nie zugelassen.«

Ich verdrehe schon die Augen, als mir aufgeht, was Jonah da eben gesagt hat. »Deine Schwester? Hast du nicht erzählt, du hast keine Geschwister?«

Nach wie vor sieht Jonah mich an, der Ausdruck auf seinem Gesicht hat sich nicht verändert, doch er sagt: »Das war gelogen.«

Ich runzle die Stirn. Dann richte ich mich auf und Jonah setzt sich ebenfalls aufrecht hin. »Wer lügt denn wegen so was?«

Er zuckt mit den Schultern. »Jemand, der wünschte, er hätte keine Schwester?«

Wir starren einander an, drei Sekunden, zehn, dann zwanzig. Ich wette, Jonah kann die Fragen in meinem Blick deutlich lesen, doch ich spreche sie nicht aus, und er bietet mir keine weitere Erklärung an. Er sieht auf einmal traurig aus, und ich wünschte, wir hätten dieses Gespräch gar nicht erst angefangen.

»Jonah ...«, beginne ich, doch ich vergesse, was ich sagen wollte, in dem Moment, in dem er die Hand hebt und mit den Fingerspitzen über mein Gesicht streicht. »Du hast Gras an der Wange.«

»Ein Glück keinen Schafskot.«

Er lacht, und ich mit ihm, und dann fährt seine Hand mein Kinn entlang, Hals und Arm hinunter zu meiner Taille, und alles ist auf einmal wieder sehr, sehr ernst. Jonahs Hände bewegen sich sacht und ohne Eile und ich halte den Atem an vor lauter Erwartung. Er sieht auf seinen Daumen, der kleine Kreise über eine äußerst winzige Stelle zieht, doch ich rühre mich keinen Millimeter. Eine gefühlte Ewigkeit verharren wir so, dann sieht er mir wieder in die Augen. »Ich würde dich wahnsinnig gern küssen«, sagt er, und ich amte hörbar ein. »Und auch wieder nicht.«

Rasches Ausatmen. »Nicht?«

Jonah schüttelt den Kopf. »Ich glaube, ich denke schon den halben Tag darüber nach, dass ich es gern tun würde, aber wenn ich es jetzt tatsächlich tue, dann hab ich dich zum letzten Mal zum ersten Mal geküsst.«

Ich blinzle ihn an. Dann beginne ich zu kichern, das Kichern geht in Stöhnen über, sehr leise, als sich Jonahs Hand in meinen Pullover krallt. Für einen furchtbaren, flüchtigen

Moment frage ich mich, ob er nun eine meiner Speckröllchen ertastet hat, doch wenn ich ihn so betrachte, glaube ich es nicht. Er sieht mich an, als wollte er nie wieder damit aufhören. Und sein Gesicht mit diesen wunderschönen Augen und dem absolut küssenswerten Mund kommt langsam auf mich zu.

27

Jonah

Ich weiß nicht, womit ich gerechnet habe – mit Widerstand vermutlich oder dass Liv mich auslacht oder dass sie mir klarmacht, dass sie nicht gefühlte drei Stunden, nachdem mit ihrem Freund Schluss ist, mit einem anderen rummachen will. Laurent. Ich meine, sie hat ihn kaum mehr erwähnt. Und ich, ich möchte sie möglichst nicht an ihn erinnern. Auch nicht daran, dass sie mir vor ein paar Stunden eindringlich erklärt hat, sie sei nicht der Typ, der sich bei einem ersten Treffen von irgendeinem dahergelaufenen Niemand rumkriegen lässt. Und ich will sie auch nicht rumkriegen, schätze ich.

Womit meine Gedanken zu Sally wandern und sich mein Magen krümmt, ganz kurz nur. Als würde er sich um die Lüge schließen, die nach wie vor an mir nagt, und ich denke … Ich denke, ich kann hier nicht mit Liv im Gras liegen, wenn ich nicht mal vierundzwanzig Stunden zuvor neben einem anderen Mädchen aufgewacht bin. Aber ich will sie küssen, so wie ich noch nie zuvor jemanden küssen wollte, und … Und sie will das offensichtlich auch.

In dem Augenblick, in dem sich meine Lippen auf ihre legen, schlingt sie beide Arme um meinen Nacken, lässt sich zurück ins Gras fallen und zieht mich mit sich. Ich würde lachen, wenn ich nicht so angespannt wäre.

Sie liegt im Gras und zieht mich zu sich. Und unsere Lippen berühren sich wie diese sanften Magnete, die immer wieder zueinanderdrängen, sooft man auch versucht, sie auseinanderzureißen. Meine Hände umschließen Livs Gesicht, fahren seitlich entlang zu ihrem Hinterkopf, lösen den Zopf, sobald sie das Haargummi ertasten, und vergraben sich dann in dieser wahnsinnig weichen, vollen Mähne. »Auch das wollte ich schon die ganze Zeit machen«, murmle ich, und Liv drängt sich nur noch dichter an mich. Und dann ist sie diejenige, die mit der Zunge über meine Unterlippe streicht, und meine Hände verstärken ihren Griff. Aus der Nähe duftet sie noch besser, viel, viel besser. Und das Einzige, das ich jetzt noch denken kann, ist, dass ich es nicht bereue, sie geküsst zu haben, und es sicher niemals tun werde.

28

Liv

Ich fühle mich, als würde ich in einem Bergsee versinken. Der erste Schock nach dem Eintauchen dauert noch an, da werde ich tiefer und tiefer gezogen, verliere jeglichen Halt, kann nicht mehr atmen, und nacheinander schalten sich Vernunft und Verstand und all das, was mich vorher ausgemacht hat, einfach aus. Jonahs Kuss trifft mich bis ins Innere, und die Art und Weise, wie ich ihn erwidere, sollte mir vermutlich peinlich sein, ist es aber nicht. Als Jonahs Lippen sich von meinen lösen, schnappe ich nach Luft. Er beginnt damit, mein Gesicht mit Küssen zu bedecken, mein Kinn, meine Wange, mein Ohr. Er knabbert an meinem Ohrläppchen, und das ist mit Abstand das Sinnlichste, was ich je erlebt habe. Meine vernebelten Gedanken schweifen zu einem Artikel, den ich mal gelesen habe, über die erogenen Zonen von Frauen, und ich frage mich, ob das Ohr dabei eine Rolle spielte oder nicht, denn das sollte es, oh ja, das sollte es. Und der Hals. Der Hals … der Hals, den Jonah gerade mit seinen Fingerspitzen berührt, während er mit der anderen Hand meinen Kopf ein wenig nach hinten kippt, um sich bis zu meinem Schlüsselbein voranzuküssen.

Lieber Himmel, das ist …

Ich rutsche tiefer mit meinen Händen. Von seinem Nacken über die Schultern zur Taille, und instinktiv versuche ich,

Jonah an mich zu pressen, näher, fester. Mit den Fingerspitzen fahre ich unter den Saum seines T-Shirts, berühre die Haut dort, die warm ist und weich. Ich lege meine Handfläche dorthin, fahre mit meinen kurzen Nägeln am Bund seiner Jeans entlang, mein kleiner Finger schiebt sich darunter. Und Jonah, der bislang weit weniger peinliche Laute von sich gegeben hat als ich, er hält mit einem Mal inne und haucht ein kehliges Stöhnen direkt über meine erogene Zone Nummer eins, und mein ganzer Körper beginnt zu zittern.

Und dann richtet er sich auf. Und ich habe keine Ahnung, wo das hinführen soll, aber es gefällt mir nicht, also folge ich seiner Bewegung, ich lasse ihn nicht los, halte ihn mit beiden Armen fest umklammert und schiebe mich dann sozusagen über ihn, und auf einmal ist er derjenige, der mit dem Rücken im Gras liegt. Ich beuge mich vor, um nun sein Gesicht zu küssen, seine Wange, den Hals, meine Hände in seinen Haaren zu vergraben. Ich bin nicht sicher, was in mich gefahren ist. Vermutlich liegt es daran, dass wir schon den ganzen Nachmittag irgendwie um die Entscheidung herumtänzeln, aus den harmlosen Berührungen mehr zu machen, oder daran, wie wenig sich Jonah um meine viel zu üppigen Rundungen zu scheren scheint, doch auf einmal bin ich mutig. Ich bin so mutig, dass ich die andere Hand, die nicht in seinen Haaren wühlt, über seine Brust streichen lasse, erst über, dann ganz vorsichtig unter sein T-Shirt, und das ist der Augenblick, in dem mir aufgeht, dass Jonahs Körper vibriert. Er zittert nicht, er schüttelt sich geradezu. Weil er ... weil er *lacht*.

»Was ...« Geschockt hebe ich den Kopf und krabble rückwärts ein Stück von ihm weg. Jonah grinst immer noch, versucht, nach mir zu greifen, aber ich schäme mich viel zu sehr, um das jetzt noch komisch zu finden. Wie konnte ich nur so dumm sein und mich derart gehen lassen? Allein zu glauben, Jonah wäre auch nur im Entferntesten so angetan wie ich, grenzt an einen krankhaften Grad von Selbstüberschätzung, von dem ich keine Ahnung habe, wann und wie ich den erreicht haben soll.

»Liv.«

Ich ignoriere Jonahs Rufen, rapple mich auf und marschiere in eiligen Schritten den Hügel hinauf.

»*Liv!*«

Natürlich holt er mich ein. Er will mich am Arm festhalten, doch ich stapfe unbeirrt weiter. »Sorry, ich hab nicht dich ausgelacht, okay? Liv!« Tatsächlich lacht er immer noch. »Hör mir zu.«

Jonah baut sich vor mir auf, sodass ich gezwungen bin, stehen zu bleiben, also verschränke ich die Arme vor der Brust, doch ich sehe ihn nicht an. Stattdessen starre ich auf seine Schuhe, knöchelhohe schwarze Converse unter einer Schicht Festivalstaub.

»Ich hab dich nicht ausgelacht«, wiederholt er, ernster jetzt. »Wirklich nicht, das schwöre ich. Ich hab gelacht, weil es so grotesk ist, dass ich wahnsinnig gern noch da unten im Gras liegen und über dich herfallen würde, und dass es mir fast egal ist, dass es immer heller wird und es hier Leute gibt, die angefangen haben, uns zuzusehen. Aber ich dachte, dass dir das eventuell weniger recht wäre.«

Ich runzle die Stirn und mustere Jonah argwöhnisch, bevor ich meinen Blick nach rechts und links schweifen lasse. In der Tat ist die Dämmerung mittlerweile fortgeschritten, es ist viel heller als noch vor wenigen Minuten. Auch richtig ist, dass nicht weit von uns ein paar Jungs sitzen, die uns so offensichtlich angaffen, dass es schon unverschämt ist.

Ich blicke in Jonahs Augen. Er lächelt mich an. »Hey.« Greift nach meiner Hand und zieht mich zu sich.

Ich lasse mich von ihm umarmen, zwei, drei Sekunden lang, bevor ich mich von ihm löse. »Wir verpassen den Sonnenaufgang«, murmle ich, drehe mich um und setze meinen Weg fort, den Hügel hinauf.

29

Jonah

Es ist genau so, wie ich es versucht habe, Liv zu erklären: Von dem Augenblick an, in dem meine Lippen ihre berührten, ist bei mir offenbar eine Sicherung durchgebrannt, die sehr schnell sehr gründlich jede Art von Hemmschwelle in Rauch auflöste. Als hätte sich all die angestaute Energie der vergangenen Nacht auf einmal entladen, überraschend heftig, sehr viel gewaltiger als erwartet. Ich schätze, Liv ging es nicht anders. Sie wirkte ebenso perplex wie ich von diesem jähen Bedürfnis, auf der Stelle miteinander zu verschmelzen, ineinanderzukriechen, unter die Haut des anderen, so nah, dass sich nicht mehr feststellen lässt, wo der eine anfängt und der andere aufhört. Doch als sich Livs Fingerspitzen unter den Bund meiner Jeans schoben, da wurde mir schockartig klar, dass ich mich nicht mehr allzu lange würde bremsen können. Und was wäre das für eine Show gewesen? Mitten auf dem Hügel, dem Wahrzeichen Glastonburys, und nicht einmal unter dem Deckmantel der Dunkelheit, den das irre Pärchen auf dem Festival so schamlos ausgenutzt hat.

Als wir oben auf dem Hügel ankommen, setzt Liv sich ins Gras und ich lasse mich neben sie fallen. Für einige Sekunden starren wir schweigend auf den Horizont, wo ein gelboranger Streifen bereits die aufgehende Sonne ankündigt, schließlich wende ich mich wieder Liv zu. Sie hat kein Wort gesagt, also war ich womöglich nicht überzeugend genug in meiner Argumentation, weshalb ich noch einmal ansetze, deutlicher diesmal.

»Ehrlich, es hatte nichts mit dir zu tun. Und irgendwie alles. Ich hätte nicht mehr aufhören können.«

Sie erwidert nichts, doch sie senkt den Blick auf ihre Hände, die am Rand ihrer Gummistiefel herumknibbeln.

»Ich würde dich schrecklich gern noch mal küssen, glaub mir. Und ich würde zu gern noch mehr mit dir ...«

»Hör auf!« Sie sieht mich an. »Bitte hör auf. Es ist in Ordnung, okay? Lass uns nicht mehr darüber reden.«

Mein Stirnrunzeln ist so tief, dass ich sicher gleich Kopfschmerzen davon bekomme. Ich habe keine Ahnung, weshalb sie plötzlich so zumacht, und es treibt mich in den Wahnsinn, dass sie mir nicht glaubt.

»Was muss ich tun, um dich davon zu überzeugen, dass ich dich nicht auslachen wollte?«, frage ich. »Jetzt komm schon, Liv. Hältst du mich für ein solches Arschloch? Ganz abgesehen davon, dass es überhaupt keinen Grund gibt, über dich zu lachen, es war ... dich zu küssen, das war ... Ich hab den ganzen Nachmittag darüber nachgedacht, und trotzdem hatte ich keine Vorstellung davon, wie unglaublich ...«

Und nun springt sie auf. Stemmt die Hände in die Taille. Sie atmet tief ein und aus, und ich sitze im Gras, verwirrt, und starre zu ihr hinauf, bis sie sich schließlich wieder neben mich fallen lässt.

»Jonah«, sagt sie. Und dann erst mal nichts mehr.

»... Ja?«

Sie reibt sich die Stirn. »Ich denke nicht, dass du mich bewusst anlügst. Und ich würde dir gern glauben. Und es geht auch gar nicht so sehr darum, dass du lachen musstest, es ist ...« Noch einmal holt sie tief Luft, bevor sie sich mit dem ganzen Körper zu mir dreht und mich direkt anblickt und ich die Tränen in ihren Augen schimmern sehe.

»Hey.« Ich hebe die Hand, doch sie weicht zurück.

»Es ist ... Ich bin überhaupt nicht dein Typ. Ganz abgesehen davon, dass von vorneherein zwischen uns klar war, wir würden nicht, du weißt schon ... bin ich doch absolut nicht die Art Mädchen, mit der du normalerweise etwas anfängst. Ich meine, sieh mich an, und ... Wie könnte ich diejenige sein, mit der es besser oder besonderer ist als mit Annika oder den anderen Mädchen, mit denen du zusammen warst? Die alle *wirklich* schön sind und schlank und was sonst noch? Und vor diesem Hintergrund fällt es mir tatsächlich schwer, dir zu glauben, und bestimmt wolltest du mich nicht anlügen, aber ...«

»Ich *habe* nicht gelogen. Und mir fällt immer noch kein Grund ein, weshalb ich es tun sollte? Und ... Was soll das ganze Gerede von Annika und wem auch immer? Was für ein Typ? Ich habe keinen Typ, und selbst wenn – du bist großartig und dich zu küssen ...«

»Hör auf!« Sie hält sich die Ohren zu, und würde ich die Folgen nicht kennen, ich würde wirklich gerne darüber lachen. Stattdessen schüttle ich den Kopf. »Liv ...«

»Und bitte sag nicht, du würdest niemals lügen. Wegen deiner Schwester hast du es auch getan. Wer macht so was?«

Okay. Jetzt ist mir auch nicht mehr zum Lachen zumute. »Das hast du schon mal gefragt«, sage ich ruhig.

»Ja, und du hast geantwortet: *Jemand, der wünschte er hätte keine Schwester*«, erwidert sie und ist jetzt richtig laut geworden. »Aber wer sagt so was, Jonah? Was für ein Mensch sagt so was? Das ist so absurd! Ich meine, jeder streitet sich mal, das ist doch normal unter Geschwistern, das kann kaum ein Grund dafür sein ...« Sie schüttelt den Kopf. Lässt den unvollendeten Satz nachklingen und atmet stattdessen tief ein. »Vergessen wir es einfach.«

Und das ist wahrscheinlich der Punkt, an dem alles möglich ist, nur nicht, zu vergessen, was sie gesagt hat. Jeder streitet sich mal? O Gott, ja, klar.

»Meine sogenannte Schwester«, beginne ich, und ich spucke die Worte quasi zwischen uns, »ist der verabscheuungswürdigste, böseste Mensch, den ich kenne. Willst du wissen, wie Auseinandersetzungen mit ihr aussehen? Und zwar solche, die du weder begonnen hast noch je führen wolltest? Willst du wissen, wie sie *enden*? Wenn du, sagen wir, noch keine sieben Jahre alt bist und nach Hause kommst nach den ersten Grundschultagen, und du möchtest eigentlich nur etwas Gutes tun und lässt versehentlich die Soße zum Aufwärmen auf dem Herd anbrennen? Weißt du, wie es sich anfühlt, diese heiße Soße *auf deinem Arm*? Abraten kann ich auch davon, etwas fallen zu lassen, selbst wenn es dir gehört, den Fernseher zu laut zu stellen, im falschen Moment das Falsche zu sagen oder einfach nur *da zu sein*. Am besten, du bleibst in deinem Zimmer, verhältst dich ruhig und tust gar nichts, aber selbst dann kann es dir passieren, dass deine sogenannte ältere Schwester reinstürmt und dich *äußerst tatkräftig* davon zu überzeugen versucht, für irgendetwas verantwortlich zu sein, von dem du noch nie gehört hast.«

Liv sieht mich an aus großen Augen, wie schockgefroren, ohne zu blinzeln, verwirrt. Im Gegensatz zu ihr bin ich kaum laut geworden, doch meine Stimme, ruhig und tödlich, transportiert eine jahrzehntelang unterdrückte Wut und so viel Schmerz – viel mehr davon, als ich je jemandem zeigen wollte. Ich starre Liv an, doch ich sehe nicht sie, sondern Nele, ihr wutverzerrtes Gesicht, ihre kalten Augen, höre ihr bösartiges Zischen, und dann sehe ich mich, Jonah, sieben Jahre jünger, jahrelang zu jung, jahrelang zu klein, bis ich es irgendwann nicht mehr war, bis ich mich endlich zur Wehr setzte. Ich war längst größer als Nele, längst stärker. Aber im Gegensatz zu ihr fiel es mir nicht leicht, ihr wehzutun; im Gegensatz zu ihr musste ich mich überwinden, mich gegen sie zu stellen, um mich selbst zu schützen.

Ich blinzle, um die Erinnerungen zu vertreiben, und fokussiere mich auf Livs Gesicht. Sie hat die Unterlippe zwischen die Zähne gezogen. Sieht mich nach wie vor schweigend an. Ich frage mich, was es auf sich hat mit diesem Mädchen, das ich gestern um diese Zeit noch gar nicht kannte und dem ich heute Dinge anvertraue, über die ich noch mit niemandem zuvor gesprochen habe. Nicht mit meinem Vater, nicht mit Dejan. Mit niemandem.

Ich schließe die Augen, einen kurzen Moment nur, bevor ich Liv den Rücken zudrehe und mein T-Shirt anhebe, bis unter die Schulterblätter. Ich höre sie nach Luft schnappen und lasse den Stoff zurückgleiten. »Man muss sie nicht provozieren, damit sie das tut. Es reicht völlig aus, einfach da zu sein, wenn sie gerade mal schlechte Laune hat.«

»Jonah ...«

Und jetzt schwingt Mitleid in ihrer Stimme und ich sehe es in ihrem Blick. Sie kann nichts dafür, das ist eine völlig natürliche Reaktion, nehme ich an, und auch der Grund, weshalb ich mit niemandem darüber sprechen sollte, was damals mit Nele passiert ist.

Also mache ich das, was ich am besten kann.

Ich wende mich ab und laufe davon.

30

Liv

Ich hab noch nie eine gesehen, nicht in der Realität zumindest, nicht auf der Haut eines Menschen, den ich kenne, aber ich bin mir ziemlich sicher, das, was Jonah mir gerade gezeigt hat, sind Brandwunden gewesen. Verursacht von Zigarettenglut. Ja. Doch. Ich ahne es nicht nur, ich weiß es. Sie stechen hervor zwischen den übrigen Narben, die bereits zu Striemen verblasst sind, langen, kurzen. Sie könnten sonst wo herstammen. Von einem Schlag vielleicht, mit einem scharfen Gegenstand. Von einem Messer. In dem Augenblick, in dem ich das denke, in dem ich mir vorzustellen beginne, was Jonah passiert sein muss, fängt mein eigener Körper an, auf den Schmerz zu reagieren, so, wie er es immer tut. Mein Magen krampft sich zusammen, Übelkeit steigt auf. Es brennt hinter den Lidern. Doch ich atme dagegen an, dass mein eigener Kummer mich überwältigt, denn ich bin nicht diejenige, die leidet, nicht gerade jetzt.

Ich springe auf und sehe mich nach Jonah um, und mein Puls beschleunigt sich, als ich ihn auf den ersten Blick nicht entdecke. Ich laufe den Hügel hinauf, bis zum Turm, und dort steht er, in der Mitte, mit dem Rücken zu mir. Er stemmt sich gegen den Wind, der an seinen Haaren zerrt, am Saum seines T-Shirts. Ich sehe ihn da stehen, und ich bereue zutiefst, was ich getan habe, dass ich ihn als Lügner bezeichnet und ihn dazu gebracht habe, mir etwas anzuvertrauen, das bestimmt nicht hierhergehört, das er ganz sicher nicht mit mir teilen wollte. Gott, ich bin wirklich eine bescheuerte Kuh.

Auf der Schwelle zum Turm bleibe ich stehen. Wir sind ganz allein hier. Alle anderen haben sich dem Sonnenaufgang zugewandt, der sich gerade hinter uns vollzieht, und ich bin froh, dass wir unter all den vielen Menschen, die uns an diesem Tag umringt haben, in diesem speziellen Augenblick nur für uns sind.

Ich weiß, dass Jonah spüren kann, dass ich hier bin, doch er dreht sich nicht zu mir um. Weshalb ich nach einigen Minuten ein paar Schritte mache, bis ich dicht hinter ihm stehe. Ich hebe die Hand, um ihn zu berühren, genau dort, wo ich die schlimmsten Narben vermute, doch letztlich verlässt mich der Mut und ich lasse die Hand wieder sinken. Stattdessen schlinge ich beide Arme um seine Taille und schmiege die Wange an seine Schulter. Jonah versteift sich, doch er schiebt mich nicht weg. Ich verstärke meinen Griff und streiche mit den Daumen ganz sacht über sein T-Shirt.

»Es tut mir leid«, wispere ich, nicht sicher, ob er das über den brausenden Wind überhaupt hören kann, doch er schüttelt den Kopf. Und dann bleiben wir einfach stehen. Ich halte mich an Jonah fest und Jonah … steht einfach nur da. Als er schließlich spricht, ist es so leise, dass ich mich ungeheuer anstrengen muss, um ihn zu verstehen.

»Ich hab die Schule abgebrochen, um von ihr wegzukommen. Bin in einen anderen Teil der Stadt gezogen und hab mir den Job im Kino gesucht.« Er zuckt mit den Schultern.

»Du hast quasi mit einem Loser rumgemacht. Einem Filmvorführer ohne Schulabschluss. Kein Abitur, keine Perspektive, keine Ahnung, was werden soll.«

Mit zwei Schritten trete ich vor ihn, doch er sieht über mich hinweg. Also gehe ich noch einen Schritt weiter, schlinge meine Arme um seinen Hals und strecke mich auf die Zehenspitzen, um ihn auf die Wange zu küssen. Jonah bleibt reglos und starr, er erwidert meine Umarmung nicht. Erst, als ich keine Anstalten mache ihn loszulassen und mich stattdessen nur noch enger an ihn schmiege, höre ich ihn irgendwann seufzen, bevor er seine Arme um mich schließt.

Ich warte, bis ich sicher bin, dass er mich nicht loslässt, dann rücke ich mit dem Oberkörper ein Stück von ihm ab, um ihm ins Gesicht zu sehen. »Was soll das werden? Fishing for compliments?« Ich lächle ihn an, doch in seinem Blick liegt ausschließlich Traurigkeit, so viel davon, dass mir automatisch wieder Tränen in die Augen schießen. Energisch blinzle ich sie weg. »Was ist mit deinen Eltern?«

Er zuckt mit den Schultern. »Geschieden. Meine Mutter ist gegangen, als ich fünf war. Mein Vater ...« Mehr Schulterzucken. »War so gut wie nie da. Vielleicht hat er es nicht mitbekommen. Vielleicht wollte er es aber auch nur nicht sehen. Und ich bin nicht der Typ, der sich von seiner Schwester verprügeln lässt und dann zu Papa rennt, um zu petzen.«

Hilfe, das sollte vermutlich witzig klingen, doch mein Magen krampft sich nur noch mehr zusammen.

»Wie alt warst du, als es angefangen hat?«

Schweigen. Dann: »Sechs.«

»Und wie alt war deine Schwester?«

Er atmet tief ein. Ich kann sehen, dass er nicht gern darüber spricht, dass es ihm ungeheuer schwerfällt, und ich überlege schon, die Frage zurückzuziehen, ihm zu sagen, dass ich es nicht wissen muss, dass wir alles genau so machen, wie er es möchte, da sagt er: »Dreizehn. Sie war dreizehn. Und es dauerte, bis *ich* dreizehn wurde und groß genug war, um das Ganze zu beenden.«

Er drückt mich enger an sich, legt den Kopf auf meine Schulter und vergräbt das Gesicht in meinen Haaren. Er hält mich, aber ich halte ihn aufrecht, denke ich. Das Gespräch von gestern Abend flackert in meinem Gedächtnis auf, die Frage, was ich am meisten an mir mag.

Und du?

Meine Größe.

Ich umarme ihn fester.

»Ich hab sie gesehen«, flüstert er.

»Wen?« Ich hauche es in Jonahs T-Shirt, nicht sicher, ob er mich verstehen kann, doch als ich versuche, den Kopf zu heben, drückt er mich nur näher an seine Brust.

»Ich dachte, sie hätte den Kontakt zu uns allen abgebrochen, aber scheinbar nur zu mir. Nicht zu ihr.«

»Was? Wer?« Ich bin nicht sicher, wovon er spricht, eventuell von seiner Mutter? *Sie ist gegangen, als ich fünf war.* Heißt das, er hat sie danach nicht wiedergesehen? Welche Mutter tut so etwas?

Ich hebe den Kopf und diesmal lässt Jonah es zu. Ich sehe zu ihm auf und er durch mich hindurch, geradeaus, durch den Ausgang des Tors, auf die Weite der englischen Landschaft. Als er mich schließlich doch ansieht, glänzen seine Augen, aber nicht vor Tränen, sondern vor Kälte. Der Ausdruck darin ist eisig. So distanziert, dass ich frieren würde, hielte er mich nicht nach wie vor umschlungen. Und er sagt: »Sie hat nur mich nicht sehen wollen, verstehst du?«

Am Ende ist nicht mehr zu reden mit meinen Tränen, sie schieben sich in langen Schlangen über meine Wangen, eine nach der anderen. Sie werden Jonahs T-Shirt durchnässen, aber ich denke nicht, dass er es überhaupt spürt.

Er hat mir von seiner Schwester erzählt. Seiner Mutter, die die Familie verlassen hat, als er noch nicht in der Schule war, die nie zurückgeblickt, sich nie wieder gemeldet hatte. Davon zumindest war Jonah ausgegangen, und das war das, was sein Vater und seine Schwester ihm erzählt hatten. Und dann ist er zu ihr gefahren. Vergangene Woche erst, kurz bevor er mit seinem Freund Dejan und den anderen in den Bus nach England gestiegen ist. Er reiste nach Kiel, wo seine Mutter inzwischen lebt, mit einer neuen Familie, und er war darauf gefasst, sie mit eben diesen neuen Kindern zu sehen.

Stattdessen entdeckte er sie an einem Tisch, draußen vor einem Café, mit Nele, seiner grauenvollen Schwester. Sie redeten und lachten. Und für Jonah sah es nicht danach aus, als seien sie sich fremd.

Ich weiß, was in diesem Augenblick passiert ist, dafür musste Jonah kein einziges weiteres Wort zu mir sagen. Sein Herz ist gebrochen. Ein zweites Mal. Und damit der Damm, der meine Tränen zurückgehalten hat. Und so stehen wir hier, stehen einfach da, minutenlang, eng umschlungen. Ich spüre die Hitze in meinem Nacken und bin mir nicht sicher, ob Jonah ebenfalls weint.

Es ist einer der traurigsten Momente in meinem Leben. Und obwohl ich nie mehr Schmerz für einen anderen Menschen empfunden habe als genau hier, genau jetzt, für Jonah, fühle ich mich so, als wäre ich exakt zur richtigen Zeit am richtigen Ort, mit der unzweifelhaft richtigen Person.

Um uns herum tost der Wind über Glastonbury Tor und ich hatte recht, und alle anderen auch – dies ist ein magischer Ort, voller Kraft und Energie und … Hoffnung?

31

Jonah

Es lassen sich vierzehn Narben zählen auf meinem Rücken, zwei auf meinem linken Unterarm. Dass es nicht mehr sind, liegt daran, dass nicht jede Wunde Spuren hinterlässt; dass es so viele sind, spricht Bände über die Beziehung zwischen Nele und mir. Ich habe Liv gesagt, es habe gedauert, bis ich dreizehn war, um groß genug zu werden, die Sache zu beenden. Die Wahrheit ist, es wäre gut schon ein bis zwei Jahre vorher möglich gewesen, physisch zumindest. Mental allerdings … mental brauchte ich vermutlich noch die Zeit, um zu begreifen, in welchem Leben ich da feststeckte und dass es in der Tat meine eigene Familie war, die mir dieses Leben zur Hölle machte.

Ich kann die Wut nicht zügeln, die jedes Mal in mir aufkocht, wenn ich an einen von ihnen denke. An meine Mutter, die ging, als ich fünf war und Nele zwölf. An meinen Vater, der uns in Ganztagsbetreuung gab, darüber hinaus nie da war und die Augen verschloss. An Nele, die von ihm genötigt wurde, auf ihren kleinen Bruder aufzupassen – schon mit zwölf –, und die daraufhin ein ungeahntes Aggressionspotenzial entwickelte, das sie an niemand anderem auszuleben wusste als an einem sehr viel schwächeren Familienmitglied.

Ich habe nicht mit ihr gesprochen, seit ich mit sechzehn ausgezogen bin, nicht ein Wort. Keine gemeinsamen Weihnachten, keine Geburtstage, keine gottverdammten anderen Anlässe. Anfangs hatte ich noch Kontakt zu meinem Vater, sporadisch, weil ich noch einige Unterschriften von ihm brauchte, solange ich noch nicht volljährig war. Seit meinem achtzehnten Geburtstag habe ich ihn zweimal gesehen. Er hat keine Ahnung, was er falsch gemacht hat, und das ist vermutlich besser so. Für ihn.

Das, was mich darüber hinaus am meisten quält, ist der Gedanke, dass ich meine Freunde angelogen habe. Vor allem Dejan.

Die Narben, habe ich ihm gesagt, sie stammen von diversen Zusammenstößen auf dem Skateboard, da war ich noch klein.

Der Umzug, habe ich ihm gesagt, sei notwendig geworden, weil unser Gymnasium keinen Kunst-Leistungskurs hat. Als hätte ich jemals Leistungskurs Kunst gewählt. Auch Dejan war skeptisch, doch bis heute weiß mein bester Freund nicht, dass ich die Schule gar nicht gewechselt habe, sondern geschmissen, um Geld zu verdienen für mein WG-Zimmer und meinen Lebensunterhalt. Letztendlich nämlich bin ich ein überzeugender Lügner. Auch wenn ich wünschte, ich wäre es nicht. Ich drücke Liv an mich, fester, mehr, und wünschte, wünschte, wünschte, ich hätte sie niemals angelogen. Und ich will es wiedergutmachen. Ich würde es so wahnsinnig gern wiedergutmachen.

Als wir uns voneinander lösen, als ich endlich bereit bin, sie loszulassen und ihr wieder ins Gesicht zu sehen, sind Stunden vergangen, zumindest kommt es mir so vor. Und als wir nach draußen treten, ist die Sonne bereits aufgegangen.

»Wir haben ihn verpasst«, murmle ich und werfe Liv einen entschuldigenden Blick zu. »Shit, tut mir leid. Wir sind extra hier hochgekommen, um den Sonnenaufgang zu sehen, und jetzt …«

»Es ist perfekt«, sagt sie, während wir langsam um den Turm herumgehen und die Landschaft in uns aufnehmen. Unendlich viel Wiese fällt den Hügel hinab und sie schimmert in zahllosen Grüntönen dort, wo die Sonne ihre Strahlen auf sie wirft. Ein paar Schritte weiter glitzern Gras und Bäume beinahe bläulich, die dicken, dunklen Regenwolken ein turmhohes, bedrohliches Monster darüber.

»Wow.« Ich kneife die Augen zusammen. Wenn ich mich nicht komplett täusche, liegt in dieser Richtung das Festival.

»Es heißt, in Großbritannien kann man bis zu vier Jahreszeiten an einem Tag erleben«, sagt Liv.

Ich betrachte sie, wie sie den Himmel betrachtet. Noch nie im Leben habe ich vor jemandem so blankgezogen wie vor ihr, und ich weiß nicht, was ich erwartet habe. Bedauern auf jeden Fall. Verachtung vielleicht. Dass sie mich anders wahrnimmt als vorher. Aber jetzt, als sie mich ansieht, entdecke ich nichts davon in ihrem Blick, nicht einmal mehr das Mitleid von eben. Stattdessen … Zuneigung. Ja, das ist es wohl. Sie sieht mich an, wie jemand etwas ansieht, das er sehr gernhat. *Und ich habe dich gern,* denke ich. *Egal, was es mich kostet.* Und ich weiß nicht, weshalb ich dachte, Liv sei nicht mein Typ, ich habe ehrlich keine Ahnung. Habe ich überhaupt einen Typ? Sollte man einen Typ haben? Wenn man davon ausgeht, dass meine Beziehungen bisher ohnehin nur … ja, was waren die? Fake? Nicht wirklich. Sie waren …

einfach da. Haben sich warum auch immer gerade ergeben. So lange, bis es sich eben ergab, dass sie zu Ende waren, und dann kam die nächste.

Liv ist ein sehr schönes Mädchen. Und, soweit ich es beurteilen kann, ein wunderbarer, humorvoller, liebenswerter Mensch. Und ich bin ziemlich froh darüber, dass sie nicht in meiner Nähe lebt, dass wir uns nach diesem Festivalwochenende nie wieder sehen werden, weil ich ansonsten Gefahr laufen würde, sie in die Reihe meiner einfach so da gewesenen Beziehungen einzureihen, und da gehört sie ehrlich nicht hin. Sie hat etwas Besseres verdient. Jemand Besseren – jemand, der aus den richtigen Gründen mit ihr zusammen ist und nicht nur, weil es gerade bequem ist.

Wir sind stehen geblieben, und ich drehe mich im gleichen Augenblick zu ihr, in dem sie sich mir zuwendet. Mit einer Hand umfasse ich ihre Wange und streiche mit dem Daumen über ihre Lippen. Sie öffnen sich unter der Berührung. Und dann drückt sie einen Kuss auf meine Haut. Und noch bevor ich mich vorgebeugt habe, bevor sie sich auf die Zehenspitzen stellt, bevor unsere Lippen sich magnetisch aufeinander zubewegen, bevor ich die Hand in ihren Haaren vergrabe und sie ihre Arme um meine Taille schlingt, bevor wir uns einatmen, uns küssen, bevor Fingerspitzen auf unbekanntem Terrain eine Gänsehautspur nach sich ziehen, habe ich einen Entschluss gefasst.

Einfach da sein ist nicht mehr genug. Es wird sich nichts mehr *gerade ergeben.* Und es wird sich nicht mehr leer und hilflos anfühlen, verdammt noch mal allein zu sein.

32

Liv

Von Glastonbury aus zurück aufs Festivalgelände zu kommen ist ein Kinderspiel – es trocken zu erreichen, dagegen weniger. Wir fahren direkt hinein in die schwarze Wolkenwand, und sobald wir aus dem Pick-up des alten Bauern springen, der uns mitgenommen hat, zerplatzen auch schon die ersten Tropfen auf meinem Kopf. Mit einem Griff ziehe ich meinen Sonnenhut hervor und setze ihn auf. Meine Haare, ungefähr so dick und stur wie Tante Mafalda, lassen sich schon im trockenen Zustand kaum bändigen, nass pflastern sie sich um mein Gesicht wie Medusas Schlangennest.

Donner grollt. Vor Schreck lasse ich meine Tasche fallen.

»Scheiße, das sieht ganz und gar nicht gut aus. Vielleicht sollten wir ins Zelt gehen, bis das hier vorbei ist.«

»Ist das jetzt der Zeitpunkt, wo du doch noch versuchst, mich ins Bett zu kriegen, Jonah Gerat?«

Unter der Hutkrempe hervor blinzle ich ihn an, doch gerade, als er den Mund öffnet, um mir zu antworten, kracht noch einmal Donner über uns, so laut, dass selbst er zusammenzuckt.

»Überredet«, sage ich schnell und laufe ohne ein weiteres Wort in Richtung Eingang.

In der Theorie ist das mit dem Zelt eine richtig gute Idee, das Problem ist nur … Jonah ist nicht sicher, wo genau sich seines befindet.

»Das darf echt nicht wahr sein«, murmelt er, während er mich eher ziellos zwischen den unzähligen Zelten hinter sich herzieht. »Als hätte ich das Problem nicht schon mal gehabt.« Das bevorstehende Unwetter begünstigt unsere Suche nicht gerade. Noch hat es nicht wirklich angefangen zu regnen, doch das wird es, es liegt in der Luft. Die schweren Tropfen, die die Zeltdächer um uns herum wie Trommelfelle bespielen, werden lauter und ungeduldiger mit jedem unserer Schritte.

Als Jonah stehen bleibt, renne ich in ihn hinein. Er sieht in die Wolken, dann nach rechts. »Da drüben sind Duschen«, sagt er und zeigt in Richtung einer Reihe Sanitärcontainer. »Sollen wir uns da unterstellen?«

Ich folge seinem Blick, und sofort fällt mir die Situation vor den Dixiklos wieder ein, und das Verlangen, auch nur in die Nähe der Kabinen zu kommen, sinkt in den Minusbereich. »Ich bin doch schon nass«, sage ich.

»Und ich wette, das geht noch schlimmer.«

Jonah dreht sich zu mir, rückt mir den Hut tiefer ins Gesicht und streicht mit der Rückseite seines Zeige- und Mittelfingers über meine Wange. Er kann mich lesen, das spüre ich. Er weiß genau, was ich denke, und, mehr noch: Es ist ihm nicht egal, es ist ihm wichtig. Und … *Gott,* ich möchte ihn noch mal küssen. Ich möchte mit ihm in dieses Zelt. Ich möchte …

Er zieht mich weiter. Mein Pullover ist gut durchnässt mittlerweile, die Hose an den Knöcheln feucht, doch als ich einen Blick auf meine Gummistiefel werfe, muss ich lächeln. Haben sie sich letztlich doch noch bezahlt gemacht. Und gestern Morgen, als ich sie angezogen habe, mehr in Trance als

einer bewussten Entscheidung folgend, weil ich so aufgewühlt war wegen des Streits mit Laurent – gestern Morgen,
wer hätte da gedacht, dass ich heute hier damit durch den
Matsch laufe und mich fühle, als sei mein ganzes Leben auf
den Kopf gestellt worden? Ich werde nach Berlin fahren,
sobald ich wieder in Deutschland bin, und ich werde mit
Laurent sprechen. Ich werde ihm sagen, dass er es nicht verdient hat, für jemanden nicht die oberste Priorität zu sein,
genauso wenig wie ich. Und, wer weiß, vielleicht müssen
wir uns auch beide erst einmal selbst finden, bevor wir anfangen, ein passendes Gegenstück zu suchen? Wir zwei füreinander sind es nicht, das weiß ich jetzt. Und ich weiß auch,
dass ich Marvin nicht mehr liebe. Dass ich mich niemals so
gefühlt hätte auf diesem magischen Tor in Glastonbury, dass
mich Jonah niemals hätte so berühren können, *mein Herz*,
wenn es nicht offen gewesen wäre dafür.

Und das hat er. Mich berührt. Mit dem Vertrauen, das er
mir geschenkt hat. Und ich möchte das gern zurückgeben.
Möchte ihm sagen und zeigen, wie besonders er ist.

»Oh, Scheiße.«

Und jetzt geht es los. Als habe der Himmel genug davon,
halbherzig ein Donnerwetter anzukündigen, als sei der Regen bislang nur Vorspiel gewesen. Es klingt, als würden die
Wolken über uns im wahrsten Sinne brechen, und dann er-
gießt sich ein Schauer über uns, schwer, nass, heftig, verrückt.

»*Scheiße*«, wiederholt Jonah, doch er lacht jetzt. Ich beginne ebenfalls zu kichern, und japsend und prustend laufen
wir weiter bis zu einem einzelnen Baum, der zwischen den
Zelten emporragt.

»Wette gewonnen«, sagt Jonah.

»Hm?«

»Ich hab dir gesagt, es geht noch schlimmer.«

Er wischt sich mit beiden Händen über das Gesicht, das nass ist, triefend nass, so wie seine Kleidung, seine Schuhe, einfach alles. Ich sehe an mir hinunter, das gleiche Bild, dann wieder ihn an. Jonahs Haare wirken jetzt noch dunkler, als sie ohnehin schon sind, Wasser tropft aus den Strähnen, eine glitzernde Perle hat sich in seinen Wimpern verfangen. Er sieht zum Anbeißen aus. Und mein Herz hämmert, als wollte es meinen Brustkorb zerschlagen. Der Regen? Die Kälte? Vergessen. Ich mache einen Schritt auf ihn zu. Und als über uns Donner grollt, dunkel und Furcht einflößend, habe ich die Arme bereits um seinen Hals geschlungen und die Lippen auf seine gepresst. Und Jonah, er gibt einen überraschten Laut von sich, bevor er erst meine Umarmung erwidert und dann den Kuss und alles irgendwie außer Kontrolle gerät.

Wir taumeln gegen den Baumstamm. Ich fühle das Kratzen der Rinde durch den Pullover an meinem Rücken, und es macht mir nichts, rein gar nichts. Jonahs Hände graben sich in meine Haare. Meine haben sich hüftaufwärts unter sein T-Shirt geschoben. Und wir küssen uns wie wahnsinnig, ungestüm und entfesselt, wie der Regen über uns, als wollten wir den anderen verschlingen. Ich befinde mich ansatzweise im Delirium, als mich erneuter Donner wachrüttelt und ich mich in einer ungeheuren Kraftanstrengung von Jonahs Lippen löse.

»Baum … Gewitter … Blitz«, stoße ich keuchend hervor und Jonah blinzelt mich verwirrt an.

»Wo ist das Zelt?«

Es dauert einige weitere Sekunden, in denen er unaufhörlich mein Gesicht mustert, Augen, Lippen, Augen, Lippen, und dann: »Shit.« Er blickt zur Baumkrone hinauf und wieder mich an. »Keine gute Idee, bei Gewitter unter einem Baum zu stehen.«

Ich schüttle den Kopf. Es schüttet, noch stärker als vorher, auch wenn ich das kaum für möglich gehalten hätte, und natürlich lässt auch das Blätterdach über uns Regen durch, wenn auch gebremst.

Jonah löst sich von mir und macht einen Schritt nach hinten, bevor er nach meiner Hand greift und mich vom Baumstamm wegzieht. »Lass uns gehen.«

»Wohin?«

»Ins Zelt. Ich bin mir ziemlich sicher, es ist da drüben. Nicht sehr weit von hier.«

»Wir werden in unseren Sachen schwimmen, bis wir dort ankommen.«

»Hast du nicht vorhin gesagt, noch nasser geht nicht?«

»Womöglich sollten wir unsere Sachen ausziehen, wenn wir da sind, sonst werden wir noch krank.« Der Satz ist mir rausgerutscht, und bevor ich realisiert habe, was genau ich gerade vorgeschlagen habe, laufe ich rot an.

Jonah sieht auf mich herunter. Er räuspert sich. »Ich weiß nicht, ob es eine gute Idee ist, wenn wir beide in einem etwa anderthalb Quadratmeter großen Zelt unsere Klamotten ausziehen.«

»Ähm …«, setze ich an, doch dann klappe ich den Mund wieder zu. Für den Bruchteil einer Sekunde schießt mir der Gedanke durch den Kopf, dass *nasse Sachen ausziehen* wohl auch bedeutet, dass Jonah mehr von mir zu sehen bekommt, als gut für mich ist. Doch auf der anderen Seite würde ich ihm wirklich gern nah sein. Näher als jetzt. Näher als oben auf dem Tor. Näher, näher, näher.

»Wir könnten das Licht ausmachen«, schlage ich schließlich vor, und dann sehe ich zu, wie sich Jonahs Lippen ganz allmählich zu einem breiten, wunderschönen Lächeln verziehen.

»Da drüben«, wiederholt er und deutet in die Richtung, in der die etwas kleineren Wohnwagen geparkt sind. »Ziemlich nah bei den Bussen. Okay?«

Ich nicke.

»Bereit?«

»Absolut«, bestätige ich.

Wir rennen los und ich japse auf, als eiskalte Tropfen wie Nägel auf meine Haut treffen, meine Arme, meinen Rücken. »O mein Gott!« Ich muss lachen, so absurd stark ist dieser Schauer, es donnert und platscht auf uns nieder, prallt ab von der plattgetrampelten Erde und wieder zu uns herauf.

Ich lache und Jonah drückt meine Hand.

Und wieder laufen wir durch die Katzen und Hunde, die es vom englischen Himmel regnet, im Zickzack zwar, doch diesmal mit dem erlösenden Ziel vor Augen.

Bis wir Jonahs Einmannzelt erreicht haben, sehen wir aus, als seien wir einem Teich entstiegen, doch aus einem mir unerklärlichen Grund kann ich nicht aufhören zu lachen. Jonah lacht nun ebenfalls. Er kämpft mit dem Reißverschluss des Zelteingangs, während ich hinter ihm von einem Fuß auf den anderen trete, nass bis auf die Knochen, voller Adrenalin und zusätzlich unglaublich nervös, denn bitte – wir wissen beide, was passiert, wenn wir in dieses Zelt kriechen. Mir ist nur nicht klar, ob wir auch *wirklich wissen*, was wir da tun.

33
Jonah

Ich bin nicht sicher, ob das so eine gute Idee ist, und das macht mich so scheißnervös, dass ich den blöden Reißverschluss am Eingang des Zelts immer mehr verhake, statt ihn zu öffnen, bis er sich endlich doch löst und mit einem Ruck nach oben schießt. Hinter mir hört Liv nicht auf zu kichern. Ich denke, wir sind beide völlig überdreht, aber auch schwindlig vor Aufregung. Ich bezweifle, dass wir tatsächlich zurechnungsfähig sind. Vermutlich sind wir es nicht. Würde es nicht aus Kübeln gießen, ich hätte Liv niemals hierhergebracht. Wir wären längst wieder auf dem Hügel über dem Ribbon Tower, zwischen all den Schnapsleichen, aber zumindest sicher davor, die Hände nicht voneinander lassen zu können.

Ich bedeute ihr, zuerst ins Zelt zu kriechen, und bereue die Entscheidung sofort, als mein Blick auf all die verstreute Wäsche fällt, die den Boden bedeckt. Wahllos greife ich nach T-Shirts, Jeans, Unterhosen, raffe alles hektisch zusammen und stopfe es in den Rucksack, der in einer Ecke lehnt. Anschließend breite ich meinen Schlafsack über der Decke aus, die ich über die Luftmatratze geworfen hatte, und nach einem weiteren prüfenden Blick erkläre ich Liv schließlich, sie könne sich setzen.

»Wow, du bist wirklich gut ausgerüstet«, sagt sie, während

sie sich hinkniet und in dieser Position verharrt. »Mit Luftmatratze und allem.«

»Nichts davon gehört mir. Das ganze Zeug ist von Dejan.
Er braucht das Zelt nicht, weil er mit Vanessa im Bus schläft,
und nachdem er mich dazu überredet hat, mit hierherzu-
kommen, hat er es mir überlassen.«

Sie sieht sich um, streicht mit den Fingern über den knis-
ternden Schlafsack.

»Es ist dunkel hier drin«, sagt sie. »Und es riecht ...«

»Ja, das. Sorry.« Ich rümpfe die Nase. »Die hygienischen
Zustände auf so einem Zeltplatz sind nicht ideal, und Lüften
ist auch schlecht, für den Fall, dass es regnet, sozusagen, aus
allen Himmelsrichtungen, so wie jetzt.«

»Nach dir, wollte ich eigentlich sagen.«

»Hm?«

»Es riecht nach dir.«

»Oh. Ah. Okay.«

Ich hocke mich ebenfalls hin, setze mich im Schneidersitz
vor sie und stütze mich mit den Händen nach hinten ab.
Dann beuge ich mich wieder vor, fange an, an der Decke herumzuzupfen, ich weiß auch nicht.

Als ich aufblicke, sieht Liv mich an, fragend und unsicher.
Ihre Haare sind klitschnass. Und sie zittert, auch wenn sie
sich Mühe gibt, es sich nicht anmerken zu lassen.

»Alles klar.« Ich knie mich hin, greife nach dem Saum meines T-Shirts. »Ich hatte gehofft, das zu vermeiden, aber wir
müssen die nassen Sachen ausziehen, okay?«

Liv beginnt zu lachen. »*Ich hatte gehofft, das zu vermei-
den ...*«, wiederholt sie spöttisch und ich ziehe grinsend mein
T-Shirt über den Kopf und werfe es anschließend nach ihr.
Sie wirft es zurück.

»Pullover. Jetzt. Er trieft.«

Ich greife nach meinem Rucksack und krame zwischen all den benutzten Sachen ein langärmliges Shirt hervor – das letzte noch saubere – und ein Handtuch, und beides reiche ich Liv. »Zieh dich um. Ich schau nicht hin.«

Womit ich mich umdrehe, nach einem T-Shirt suche, das zwar auch nicht mehr frisch, aber noch in Ordnung ist, es überziehe und mit dem von vorhin über meine nassen Haare rubble.

»Fertig?«

Liv räuspert sich. »Äh, noch nicht ganz.«

Ich höre das Rascheln und Schaben von Stoff und frage mich, ob sie gerade erst damit begonnen hat, sich umzuziehen. Weil sie vorher damit beschäftigt war, mir dabei zuzusehen? Ich reibe mit beiden Händen über mein Gesicht. Es ist keine gute Idee, überhaupt nur in Erwägung zu ziehen, hier und jetzt einen Schritt weiter zu gehen, nicht mit Liv. Ich habe es mir schon einmal gesagt, aber ich sage es mir gern noch mal, so lange, bis ich es begreife: Sie hat etwas Besseres verdient als einen bindungsunfähigen Idioten, der noch dazu zig Kilometer von ihr entfernt lebt und zu allem Überfluss gestern noch mit einer anderen geschlafen hat. Kapiert, Jonah? Bei dem Gedanken kehrt ein Anflug von Übelkeit zurück.

Es geht nicht. Es geht einfach nicht.

Ich räuspere mich und beginne mit: »Hör mal«, im gleichen Augenblick, in dem sie ruft: »Okay!«

Ich drehe mich um und Liv liegt auf der Luftmatratze, meinen Schlafsack bis unter ihr Kinn gezogen.

»Gott, ist das kalt«, bibbert sie, und beinah kann ich ihr Zähneklappern hören. Dann fällt ihr Blick auf meine Jeans.

»Du musst die Hose ausziehen. So werden wir nie wieder warm.«

Wir, denke ich. Unter einer Decke, denke ich. *Shit.*

Liv nickt mir zu und kneift dann ihre Augen zusammen.

Ich betrachte sie einige Sekunden länger, als ich sollte, bevor ich mich in dem engen Zelt aufrichte und meine Jeans ausziehe. Dann greife ich nach einer trockenen Hose, schlüpfe hinein und lege mich neben sie.

34

Liv

Als ich die Augen aufschlage, liegt Jonah auf dem Schlafsack neben mir, mit so viel Sicherheitsabstand, wie der wenige Platz zulässt, und er ist vollständig angezogen. Im Gegensatz zu mir, die ich lediglich in einem *seiner* T-Shirts plus Unterhose unter *seinem* Schlafsack liege und mir sofort furchtbar dämlich dabei vorkomme. Schlimmer noch, allzu bekannte Unsicherheit schiebt sich zurück in mein Bewusstsein, Gedanken wie: Bist du verrückt geworden, Liv? Was bildest du dir ein? Klar, er hat dich vorhin geküsst, als gäbe es kein morgen. Aber du hast ihn ja praktisch überrumpelt! *Du* hast den ersten Schritt getan! Und sieh dich an. Sieh seine Exfreundin an!

Meine Hand verkrampft sich um die Ecke des Schlafsacks, den ich dicht an meine Brust gepresst halte. Ich habe die Zeichen missdeutet. Mir irgendetwas eingebildet. Und jetzt, hier, vielleicht durch den kalten Regenguss, ist Jonah wieder zu sich gekommen.

Ich warte einige Sekunden darauf, dass er etwas sagt oder sich zumindest zu mir dreht, um mich anzusehen, doch er tut es nicht. Er liegt da, auf dem Rücken, den Blick auf das Dach des Zelts gerichtet, das der Regen unaufhörlich bearbeitet, als wollte er sich einen Weg zu uns ins Innere bahnen. Das trommelnde Geräusch hat etwas Anheimelndes, das in überwältigendem Kontrast zu der angespannten Stimmung in diesem Zelt steht. Ich frage mich, ob Jonah die Situation ähnlich empfindet. Ob er überhaupt mitbekommt, welche Gedanken in meinem Kopf kreisen. Als ich die Stille nicht länger ertrage, frage ich:»Wie spät ist es? Vielleicht ist es besser, ich gehe zu meiner Tante zurück. Ich meine, ich habe ihr versprochen, ihr beim Saubermachen des Trucks zu helfen, und … Sie wird jetzt vermutlich noch schlafen, aber ich könnte schon mal anfangen und, ich weiß nicht, mit der Vorreinigung oder etwas in der Art, ich …«

Ich klappe den Mund zu, als Jonah mir endlich doch sein Gesicht zudreht.»The Baaalls«, sagt er, lang gezogen wie das Grinsen auf seinem Gesicht.

Ich lächle ebenfalls, etwas gequält allerdings.

»Weißt du, warum ich mich bei euch am Stand angestellt habe?«

»Weil du Linsenfalafel essen wolltest?«

Jonah schüttelt den Kopf. Bis er mit der Bewegung fertig ist, ist das Grinsen auf seinem Gesicht verschwunden.»Ich wollte dich noch mal sehen. Aus der Nähe, meine ich. Nachdem du mir am Morgen aufgefallen warst. Neben dem Foodtruck, mit *Laurent*.«

Meine Lippen öffnen sich, kein Ton kommt heraus. Ich blinzle Jonah an. Nach wie vor haben wir einander die Köpfe zugewandt, während die Körper daliegen wie in einem Sarg; flach, schmal, die Arme dicht an die Seiten gepresst, um nur ja nicht auf die Idee zu kommen, den anderen zu berühren. Ich mustere Jonahs Gesicht, so wie ich es heute schon viele, viele Male getan habe. Die dunkelgrünen Augen mit den dichten Wimpern. Die Haut, die beinah so weich aussieht wie die eines Mädchens. Die schönen, sanft geschwungenen

Lippen. Unfassbar, wie vertraut einem jemand sein kann, den man vor vierundzwanzig Stunden noch nicht einmal kannte. Und unfassbar, dass dieser Junge sich für mich interessieren könnte.

»Ich will nicht wieder damit anfangen«, erwidere ich schließlich, »aber ich bin wirklich nicht dein Typ.«

Jonah stöhnt, dann lacht er. »Himmel. Hör endlich auf damit. Selbst wenn ich so festgelegt wäre, was übrigens nicht der Fall ist, wüsstest du nicht genug darüber, um dich von vorneherein auszuschließen. Was ist das mit dir und deinem Selbstwertgefühl? Wenn du mich fragst, hat Laurent da keine Glanzleistung vollbracht. Marvin übrigens auch nicht.«

»Es ist nicht Marvins Aufgabe, mein Selbstwertgefühl zu stärken«, murmle ich.

»Ach, nein?«

»Und er hat auch sehr wenig damit zu tun.«

Jonah mustert mich und mit einem Mal wird der Ausdruck in seinen Augen sanfter. »Was hat dann etwas damit zu tun, Liv Forest? Wer hat dir verschwiegen, dass du ein phänomenal hübsches Mädchen bist, das noch dazu unglaublich gut küssen kann?«

»O mein Gott, hör auf!« Ich ziehe mir den Schlafsack über das Gesicht.

Jonah greift danach und zieht in die entgegengesetzte Richtung. »Wirklich gut. *Richtig*, richtig gut.«

Ich betrachte ihn einige Sekunden lang. Dann schlucke ich, die Angst gleich mit. »Wenn meine Kussqualitäten so enorm sind, warum küsst du mich dann nicht?«

Schweigen. Er sieht mich nur an, so lange, bis ich mich unter seinem Blick zu winden beginne. »Okay, vergiss, dass ich das gefragt habe. Du wirst sicher deine Gr…«

»Ich habe mit Sally geschlafen.«

Ich klappe den Mund zu. Starre ihn an. »Du hast mit Sally geschlafen.« Ich weiß nicht, weshalb ich den Satz wiederhole, es macht ihn nicht besser. Obwohl mir gleichzeitig klar ist, dass es mich nichts angeht. Und ich keine Ahnung habe, weshalb er es überhaupt erwähnt.

»Ich weiß, dass ich gesagt hab, es wäre nichts gelaufen, aber das war gelogen. Und frag mich nicht, weshalb ich gelogen habe, denn ich weiß es nicht, es spielte in dem Augenblick überhaupt keine Rolle. Aber jetzt spielt es eine. Wenn wir uns jetzt nämlich küssen, jetzt und hier, dann werden wir das nicht so leicht stoppen können wie oben auf der Wiese oder eben unter dem Baum, und nachdem der Sex, den du bisher hattest, eventuell nicht der beste der Welt war, sollte es ganz sicher der nächste sein, den du besser nicht mit einem bindungsunfähigen Loser hast, der gestern noch mit einer anderen im Bett war und den du darüber hinaus vermutlich nie wiedersehen wirst.«

Ich öffne den Mund, um etwas zu sagen, dann schließe ich ihn wieder. Jonah löst seinen Blick von meinem und starrt erneut die Decke an. In der Stille, die seinen Worten folgt, trommelt der Regen noch einmal viel lauter. Ohrenbetäubend. Ich habe den Eindruck, als käme das Zeltdach auf mich zu, und ich hadere mit mir, ob ich es abwehren möchte oder mir wünsche, es möge mich für immer verschlucken, damit Jonah das, was ich ihm zu sagen habe, niemals zu hören bekommt.

»Du bist kein Loser«, beginne ich.

»Und du bist …« Abrupt bricht er den Satz ab und atmet tief ein, bevor er die Luft mit einem schweren Seufzen wieder ausstößt. Er sieht mich an. »Heute Morgen, als ich dich

da stehen sah, mit Laurent, da dachte ich ... Du hast so verloren ausgesehen. Genauso verloren, wie ich mich in dem
Augenblick gefühlt habe. Und ich dachte, hätte ich *dich* gestern Abend kennengelernt und nicht Sally, dann würde es
mir heute wesentlich besser gehen. Ich habe keine Ahnung,
weshalb ich das gedacht habe. Aber inzwischen weiß ich es.«
Er schüttelt den Kopf.»Nein, ich weiß es nicht, ehrlich gesagt. Ich weiß nicht, was das ist, und es hört sich bestimmt
völlig bescheuert an, aber ich fühle mich seltsam seit der ersten Minute, die wir zusammen verbracht haben. Und ... und
ich wünschte, ich hätte nicht mit Sally geschlafen.«

Ich blinzle Jonah an. Was auch immer ich ihm eigentlich
hatte sagen wollen, ist beinah in Vergessenheit geraten über
diesem Monolog; definiere *seltsam*, würde ich am liebsten for-
dern, aber ich tue es nicht. Und meine eigene kleine Rede
ist eben auch nur beinah in Vergessenheit geraten, und sie
fällt mir wieder ein, als sich Jonahs Blick auf meine Lippen
senkt. Als ich sie schließlich öffne, flüstere ich fast.»Ich bin
wirklich nicht dein Typ«, beginne ich, und Jonah will schon
protestieren, als ich fortfahre:»Ich bin eine dicke Person, die
es zufälligerweise gerade geschafft hat, ein paar Kilo abzu-
nehmen, mit der falschen Methode vermutlich und aus den
falschen Gründen, die jedoch nie davor gefeit ist, wieder zu-
zunehmen, weshalb sie Essen meidet und ... und Berührungen an gewissen ...« Ich presse die Lippen aufeinander.

Jonahs Stirn legt sich in Falten.»*Was?*«

Ich atme tief ein, darum bemüht, meine Nervosität in den
Griff zu bekommen. Jonah sieht mich an, doch er sieht mich
nicht so, wie ich wirklich bin. Er kennt mich überhaupt nicht.
Er sieht nur das Mädchen, das sich mühsam einigermaßen
schlank gehungert hat, nicht aber das Drama eines ganzen

Teenagerlebens, das dahinter verborgen liegt. Die Unzufriedenheit, das Unglücklichsein, die Hilflosigkeit, das Mobbing. Er sieht nicht die Verletzungen, die Rückfälle, die Heimlichkeiten. Und all das kann ich ihm unmöglich zeigen, es würde weit darüber hinaus gehen, was das hier ist – und welchen Sinn und Zweck es hat, dass wir zwei hier zusammen in diesem winzigen Zelt liegen.

Ich möchte so gern mit ihm schlafen. Ich möchte so, so gern mit ihm schlafen. Das mit Sally – es ist mir egal. Ich. Möchte. Mit. Jonah. Schlafen. Ich will ihn berühren und von ihm berührt werden, und gleichzeitig habe ich panische Angst davor. Und das Schlimmste ist, ich habe mir das selbst zuzuschreiben, jede einzelne Unsicherheit, über mich, mein Aussehen, meinen Körper. Ich hab mich vollgestopft, bis ich nichts mehr gespürt habe, nur um mich jetzt absolut leer zu fühlen, innerlich, während ich äußerlich geschrumpft bin und *geschrumpelt* und … Ich denke an Laurent. Wie wenig ich bereit war, von mir zu zeigen, von *mir*, aber auch von meinem Körper, selbst wenn wir zusammen in einem Bett lagen. Wie oft ich vermieden habe, dass es überhaupt dazu kommt. Es war … Ich habe mir selbst so viel kaputt gemacht, ich …

»Liv?« Jonah hebt den Kopf.

»Hm?« Ich schniefe. *Oh, na wundervoll, jetzt fang auch noch an zu heulen.* Verstohlen tupfe ich mir Tränen aus dem Augenwinkel, doch Jonah merkt natürlich, was los ist.

»*Weinst du?*«

»Nein.«

»Komm schon.«

»Was?«

»Liv.«

»Jonah?«

»Hältst du mich für dumm?«

Noch einmal schniefe ich, wische mir über die Augen und sehe ihn an. »Na ja, nicht direkt dumm, ich würde eher sagen ...« Und weiter komme ich nicht. Jonah hat sich über mich gebeugt und seine Lippen auf meine gelegt, ganz leicht, ganz sanft, in Zeitlupe. Genauso langsam löst er sich wieder von mir, doch er bleibt mit seinem Gesicht dicht über meinem, sieht von einem Auge in das andere, *so* nah sind wir uns, geduldig. Abwartend. Als ich es nicht mehr aushalte, flüstere ich schließlich: »Jeder hat Narben, stimmt's? Nur im Gegensatz zu dir habe ich mir meine selbst zugefügt.«

35

Jonah

Ich sehe Liv an, doch am liebsten würde ich es nicht tun. Ihre Augen glitzern feucht und sie sehen so traurig aus, dass ich es kaum aushalten kann. Ich drehe mich zu ihr, meinen ganzen Körper, und schmiege eine Hand an ihre Wange. Ich weiß nicht, was ich dazu sagen soll, und nicht, was sie so traurig macht, also halte ich am besten die Klappe, nehme ich an.

»Hättest du mich vor einem Jahr kennengelernt, du hättest dich sicher nicht nach mir umgedreht.«

»Woher …«, setze ich an, doch dann belasse ich es dabei. Ich meine, ich drehe mich auch nach schlanken Mädchen nicht um, heute nicht und vor einem Jahr nicht, aber vermutlich hat sie trotzdem recht, und ich mache mir und ihr etwas vor, wenn ich es leugne. Ich sage also nichts, doch als sie Anstalten macht, meine Hand von sich zu schieben, halte ich mit etwas Druck dagegen.

»Ich glaube, wenn du vor dem Spiegel stehst, siehst du eine völlig andere Person als ich. Ich sehe ein superhübsches Mädchen mit einem echt schönen Lächeln und ziemlich vielen, wirren Haaren, in die man in einer Tour hineinfassen möchte. Ich sehe blaue Augen, groß und ausdrucksstark. Und Lippen …« Ich streiche mit dem Daumen ihre Unterlippe entlang und spüre Livs Zittern unter meiner Fingerkuppe. »Diese Lippen will man immer nur küssen.« Ich starre darauf. Auf Livs Lippen. Sie streicht mit der Zunge über die Stelle, die ich gerade berührt habe, dann beißt sie leicht mit den Zähnen darauf, und innerlich stöhne ich auf. Sie hat keine Ahnung, wie sexy sie ist, so viel ist klar.

»Das ist das Komische daran«, flüstert sie. »Selbst als ich noch zwanzig Kilo mehr gewogen habe, gab es Typen, die mit mir schlafen wollten.« Im Liegen zuckt sie mit den Schultern. »Sie wollten mich nicht als Freundin, aber … ich weiß nicht … mit mir rumzumachen war scheinbar schon immer eine gute Idee.«

Sie sieht mich an und plötzlich beginnt sie zu lachen.

»Was?« Ich runzle die Stirn.

»Du siehst so schuldbewusst aus.«

»Ich …« *Shit.* Was bin ich für ein Heuchler? Habe ich nicht gerade eben genau daran gedacht? Wie sexy Liv ist? Ich ziehe meine Hand zurück und lasse sie unentschlossen zwischen uns auf dem Schlafsack liegen. Liv greift danach und drückt sie.

»Jonah?«

»Ja?«

»Du musst dazu nichts sagen. Ich habe es dir auch nur erzählt, um dir klarzumachen, dass du kein Loser bist, dass jeder von uns Narben mit sich herumschleppt und dass der Sex in meinem Leben bislang keine sonderlich große Rolle gespielt hat, was vor allem damit zu tun hat, dass … man sich dafür ausziehen muss. O mein Gott, ich kann nicht glauben, dass ich das gerade gesagt habe.« Sie schlägt die Hände vors Gesicht und lacht, blinzelt schließlich zwischen ihren Fingern hervor. »Weshalb ich selbst nicht verstehe, dass ich in unserem Fall denke, wir sollten eventuell … wir könnten … Also, ich meine, es wäre sicherlich … wenn wir …«

Es hilft nichts, ich fange an zu lachen.

»Jonah fucking Gerat, du wirst mich nicht wieder auslachen!«

Ich lache noch ein bisschen lauter. »Hast du gerade *fucking* gesagt?«

»Wenn das mal nicht das Thema der Stunde ist«, grummelt Liv.

Ich mustere sie, während das Grinsen langsam wieder von meinem Gesicht verschwindet.

»Jonah.« Liv sieht mich an, unsicher und irgendwie erwartungsvoll.

Und so, als wäre da noch etwas.

Ich hebe die Brauen. »Was noch?«, flüstere ich.

»Diese Narben«, wispert Liv. »Sie sind nicht nur auf meiner Seele. Ein paar davon finden sich auf meinen Hüften, und einige am Bauch. Und ich weiß nicht … Immer wenn … Ich bin …«

Sie gibt einen frustrierten Laut von sich, und womöglich ist das der Moment, in dem ich mich ein kleines bisschen in Liv Forest verliebe. Weil sie unglaublich ist. Und keine Ahnung davon hat. Weil sie … *sie* ist. Vermutlich ist es so einfach. Oder weil wir gemeinsam *wir* sind. Weil ich mich bis zu einem gewissen Grad mitverantwortlich fühle dafür, dass sie diesen Mut aufgebracht hat. Vor ein paar Stunden, als wir uns am Veggie-Stand ihrer Tante zum ersten Mal gesehen haben, war sie noch eine andere, genau wie ich noch ein anderer war. Jemand, der bislang keiner Menschenseele von Nele erzählt hat und davon, dass der vorgetäuschte Schulwechsel gar keiner war. Der zum ersten Mal sein Schweigen gebrochen hat, noch dazu einem Mädchen gegenüber, das er kaum kennt.

Und Liv … Ich stütze mich auf den Ellbogen, um mit der einen Hand in ihre dichten, noch feuchten Haare zu greifen, während ich mit meinen Lippen ihre berühre. Liv hat mir ihr Geheimnis verraten, so wie ich ihr meines, und das macht uns zu Komplizen, mindestens das.

36

Liv

O Gott, das fühlt sich an wie … Ich seufze, während ich die Augen schließe und versuche, mich ganz auf das Hier und Jetzt zu konzentrieren, auf Jonah, der mich küsst, als wollte er mir etwas beweisen, dessen Hand erst durch meine Haare fährt, bevor sie fast gemächlich an meinem Körper entlang streicht, den Hals hinab, über die Arme zu meiner Taille, um sich in dem Stoff des T-Shirts zu vergraben, das ich mir von ihm geborgt habe. Sein Geruch umhüllt mich. Seine Wärme durchdringt meinen Körper, trotz des Schlafsacks, der uns nach wie vor großflächig separiert. Ich versuche, mich nur auf ihn zu konzentrieren, auf das, was er in mir auslöst, aber es gelingt mir nicht. Marvins Bild flimmert vor meinen geschlossenen Augen, und wie einen Luftballon schicke ich meine Gefühle für ihn weg von mir, sie schweben mit meinen Gedanken davon.

Jonahs Hand schiebt sich unter den Rand meines Shirts, während ich zunächst die unliebsame Decke wegstrample, um dann in die kurzen Haare in seinem Nacken zu greifen. Er liegt halb über mir, er küsst mich, so aufregend und intensiv wie mich noch niemand vor ihm geküsst hat, und ich spüre, wie mit jeder Bewegung seiner Fingerspitzen die Schmetterlinge in meinem Bauch tiefer rutschten, tiefer, noch tiefer. Seine Hände dagegen wandern höher, unter dem Stoff, über meine nackte Haut bis zur Unterseite meines BHs, wo sie zaghaft entlangstreichen, darunter, darüber, er macht mich wahnsinnig mit diesen Berührungen.

Unter seinen Händen bäume ich mich auf, weshalb unser Kuss abbricht und mir ein heiseres »Jonah« herausrutscht, bevor ich einmal tief einatme und dann wieder aus.

»Nein?«, flüstert er in mein Ohr, während er für den Moment absolut stillhält.

Ich schlucke. Dann hebe ich den Kopf, sehe in seine fragenden Augen, beuge mich vor und ziehe seine Unterlippe zwischen meine Zähne. Ich knabbere daran, während meine Fingerspitzen seinen Hals ertasten und Jonah unter meinen Berührungen erzittert.

»Nicht nein«, flüstere ich. »Auf keinen Fall *nein*.«

Er muss doch wissen, dass sich das hier völlig anders anfühlt als alles, was ich bislang erlebt habe. Oder vielleicht sollte er es besser nicht wissen, denn immerhin bleiben uns nur noch ein paar Stunden, bis er zurückfährt nach Deutschland, und er soll kein schlechtes Gewissen haben – kein schlechtes Gefühl, weil er sich in dem Bewusstsein verabschiedet, der beste Sex meines Lebens gewesen zu sein.

Bei dem Gedanken habe ich womöglich einen Laut von mir gegeben, denn wieder rückt Jonah ein Stück von mir ab und sieht mich verunsichert an. »Was?«

Ich finde es erstaunlich, wie unmittelbar er auf meine Stimmungen reagiert, und noch erstaunlicher finde ich, dass es mir trotz all der Seifenblasen, die durch meine Adern ploppen, nicht gelingt, meinen dummen, grübelnden Kopf abzuschalten.

»Gar nichts«, erwidere ich. »Ich dachte nur gerade daran, dass du in ein paar Stunden nach Hause fährst. Und ob du wissen solltest, dass du der beste Sex meines Lebens gewesen bist. Oder nicht.«

Eine ganze Weile schweigt Jonah, seine Augen funkeln dunkel. »Dass ich ... Okay, Wahnsinn, nur keinen Druck aufbauen, oder?«

Ich lächle. Jonah streicht Haarsträhnen aus meinem Gesicht. Sein Daumen fährt über meine Augenbrauen die Nase hinunter zum Kinn zu meinem Kehlkopf. Dann: »Wir müssen nicht miteinander schlafen. Ich bin absolut damit zufrieden, dich endlich geküsst und deinen magischen Körper von oben bis unten betatscht zu haben ...« Er grinst, während ich wenig elegant pruste, wird dann aber ernst. »Ich meine es so, Liv. Ich hatte eine unglaubliche Zeit mit dir. Und das wird sie auch dann noch sein, wenn nichts weiter geschieht in diesem Zelt. Das kannst du mir wirklich, ehrlich glauben.«

»Das tue ich.« Ich richte mich ebenfalls auf, stütze mich wie er auf einen Ellbogen. Meine freie Hand legt sich auf seine Hüfte und schiebt sich dann unter seinem T-Shirt weiter nach oben, die Seite entlang, die kitzlig ist, wie Jonahs Zucken verrät, hinauf bis zu seinem Brustkorb. Ich nehme den Stoff des T-Shirts mit. Oben angekommen, deute ich an, es ihm über den Kopf ziehen zu wollen.

Er hilft mir dabei.

Und ich setze mich auf und ziehe mir ebenfalls das T-Shirt aus.

Jonahs Blick folgt meinen Händen, er wandert über die nackte Haut über meinen Brüsten zu meinem Bauch, den ich instinktiv einziehe, bis er mir wieder in die Augen sieht. Noch sind die Dehnungsstreifen von meiner Unterwäsche bedeckt, doch das wird ziemlich sicher nicht mehr allzu lange der Fall sein.

Ich atme tief ein, und mit der Luft eine hoffentlich gehörige Portion Mut. Dann setze ich mich auf die Knie und strecke die Hand aus, nach dem Bund von Jonahs Jeans.

»Liv ...«

»Zieh sie aus.«

Das bringt ihn zum Lachen. »Dafür, dass du nach eigenen Angaben bisher nicht wirklich scharf auf Sex warst, legst du ein beachtliches Tempo vor.«

»Wer hat behauptet, ich sei nicht scharf darauf?« Mit Daumen und Zeigefinger öffne ich den Knopf seiner Hose, bevor ich den Reißverschluss nach unten ziehe. Viel Spielraum ist da nicht mehr, und als mein Handrücken seine Boxershorts streift, gibt Jonah einen Laut von sich, der mir einen Schauer durch den Körper jagt.

Er legt sich auf den Rücken, um aus Jeans und Socken zu schlüpfen, und sobald er wieder aufrecht sitzt, klettere ich auf seinen Schoß.

Leises Stöhnen, heiser und zittrig, von ihm oder mir oder uns beiden, dann lächeln wir uns an, ganz kurz nur. Er ist hart unter mir, und es fühlt sich so wundervoll an, als ich mich auf ihm positioniere, die Knie rechts und links von seinem Körper. Mit beiden Händen greife ich in seine Haare, und dann küsse ich ihn, während er mit den Fingerspitzen meinen Rücken rauf- und runterstreicht, den BH öffnet auf seinem Weg. Er berührt meine Brüste und mein Körper zuckt nach vorn. *O Gott,* ich könnte in ihn hineinkriechen, es ist, als würde ich mich auflösen, ich kann ihm gar nicht nah genug sein. Und als hätte Jonah meine Gedanken gehört, schließen sich seine Arme fester um mich, schieben mich dichter an ihn heran, bis kein Staubkorn mehr zwischen uns passt.

Meine Augen fallen zu. Und ich habe das Gefühl zu schweben. Und zwar ungeachtet dessen, dass sich Jonahs Finger nun unter meinen Slip tasten, dass sie dort langsam über meine Haut streichen und nach vorn wandern, genau dorthin, wo die schmalen, wellenförmigen Narben meiner verhunzten Figur besonders spürbar sind.

Für eine Sekunde halte ich die Luft an. Doch als Jonahs Fingerspitzen scheinbar unbeeindruckt noch ein Stück weiterwandern, explodiert jeder dumme, negative Gedanke in meinem Hirn in sein eigenes, kleines, regenbogenfarbenes Feuerwerk und ich denke an nichts mehr, außer an uns beide. An Jonah und mich.

37

Jonah

Ich war noch nie so froh über Simons Stumpfsinn wie in dem Augenblick, in dem ich das Kondom in meinem Rucksack fand, das er vor zwei Tagen da reingestopft hat. Noch vor der Geschichte mit Sally. Sein übliches Gefasel, *locker werden, Gerat, nicht so steif, wobei, besser schon, hoho,* Simon eben. Es war das Beste, was dieser Hohlkopf überhaupt je für mich getan hat. Und ich schätze, Liv sieht das genauso. Ich hoffe es. Ich weiß nicht, ob das tatsächlich der beste Sex ihres Lebens war, doch es klang nicht so, als hätte es ihr nicht gefallen. Weshalb mich, zugegebenermaßen, gerade eine kleine Welle der Selbstgefälligkeit überrollt. Es hat etwas für sich, dieses *Danach.* Gesetzt den Fall, das *Davor* rechtfertigt dieses unbeschreibliche Gefühl der Zufriedenheit.

Ich schiele auf Livs Haare, mittlerweile ein wunderhübsches Chaos, das sie auf meiner Brust ausgebreitet hat. Auf der sie liegt, eine Wange über meinem Herzen, eine Hand auf meinem Bauch. Ich drücke ihren Arm, wie zur Beruhigung, ob für sie oder für mich, wer weiß das so genau? Meine Atmung hat sich gerade erst wieder normalisiert. Es war unglaublich, würde ich ihr am liebsten sagen, es war absolut großartig. Lass dir von niemandem jemals wieder etwas anderes einreden, versprich mir das.

Mit den Fingern malt sie Kreise auf meine Haut. Ich kneife die Augen zusammen. Nein, keine Kreise, eher ...

»Malst du etwa *Herzchen* auf meinen Bauch?«

»Quatsch.« Sie lässt das mit dem Malen, stützt sich stattdessen auf und küsst mich, mit offenem Mund und warmen, feuchten Lippen, und sofort regt sich wieder etwas unter dem Schlafsack, der uns beide zur Hälfte bedeckt, ich bin diesem Mädchen hilflos ausgeliefert.

»Ich bin froh, dass du es dir am Ende anders überlegt hast«, sage ich, als Liv sich von mir löst.

»Was?«

»Na, dass du doch bereit bist, dich auf einem Festival aufreißen zu lassen. Für eine Nacht.« Ich lächle unschuldig. Liv sieht mich aus schmalen Augen an, während ihre Finger nach unten wandern, unter die Decke, zu meiner reichlich erigierten Körpermitte. Sie greift, drückt zu, wird sanfter, und ich lege meine Hand auf ihre, um die Bewegungen zu stoppen.

Liv wird rot. Sie will ihre Hand wegziehen, als wäre ihr die Situation auf einmal peinlich, doch ich hindere sie daran.

»Es ist nur, mmh, ich hatte nur ein Kondom«, erkläre ich, »und nachdem wir Tante Mafalda, die uns sicherlich gern welche borgen würde, schlecht fragen können ...«

»O mein Gott!« Sie gibt ein grunzendes Geräusch von sich und lässt sich auf den Rücken fallen. »Du verstehst es, die Stimmung zu killen.«

»Ach ja?« Ich beuge mich über sie. Küsse ihre Nasenspitze, dann die Wangen, schließlich das Kinn. Ihre Lippen öffnen sich und ich ignoriere das. Stattdessen platziere ich weitere Küsse ihren Hals entlang, über das Schlüsselbein zu ihren Brüsten, auf denen ich eine feuchte Spur hinterlasse – überall, nur nicht da, wo sie sicherlich besonders empfänglich dafür wäre.

»Jonah.« Mein Name klingt gequält, und sie lässt ein leises Jammern folgen, von dem ich inzwischen weiß, dass es ihr unangenehm ist. Aber so, wie sie darüber hinweggekommen ist, dass ich auch die Stellen ihrer Haut berühre, für die sie sich so schrecklich schämt, lässt sie mich mehr und mehr spüren, was sie empfindet. Im Augenblick ist es Ungeduld.

»Jonah!«

Mein Atem kitzelt ihre Haut, während meine Hand nach unten wandert, über ihren Bauchnabel und tiefer, an die Stelle, wo Hüfte auf Oberschenkel trifft. Liv windet sich unter mir. Meine Finger fahren zarte, vibrierende Haut entlang. Ich bewege meine Lippen dicht zu ihrem Ohr und flüstere: »Mir fällt gerade etwas ein, wofür man gar kein Kondom braucht«, bevor ich mit der Spitze meines Zeigefingers demonstriere, was genau mir vorschwebt.

»O Gott.« Sie stöhnt, dann lacht sie, und ich liebe, dass wir das hier tun, dass wir uns getroffen haben, dass wir einander über den Weg gelaufen sind. Und dass wir gut füreinander sind, und sei es nur für diese Nacht. Es war mir nicht klar, dass man sich selbst in einer Person wiederfinden kann, wenn es die richtige ist.

38

Liv

Wir haben die Position gewechselt. Ich liege auf dem Rücken, Jonah hält mich umschlungen, sein Kopf schmiegt sich an meine Brust. Sein Atem geht gleichmäßig und streift mit jedem Zug meine Haut. Es fühlt sich an wie süßer, warmer Wind. Wo er mich berührt, hinterlässt er Gänsehaut.

Ich denke, er ist eingeschlafen, weshalb ich mich nicht traue, mich zu bewegen, aus Angst, ihn aufzuwecken. Dabei müsste ich dringend wissen, wie spät es ist. Ich habe keine Zeit ausgemacht, zu der ich Mafalda und Jackson mit dem Truck helfen soll, aber ich möchte sie wirklich nicht gern warten lassen. Ich sehe mich nach meiner Tasche um, kann sie auf den ersten Blick aber nicht entdecken. Jonahs Handy ist in seiner Jeans und die ist … Ich lasse den Kopf wieder sinken. Vielleicht sollte ich mich einfach entspannen. Den Moment genießen. Darüber glücklich sein, was ich gerade erlebt habe, *dass* ich es erlebt habe. Lieber Himmel, ich habe mit einem Jungen geschlafen, den ich noch nicht mal einen Tag kenne. Und ich hätte es noch mal getan … und noch mal. Und ich würde es wieder tun. Und dabei hat es mir nichts ausgemacht, wie er mich anfasst und wo er es tut, zumindest die allermeiste Zeit nicht. Jonah … Er hat mir das Gefühl gegeben, dass alles perfekt ist so, wie es ist – dass ich perfekt bin, dass ich mich gut anfühle.

Ich kneife die Augen zusammen, beiße mir auf die Lippen, doch das Grinsen ist stärker. O mein Gott, es war wundervoll, mit ihm zu schlafen. Es war … Ich glaube, ich bin sexsüchtig. Na, großartig. Oder nein, kein Grund, zynisch zu werden. Wenn man bedenkt, wie meine sexuell aktive Zeit begonnen hat, ist die Sucht nach dem, was Jonah und ich hatten, etwas zu hundert Prozent Positives. Selbst dann, wenn ich es niemals mehr erleben werde.

Genauso aus dem Nichts, wie mich die Freude überkam, verspüre ich einen Stich in meinem Herzen. Und als hätte Jonah ihn auch gespürt, regt er sich und murmelt:

»Was ist los?«

»Gar nichts.« Ich flüstere. »Bist du wach?«

»Halbwegs.« Er dreht den Kopf zu mir, küsst meine Brust, schließt erneut die Augen.

Und der Stich bewegt sich in meinem Herzen, bohrt tiefer. Erinnert mich daran, dass dieser Junge nicht mehr sein kann als etwas Flüchtiges in meinem Leben, der Hauch von etwas Gutem, vergänglich wie der Sonnenaufgang über Glastonbury Tor.

Ich strecke den Arm nach Jonahs Jeans aus, bekomme sie aber nicht zu fassen, und diesmal richtet er sich auf und sieht mich fragend an.

»Ich wollte nur wissen, wie spät es ist. Mafalda wartet vielleicht schon auf mich und ich sollte ihr zumindest Bescheid geben, dass ich später komme.«

Wortlos sieht Jonah sich um, kramt unter unseren zerstreuten Klamotten und zieht schließlich meine Tasche hervor.

»Oh, okay, danke.« Ich setze mich auf, nehme ihm die Tasche ab, greife jedoch gleichzeitig nach seinem T-Shirt, um es mir über den Kopf zu ziehen. Dann angle ich nach meinem Telefon. 8:30 Uhr, und drei Nachrichten von meiner Tante. »Scheiße«, murmle ich, während ich sie öffne.

MAFALDA: Hey, Miss lovely Love, hast du es schön?

MAFALDA: Wo bleibst du? Fahren die Busse schon?
Soll Jack dich holen?

MAFALDA: Ich gehe davon aus, dass du noch in einem
Stück bist. Falls nicht, melde dich ;-)

Ich verdrehe die Augen, während ich eine Antwort an sie eintippe.

LIV: Es geht mir gut. Sorry, dass ich zu spät bin.
Lasst einfach alles liegen, ich mache dann sauber, okay?

»Alles in Ordnung? Wie spät ist es?«

»Halb neun.«

Für einen Augenblick ist Jonah still, und zur gleichen Zeit wird mir klar, dass der Regen aufgehört hat, er trommelt nicht mehr aufs Dach, stattdessen sind vereinzelt Stimmen zu hören.

»Scheiße«, sagt er und rührt sich nicht.

Das Telefon noch in der Hand, schaue ich auf ihn herunter.

Er klopft auf die frei gewordene Stelle neben sich und ich lege mich wieder zu ihm.

»Was ist Scheiße?«, frage ich, während er mich in seine Arme faltet, mich fest an sich zieht und sein Gesicht in die Kuhle zwischen meinem Hals und dem Ansatz seines T-Shirts drückt. Er atmet so geräuschvoll ein, dass ich lachen muss, aber er stimmt nicht mit ein.

»Du riechst gut«, murmelt er gegen meine Haut.

»Mmmh. Vermutlich nach dir. Es ist immerhin dein T-Shirt. Außerdem hast du mich quasi konsumiert. Ziemlich viele Teile von mir. Spuren überall. Deine DNA ziert meinen Körper wie ein Riesentattoo. Körperkunst. Ich sollte mich rahmen lassen.«

Drei Sekunden lang rühren wir uns nicht, dann beginnen wir gleichzeitig zu lachen. Zunächst vibriert Jonahs Gesicht gegen meine Schulter, dann taucht es aus den Untiefen meiner Halsfalte auf, und mit beiden Händen streicht er Haare aus meinem Gesicht, was eine seiner Lieblingsbeschäftigungen zu sein scheint. *Machen Sie eine typische Handbewegung* – schwupps, wird Livs wirres Haar aus der Stirn geschoben.

Und dann küsst er mich. Ernsthaft und brennend und tief und vollkommen. Voller Druck. Voller Verlangen. Und genauso erwidere ich den Kuss. So, als ob es der wichtigste meines Lebens wäre. Als ob es der letzte wäre, der letzte Kuss meines Lebens.

»Liv.« Jonah löst sich von mir und wir schnappen nach Luft, und dann tut er etwas, von dem ich bisher nur in Büchern gelesen habe. Er lehnt seine Stirn gegen meine. Und schließt die Augen. Atmet tief, tief ein.

»Wo ist Stade noch mal genau?«

Mein Mund klappt auf, kein Ton kommt heraus.

Jonah hebt den Kopf. »Ich meine, in der Nähe von Hamburg, richtig? Wie weit weg? Nördlich? Südlich? Ist es …«

Jonah kommt nicht dazu, den Satz zu Ende zu sprechen, da wird der Reißverschluss zum Zelteingang mit einem kreischenden Ratsch nach oben gezerrt.

»Jonah? Scheiße, stinkt es hier drin, was … o nein.« Annika

steckt ihren edlen, dunklen Kopf ins Zelt. Ihr Mund ist zu einem O geformt, ihre Augen sind groß, sie schüttelt den Kopf. »Das kann unmöglich dein Ernst sein. Das kann *ehrlich* nicht dein Ernst sein. Gestern diese amerikanische Schlampe und jetzt ...«

Ihr Gesicht verschwindet, als sie sich aufrichtet, doch durch den Spalt sehe ich ihre Beine – ihre dünnen, in enge Jeans gekleideten Beine, von denen eines ungeduldig zappelt. Sie murmelt irgendetwas, das ich nicht verstehe, weil Jonah neben mir raschelt und flucht, während er sich in Rekordtempo Jeans und T-Shirt überzieht. Er hat die Hose noch nicht ganz hochgezogen, als Annika uns wieder mit ihrer Präsenz beehrt.

»Das ist so lächerlich. Tust lieb und süß und what not, best boyfriend ever, und dann ziehst du hier so eine Nummer ab. Und dann diese Trudi ... im Ernst, Jonah? Wolltest du mich *so* treffen? Wie lächerlich ist das denn bitte?« Sie lacht, schrill und böse, und während sich automatisch mein Magen zusammenzieht, frage ich mich, ob da nicht doch noch etwas ist zwischen den beiden. Wie kann Jonah denken, Annika sei über ihn hinweg? Wo man nur einen Blick auf sie werfen muss, um zu wissen, dass das absolut nicht der Fall ist? Und so unsensibel, das nicht zu merken, ist Jonah nicht. Also, vielleicht, wenn er sie tatsächlich nur verletzen wollte ... Mühsam schlucke ich den Kloß in meinen Hals hinunter. Nein, auch das kann ich nicht glauben. Dafür war das zwischen uns zu echt. Und selbst, wenn es das nicht war – es wäre ohnehin in den nächsten Minuten vorbei gewesen, richtig?

Er steht auf und stellt sich vor Annika, soweit das in dem niedrigen Zelt möglich ist. »Wenn du uns kurz entschuldigst, wir sind gleich draußen«, sagt er.

Und Annika antwortet: »Ich hätte nicht gedacht, dass du auf pummelige Blondinen stehst.«

Mir bleibt das Herz stehen. Ich starre auf Jonahs Rücken, froh, dass er den Blick zu seiner Exfreundin versperrt, und versuche mich daran zu erinnern weiterzuatmen.

Jonah knurrt etwas in Annikas Richtung, das ich nicht verstehe. Ich bin … schon nicht mehr hier, fürchte ich. Beinahe schäme ich mich für den Gedanken, doch ich fühle mich wie bei einer Nahtoderfahrung, ich schwebe über dem Ganzen, unbeteiligt, sehe von oben zu, was mit mir und dem, was gerade noch da war, was *gut* war, passiert.

Jonah zerrt den Reißverschluss nach unten. Bevor sie ihren Kopf in Sicherheit bringt, ruft Annika: »Du solltest echt einen BH tragen, das ist dir klar, oder?« Sie sagt es zu dem Mädchen, das mit weit aufgerissenen Augen auf dem Boden des Zelts kniet, dessen un-bh-te Brust sich schwer atmend hebt und senkt, dessen Glück und Zuversicht gerade vor ihren Augen über den Boden huschen, sich davonmachen durch den letzten Spalt, aus dem Zelt, der schönen, schlanken Annika hinterher.

39

Jonah

In der Sekunde, in der Annika endlich abgehauen ist, drehe ich mich zu Liv um und knie vor ihr auf dem Boden. Sie sieht aus, als wäre sie einem Gespenst begegnet – weiß, verschreckt, mit starrem Blick.

Die Stille, die Annikas schrilles Gegeifer hinterlassen hat, sie rauscht in meinen Ohren.

»Liv ... sie ... das ... Scheiße.« Ehrlich. *Scheiße.* Ich hab keine Ahnung, was ich sagen soll, aber ich versuche es noch einmal: »Vergiss Annika. Sie ...« Ich raufe mir die Haare. Liv sieht so vollkommen ernüchtert aus, dass es mir das Herz bricht. »Sie hat das mit der Trennung nicht ganz so gut aufgenommen, wie sie behauptet hat, schätze ich. Und jetzt ... will sie sich rächen, oder ich weiß nicht, was der ganze Mist soll, aber im Grunde will sie mich treffen, okay? Nicht dich. Das hat nichts mit dir zu tun. Vergiss sie. Und alles, was sie von sich gibt.«

Liv antwortet nicht, doch ihre Lippen bewegen sich, wenn auch nur eine winzige Nuance. Und ich knie auf dem Boden dieses Winzlings von Zelt, sehe auf das Mädchen, dem ich vor gefühlten zwei Minuten noch unglaublich nah gewesen bin, und sehe dabei zu, wie sich eine Wand zwischen uns auftürmt, Stein um Stein um Stein.

»Vergiss Annika«, wiederhole ich, weil ich nichts anderes

zu sagen weiß, und dann strecke ich meine Hand nach Liv aus und berühre ihre Wange, und sie zuckt zusammen.

Shit.

»Liv.«

»Sie ist verliebt in dich«, sagt sie, während sie von mir wegkrabbelt zu dem Stapel, der aus ihren Klamotten besteht, und darin zu wühlen beginnt. »Und sie versteht es fantastisch, dir das zu zeigen.«

»Sie ist nicht verliebt in mich. Sie kann es nur nicht ertragen, dass jemand mit ihr Schluss macht, weil es ihr noch nie vorher passiert ist. Und indem sie auf dich losgeht, versucht sie eigentlich nur mich zu treffen. Das hat rein gar nichts mit dir zu tun. Das musst du mir glauben. Okay?«

»Das tue ich. Natürlich. Würdest du dich umdrehen? Ich will mich anziehen.«

»Liv, komm schon, wir …«

»Ernsthaft, Jonah. Ich muss zu meiner Tante.«

Ich wende mich ab, und für ein paar Sekunden reibe ich mir mit beiden Händen übers Gesicht, um wach zu werden. Oder überhaupt aufzuwachen, das wäre nett. Ich wünschte, ich läge nach wie vor mit Liv im Arm auf der Luftmatratze, der Regen prasselte aufs Dach wie ein erstklassig komponierter Soundtrack unserer rasenden Herzen. Ich wünschte, Annika wäre nicht hier hereingewalzt und hätte alles versaut. Ja, ich hätte mich so oder so von Liv verabschieden müssen, aber es sollte nicht mit dem Gefühl passieren, das hier wäre ein Fehler gewesen, denn das war es nicht. Das war es nicht.

»Ich bin fertig.«

»Okay.« Ich rühre mich nicht von der Stelle. Ich drehe mich

auch nicht zu ihr um. Es ist, als könnte ich durch meine Igno-
ranz verhindern, dass das Ganze hier so ein verschissenes
Ende nimmt.

»Denkst du, sie ist noch da draußen?«

»Wer?«, frage ich und im nächsten Moment könnte ich
mich für meine Dummheit ohrfeigen. »Annika? Sie ist ...«

»Wo ist denn ihr Zelt?«

Inzwischen habe ich mich zu Liv umgedreht. Die Kapitu-
lation in ihrem Blick ist nur schwer zu ertragen. »Neben unserem ist das von Simon, daneben das von Annika. Ich sehe
nach, in Ordnung? Warte so lange hier.«

»Okay.«

Ich bin dabei, den Reißverschluss zu öffnen, als ich es mir
anders überlege und mich noch einmal zu ihr umdrehe.
»Hey ...« Ich beginne den Satz, doch ein Blick in Livs Augen
lässt mich auf einen Schlag vergessen, wie er weitergehen
sollte.

»Lass uns erst mal aus dem Zelt rauskommen«, sagt sie
tonlos. »Dann können wir reden.«

40

Liv

Mein Magen fühlt sich an wie eine Zombiegrube. Als würden die Untoten aus *The Walking Dead* darin herumstapfen und gegen die Wände kratzen, das rohe Fleisch herausreißen, um mich bei lebendigem Leibe aufzufressen. Ich sehe Jonah nach, doch ich höre Annika in meinem Kopf. *Du solltest echt einen BH tragen, das ist dir klar, oder?*

Ich widerstehe dem Drang, mit den Händen meine Brüste zu verstecken, was ohnehin sinnlos wäre. Nichts, das Jonah nicht bereits gesehen hätte, bis vor ein paar Minuten hat er sogar noch darauf gelegen. Der BH ist wieder da, wo er hingehört. Er schabt gegen mein T-Shirt, das noch nass ist, vom Regen, genau wie meine Hose, die klamm an meinen Schenkeln klebt. Die fett sind. Nach wie vor. *Pummelig.* Ich kann noch so viel abnehmen, ein sogenanntes Idealgewicht erreichen, und Mädchen wie Annika werden mich als *pummelig* bezeichnen. Und ich kenne solche Mädchen. Nur zu, zu gut.

Jonah steckt den Kopf ins Zelt. »Okay«, sagt er.

»Okay.« Ich greife nach meiner Tasche, werfe einen letzten Blick auf unser Lager, den zerwühlten Schlafsack, Jonahs T-Shirt, das er mir geliehen hat und das nach ihm roch und später nach uns. Ich habe ihm gesagt, wir reden, doch eigentlich weiß ich gar nicht, worüber. Vielleicht, dass es nicht seine Schuld ist. Dass ich ihm glaube, wenn er sagt, wie leid ihm das alles tut. Dass das aber nichts ändert.

Ich krabble aus dem Zelt, richte mich auf und blinzle ins regenfeuchte Licht. Der Himmel hat schon wieder aufgeklart, als hätte es das Unwetter ein paar Stunden zuvor überhaupt nicht gegeben. Blau überspannt den Zeltplatz, die Wohnwagen, Glastonbury. Blau mit ein paar aufgeregten Wolken darin. Sie sind windzerzaust und aufgebauscht und haargenau so wie Jonahs Zuckerwatte, mit der er mich gestern füttern wollte. Erst ein paar Stunden her und schon Erinnerung, und ich frage mich, was mich in Zukunft noch alles an die Nacht mit ihm denken lassen wird. Wolken, Regen, der Geruch von Crêpe und Pizza. In der Wiese liegen, meditieren. *Avengers*, Kino, Autos.

Mein Magen zieht sich zusammen, die Zombies drängen von innen dagegen. Schon jetzt wird mir übel bei dem Gedanken an diese bittersüßen Rückschauen, schon jetzt, wo Jonah noch neben mir geht beziehungsweise hinter mir, zwischen den Zelten hindurch, auf die Sanitärbaracken zu, über schlafende Nachtschwärmer und Schnapsleichen hinweg. Ich bin mir nicht sicher, ob er überhaupt weiß, wo ich ihn hinführe – in Richtung Straße, dahin, wo der Bus nach Glastonbury fährt, wo wir uns voneinander verabschieden werden. Vielleicht ahnt er es. Vielleicht auch nicht.

Wir sind auf Höhe der Wohnwagen, als Jonah plötzlich neben mich tritt und meinen Arm nimmt. Es wirkt, als wollte er mich wegziehen, und ich will gerade fragen, weshalb, da höre ich die Antwort aus einer anderen Richtung.

»Wenn ich es dir doch sage. Es hat nach Sex gestunken in dem Zelt, widerwärtig. Und ob die Uschi überhaupt schon achtzehn ist, sei mal dahingestellt. Sie sieht jedenfalls nicht älter aus als zwölf, inklusive Babyspeck.«

»Annika, es reicht. Das ist absolut nicht deine Baustelle.«

»Dejan hat recht.« Eine weitere weibliche Stimme, tiefer und wärmer als die von Annika. »Es ist doch egal, was Jonah macht. Und mit wem. Hast du dein Zelt schon abgebaut oder sollen wir dir helfen? Was ist eigentlich mit Simon und Michelle?«

»Michelle ist duschen. Das sollte ich auch tun. Nachher heftet sich der Gestank von dieser Schlampe noch an meinen Klamotten fest. Ich hab selten was Ekligeres …«

»Nicht.« Ich flüstere es, während ich nach Jonahs Hand taste, doch er ist schneller. Er läuft die paar Schritte zur Tür des VW-Busses, reißt sie auf und wirft sich geradezu hinein.

Mir wird heiß vor Scham. Egal, was Jonah diesem Mädchen sagen wird, es wird alles nur noch schlimmer machen. Und dann sind da offenbar sein Freund Dejan in dem Bus und dessen Freundin und offensichtlich sind alle darüber im Bilde, dass sich der wahnsinnig attraktive, begehrenswerte Jonah mit einer übergewichtigen Größenwahnsinnigen wie mir quasi in die Slums begeben hat, völlig unter seiner Würde, weshalb er entweder nicht bei Sinnen, sturzbetrunken oder aber nur darauf aus gewesen sein muss, seiner Exfreundin wehzutun.

Ich höre Jonahs gefauchtes »Wenn du jetzt nicht sofort deine verdammte Klappe hältst …«, mache auf dem Absatz kehrt und laufe zwischen den Wagen davon.

41
Jonah

Das hätte ehrlich nicht besser laufen können. Ich springe in den Bus, werfe Annika ein paar wohlverdiente, nicht gerade hochklassige Beleidigungen an den Kopf, die ich spätestens auf der Rückfahrt noch auszuführen gedenke, springe raus und öffne den Mund, um Liv zu bitten, sich das bloß nicht zu Herzen zu nehmen, dass nur Scheiße aus Annika rauskommt, dass sie das bitte vergessen soll – doch sie ist nicht mehr da. Ich drehe mich einmal im Kreis, wie ein gottverdammter Idiot, spüre Dejans Blick, der mit gerunzelter Stirn in der Tür des VW-Busses lehnt, doch Liv ist nirgendwo zu sehen.

Shit.

Shit, Shit, Shit.

Ich raufe mir die Haare, bis sie in sämtliche Richtungen von meinem Kopf abstehen. Es ist mir egal, was Dejan denkt. Soll er glauben, ich habe den Verstand verloren. Soll er denken, ich bin ein Arschloch, das auf seine Ex losgeht wie ein Irrer, nachdem er in zwei Nächten zwei Mädchen flachgelegt hat, soll er von mir halten, was er will.

Allerdings nicht von Liv.

Ich atme einmal tief durch.

Sie wollte zu ihrer Tante.

Glastonbury.

Der Bus.

Ohne zu überlegen, renne ich in Richtung Straße, dahin, wo wir gestern hergekommen sind. Ich höre nicht auf zu laufen, auch nicht, als Dejan mir hinterherruft: »In Ordnung! Wir warten auf dich!« Ich renne einfach weiter.

Sie steht an der Bushaltestelle, etwas abseits von ein paar anderen Nachtgestalten, hat ihre blaue Sonnenbrille aufgesetzt und das wild zerzauste Haar im Nacken zusammengebunden, was es allerdings kein bisschen gebändigt aussehen lässt. Sie hält den Kopf gesenkt, verweigert jeden Blickkontakt.

Ich stelle mich vor sie.

»Hey.«

Sie antwortet nicht gleich. Stattdessen schiebt sie mit ihren Blümchengummistiefeln kleine Steine hin und her, bevor sie einen tiefen Atemzug nimmt und dann zu mir aufblickt.

»Hey.« Sie lächelt mich an, ihre Lippen zittern leicht, doch automatisch erwidere ich das Lächeln, selbst wenn es ganz bestimmt genauso gequält aussieht wie ihres.

»Du hast es geschafft, bevor der Bus kommt.«

Das macht mich für einen kurzen Augenblick sprachlos. Sie wäre in den Bus gestiegen, ohne sich von mir zu verabschieden? Ich frage sie genau das, und Liv blinzelt zu mir auf. Statt mir darauf zu antworten sagt sie: »Er kommt erst in zehn Minuten.«

Zehn Minuten.

Vor etwa zehn Stunden hatten wir noch die ganze Nacht, und auf einmal habe ich nicht den Eindruck, dass wir die sonderlich gut genutzt haben. Und dann frage ich mich, was mit mir los ist? Ich meine, wer bin ich, dass ich nach ein paar netten Stunden mit einem Mädchen auf einmal Magenschmerzen bekomme, wenn es ans Verabschieden geht? Wobei normalerweise so ein Abschied ja auch nicht für immer ist, so wie hier. Denn das ist er, oder? Sie Stade, ich Offenbach. Sie Holzbildhauerschule, ich ... Während ich da stehe und was weiß ich für einen Scheiß denke, mustert Liv mein Gesicht, als würde sie darin lesen. Was sie vermutlich wirklich tut, wie sonst ist zu erklären, was jetzt aus ihrem Mund kommt?

»Wir haben das Beste aus dieser Nacht gemacht, oder? Ich meine, sie hat ein bisschen holprig geendet, aber darüber hinaus war sie ... *extraordinär.*« Das Lächeln, das diesem Satz folgt, sieht noch ein bisschen angestrengter aus als das davor, und meines ist komplett verschwunden.

Ich starre Liv an und in meinem Inneren kocht es. Gedanken und Gefühle, die durcheinanderblubbern wie Zutaten in einem Topf, jedes Stückchen gleichermaßen erpicht darauf, sich seinen Weg an die Oberfläche zu strampeln. Bestimmt nur noch neun Minuten, bis dieser Scheißbus kommt. Ich mache einen Schritt auf Liv zu, hebe die Hand, um keine Ahnung was zu tun. Ich lasse sie wieder sinken.

»Ich weiß nicht, ob wir das Beste aus dieser Nacht gemacht haben«, sage ich schließlich, »aber ...« Aber was, Jonah? Was? Es war die schönste, die du seit Langem hattest? Jemals? Du wirst sie nie vergessen? Bist du jetzt unter die Schnulzpoeten gegangen?

Ich räuspere mich. »Lass sie nicht von dem, was Annika von sich gegeben hat, kaputt machen. Sie ist ... vergiss es. Ich habe keine Ahnung, was ich je von ihr wollte. Sie ist eifersüchtig auf dich, das ist alles, und sie greift in die unterste Schublade, damit du dich schlecht fühlst, weil sie sich nicht anders zu helfen weiß. Du bist nichts von dem, was sie da eben gesagt hat. Du bist ...«

»Hör auf, Jonah.« Liv legt ihre Hand auf meine Brust, wie um mich wegzuschieben, doch sie tut es nicht. Stattdessen streicht sie über den Stoff, während ihre Augen der Bewegung folgen, bevor sie wieder mich ansieht.

»Mädchen wie Annika wird es immer und überall geben und sie werden nie meine Freundinnen sein.« Sie zuckt mit den Schultern. »Ich hab gelernt, damit zu leben. Irgendwann werden die sicher auch erwachsen werden.«

»Oder auch nicht«, sage ich.

»Oder auch nicht.«

Acht Minuten.

Entschlossener jetzt berühre ich mit der Hand ihre Wange, beuge mich zu ihr runter und küsse sie auf den Mund, ganz leicht nur. Dann greife ich mit der anderen Hand in ihre Haare und drücke Liv an meine Brust. Ihre Arme schlingen sich um meine Taille. Durch den Stoff meines T-Shirts spüre ich ihren warmen Atem, während mein Herz gegen ihr Ohr schlägt, als wollte es Notsignale senden.

Viel zu schnell löst sie sich von mir, schätzungsweise in Minute sieben.

»Also«, sagt sie, während sie erneut einen Schritt Abstand zwischen uns bringt und ich mich frage, was mit mir los ist, weil ich dieses Mädchen in einer Tour an mich drücken möchte, weil ich sie nicht gehen lassen will.

»Also«, wiederhole ich. Ich halte ihre Hand fest. Seit wann bin ich derjenige, der nicht loslassen kann? Ich lasse sie los und verbanne meine Finger in die Taschen meiner Jeans.

»Du hast keine Unterhose an«, sagt sie plötzlich.

»Was?« Wir sehen einander an und auf einmal müssen wir lachen.

»Ja, das ging eben irgendwie unter.«

»Kann eine ganz praktische Sache sein.«

»Wofür?«

»Na, für alles. Wenn's mal schnell gehen muss. Wild pinkeln. One-Night-Stands.« Sie zuckt mit den Schultern.

Und schlagartig sind wir beide wieder ernst.

»Tut mir leid«, erklärt Liv. »In Extremsituationen neige ich dazu, das Falsche zu sagen.«

Ich atme einmal tief ein, ganz, ganz tief, mit nach oben gerichteten Augen, als wollte ich weiß Gott wen um Rat fragen, und im nächsten Moment habe ich mich wieder zu ihr gebeugt und meinen Mund auf ihren gepresst, ganz und gar nicht sanft diesmal.

Liv gibt einen überraschten Laut von sich. Dann küsst sie mich zurück, gleichermaßen enthusiastisch, wild und berauschend. Als wir uns in Minute fünf voneinander lösen, atmen wir beide schwer und fangen dann erneut an zu lachen.

Was gut ist, denke ich.

Alles ist besser, als die Sekunden zu zählen, die uns von einem Abschied trennen.

»Also«, sagt Liv.

»Also«, wiederhole ich.

»Wir werden keine Nummern austauschen, richtig? Kein *Wir sehen uns sicher wieder* oder *Ich melde mich dann*, kein Daraufwarten, dass es der andere auch wirklich tut. Sich melden. Keine Verpflichtungen, die Magenschmerzen bereiten, und keine Hoffnung, die dasselbe tut. Einfach … Schluss. Richtig? Schön war's und goodbye.«

Ich halte meine Stirn davon ab, sich zu kräuseln, denn ja, so war das vermutlich von Anfang an gedacht, und natürlich hat sie recht, und haben wir nicht alle diese Telefonleichen in unseren Handys, von denen wir nicht mal mehr wissen, zu wem die Nummern gehören?

Ich räuspere mich. Scheint ein neuer Tick von mir zu werden. »Keine Nummern«, wiederhole ich. »Und nichts zu bereuen.«

»Rein gar nichts.« Sie nimmt meine Hand. Drückt sie.

Ich erwidere den Druck.

»Rein gar nichts zu bereuen«, wiederholt Liv.

»Und … äh, falls es wirklich mal so wäre … Es gibt immer noch Instagram, oder? Facebook?«

»Ich … nein. Da bin ich nicht. Du weißt schon, Mädchen wie Annika …« Sie zuckt die Schultern. Ich zucke zusammen bei der Vorstellung, dass sie gemobbt wurde, was sie durchgestanden hat, und dass es Idioten gibt dort draußen, die ihr das Leben zur Hölle machen. Etwas flackert auf in meinem Inneren, ein Gefühl, oder ich weiß nicht, ein Bedürfnis. Ich will, dass das hinter ihr liegt, dass es ihr gut geht ab jetzt. Ich will … keine Ahnung. Sie beschützen? Ich drehe noch durch, hier auf dieser bescheuerten Straße im Nirgendwo, während die Sekunden runterticken, um mir das einzige Mädchen wegzunehmen, das ich wirklich nicht gehen lassen möchte.

Minute drei bricht an und im absoluten Kontrast zu meinen Gedanken breitet sich ein Grinsen auf Livs Gesicht aus.

»Das war die beste Nacht, die ich je hatte«, sagt sie.

Ich schlucke. »Die beste, von allen, die noch kommen.« Ich bereue den Satz sofort, denn er wischt das Lächeln von Livs Gesicht. Auf der anderen Seite – dies ist sicherlich nicht der Moment, in dem sich so etwas Flüchtiges wie ein Lächeln länger halten lässt.

»Jonah …«, beginnt sie, doch im nächsten Augenblick hält mit einem erschöpften Schnauben der Bus neben uns.

»Ach, komm schon.« Ich werfe einen Blick über meine Schulter, auf den Fahrer, den Feind, dann sehe ich wieder Liv an.

»Auf Wiedersehen, Jonah.« Sie lässt mich los, schiebt den Jutebeutel ein Stück höher auf ihre Schulter und hebt die Hand zu einem unentschlossenen, halbherzigen Winken.

»Laurent ist ein absoluter Vollidiot«, sage ich. »Und Marvin auch. Und obwohl ich keine Ahnung habe, was du mit einem dieser ignoranten Typen anstellen willst, wünsche ich dir, dass ihnen endlich ein Licht aufgeht. Okay?«

»Ja«, erwidert sie leise. »Okay.«

Scheiße. Allein von der Idee wird mir schlecht. Ich sehe Liv an, und ich sehe alles auf einmal: die Augen, die Lippen, ihr Lächeln, wie sie Unsinn vor sich hin brabbelt und mir ihre finstersten Geheimnisse anvertraut. In Wahrheit hat sie sich bereits auf die Zehenspitzen gestellt, mir einen Kuss auf die Wange gedrückt und ist im Bus verschwunden.

Ich blicke ihr nach. Warte, bis sie sich an eines der Fenster gesetzt hat, die Stirn an die Scheibe lehnt, ihre lächerliche Sonnenbrille auf die Nasenspitze rutschen lässt.

»You're staying, boy?«, fragt der Busfahrer mit tiefer, geduldiger Stimme, und ich nicke zögernd, ohne ihn anzusehen.

Die Türen schließen sich mit einem Seufzen.

Behäbig setzt sich der Bus in Bewegung.

Und mit diesem letzten Blick, den ich mit Liv tausche, verfestigt sich etwas in mir. Etwas, das ich noch nicht benennen kann.

42

Liv

Mir ist übel. Bei der nächsten Kurve, die dieser alte, knarzige Bus nimmt, werde ich mich ins Gepäckfach des Vordersitzes übergeben, was eine absolute Katastrophe wäre, da es aus Maschen besteht. Ich lege den Kopf in den Nacken. Bohre ihn in die Kopfstütze des Sitzes. Atme ein. Kämpfe gegen die Tränen an mit einer Kraft, von der ich nicht wusste, dass sie noch in mir steckt.

Und dann halte ich mir selbst eine Rede, sehr still und sehr innerlich, damit niemand es mitbekommt außer mir selbst.

Fang jetzt bloß nicht an zu heulen, Liv. Dir war doch klar, dass es so enden würde. Dass du Jonah nach dieser Nacht nie wiedersehen würdest, dass das Ganze hier nur ein temporär absehbares Abenteuer war. Flüchtig, wie der Geschmack von Schokolade. Hättest du es weniger dramatisch haben wollen, hättest du womöglich nicht mit ihm schlafen sollen. So aber ... So hast du es dir selbst nur schwerer gemacht. Dumme, dumme Liv.

Es ist nur – ich kann unmöglich bereuen, was ich getan habe, es geht nicht. Ich denke an Jonah, daran, wie behutsam er war und gleichermaßen entschlossen, wie er all meine Unsicherheiten mit sicheren, unerschrockenen Berührungen beiseitegeschoben hat, wie er mich geküsst hat, die Lippen, Brüste, den ganzen Körper, wie er in mich eingedrungen ist und mich dabei angesehen hat, seine Hände in meinem Haar, der Blick voller Staunen. Seine Stimme. Das leise Stöhnen. Mein Name, geflüstert und gehaucht. Mir wird heiß in diesem Bus, sehr heiß, und dennoch – nichts zu bereuen. Selbst dann nicht, wenn ich an das *Danach* denke.

Ich werde nicht zulassen, dass mir Annika die Erinnerung an das, was Jonah und ich zusammen erlebt haben, beschmutzt, ich werde verdrängen, dass es sie überhaupt gegeben hat. Es ist wahr, was ich zu Jonah gesagt habe: Ich kenne diese Art von Mädchen – been there, done that –, es ist nichts Neues für mich, dass sie versuchen, mich runterzuziehen, ganz allein aus Vergnügen. Keine Ahnung, wieso. Vielleicht ziert irgendein nicht für jeden sichtbares Zeichen meine Stirn, das nur diese Bitches lesen können und das sie dazu auffordert, gemeinschaftlich fies zu mir zu sein. Vielleicht ist es aber auch die Tatsache, dass es mir mit meinem kurvigeren Körper scheinbar durchaus gelingt, eine Art Konkurrenz darzustellen für die Annikas dieser Welt, die wochenlange Buttermilchdiäten sauer gemacht haben.

Ich bin nicht fett. Dass ich nicht dürr bin, bedeutet noch längst nicht, dass ich fett bin.

Als mich der Bus am Marktplatz von Glastonbury ausspuckt, bin ich so weit, mich zu fragen, woher dieses neu erworbene Selbstbewusstsein kommt und wie lange es wohl anhalten wird. Nicht allzu lange vermutlich, denn das tut es nie. Der erste Teil des Satzes ist dagegen weit schwieriger zu beantworten. Annika hat alles dafür getan, dass ich mich schlecht fühle. Jonah dagegen hat eine Art, mir zu zeigen, dass er mich mag, die mich staunend und sprachlos zurücklässt.

Und traurig.

So unsagbar traurig, dass ich mich die Straße zu Jacksons Cottage nur schwer hinaufschleppe, einen Fuß hinter dem anderen schleifend, jeglicher Energie beraubt.

»Liv, Darling!« Mafalda steigt aus dem Truck, der in Jacksons Einfahrt parkt, die grauen Locken das übliche, wilde Durcheinander, das wallende, dunkelblau und violette Blumenkleid eine Wolke aus Chiffon um ihren Körper. Sie sieht kein bisschen müde aus. Nicht im Ansatz erschöpft. Fünf Tage Festival liegen hinter ihr, anstrengende Tage, kurze Nächte, sie ist sechsundfünfzig Jahre alt, und doch sieht sie lebendiger aus, als ich mich mit meinen achtzehn Jahren je gefühlt habe. Zumindest kommt es mir so vor. Meine Tante wirft einen kurzen Blick auf mich und weiß sofort, was Sache ist.

»Was ist los?« Sie bleibt vor mir stehen, die Hände in die Hüften gestemmt, die Brauen zu einem erwartungsvollen Bogen geformt. Ich öffne den Mund, doch nichts will herauskommen. An meiner Tante vorbei sehe ich auf den Truck, der gerade so in Jacksons Einfahrt passt, ein Monster von einem Wagen, hineingequetscht zwischen die zwei Steinmauern, die den schmalen Vorplatz zu seiner Garage begrenzen. Auch das Haus ist viel zu klein – ein niedriges Cottage mit ehemals weißem Putz und einer roten Tür, auf die ein spitzes Regendach seinen Schatten wirft.

Genauso fühle ich mich im Augenblick, denke ich. Als würde mein Innerstes gerade so in seine fleischliche Hülle passen, als würde mein Herz und alles, was damit zusammenhängt, zerquetscht, zermalmt, zerschlagen.

»Livvy?«

Ein kraftloser Blick zu meiner Tante.

»Sag mir, dass er nichts getan hat.«

»Er hat nichts getan.« Ich lächle schwach. Was auch immer ihr gerade durch den Kopf geht, sie denkt in die völlig falsche Richtung. Jonah dürfte zwischenzeitlich bereits abgereist sein. Ich sage ihr das.

Und sie sagt: »Verstehe.« Und dann nickt sie wissend, legt eine Hand auf meine Schulter und drückt sie.

»Jackson! Ich bringe Liv ins Bett. Bin gleich wieder da.«

»Du musst mich nicht nach Hause fahren«, protestiere ich, aber es klingt schwach, selbst in meinen Ohren. »Ich habe versprochen, euch beim Saubermachen zu helfen.« Das hatte ich. Und das würde ich tun, selbst wenn ich mich ganz und gar nicht dazu in der Lage sehe, doch da hat Mafalda mich schon in Richtung Straße geschoben, zu ihrem alten, klapprigen R4, der in etwa so aussieht, wie ich mich fühle.

»Wenn er nichts getan hat«, fragt Mafalda, nachdem wir einige Minuten schweigend durch das verschlafene Glastonbury gekurvt sind, »was hat er dann getan?« *What did he do anyway?*

Obwohl mir nicht danach zumute ist, ringe ich mir ein Lächeln ab. »Er ist abgereist«, sage ich dann. »Wir werden uns nie wiedersehen.«

»Nun, das klingt ziemlich dramatisch. Warum habt ihr keine Nummern ausgetauscht?«

Weil man das mit einem One-Night-Stand nun mal nicht macht, ist das, was ich denke, aber nicht laut ausspreche.

»Wir wollten uns nichts vormachen«, sage ich stattdessen.

»Wir wohnen nicht gerade nah beieinander und morgen sieht die Welt eben schon komplett anders aus.«

Mafalda schweigt. Sie biegt auf die Hauptstraße ein, hält vor dem violetten Haus, das ihren Shop beherbergt und ihre Wohnung darüber, stellt den Motor aber nicht ab. Ich sehe sie an. Dann ziehe ich am Griff, die Tür springt auf.

»Thank you«, sage ich.

»It's already tomorrow«, erwidert meine Tante, bevor die Tür ins Schloss fällt und sie mich in einer imaginären Staubwolke am Straßenrand stehen lässt.

Ich schließe auf, betrete den dunklen Hauseingang, passiere die Tür zum Laden und klettere die steile Treppe in den ersten Stock hinauf. Roboterhaft. Ohne nachzudenken. Ohne irgendetwas zu fühlen. Ich würde mir gern leidtun, finde aber, ich verhalte mich zu dumm dafür. Kein Grund, sich selbst zu bemitleiden, wenn man sich sein eigenes Grab geschaufelt hat.

Ich öffne die Wohnungstür. Atme den vertrauten Duft von Patschuli und Haschisch, ohne mich daran zu stören. Mafaldas drei Zimmer sind Chaos wie sie, ein Sammelsurium an verwohnten Antiquitäten, staubigen Teppichen und Lampen, Lampen, Lampen in allen Formen, Farben, Größen. Einige davon brennen immer, doch ich kann in ihrem warmen Lichtkegel heute keinen Trost finden.

Ich schleppe mich durch den Salon in das Gästezimmer mit dem schmalen, klapprigen Bett, in dem ich gestern Morgen noch mit Laurent aufgewacht bin. Es kommt mir vor wie eine Ewigkeit. Wie ein anderes Leben.

Ich ziehe meine Sachen aus. Spüre die Kälte, die Feuchtigkeit, und als habe sich mein Hirn in eine alte Schallplatte verwandelt, mit Sprung, fällt mir wieder ein, warum das so ist. Der Regen. Jonahs Zelt. Sein T-Shirt, sein Geruch. Seine Küsse. Seine Hände. Wir beide, ineinander verschlungen, unter seinem Schlafsack, die Hitze, unser Atem, unsere Laute, das unendliche Glück, das nichts mit dem Sex an sich zu tun hatte oder mit dessen Höhepunkt.

»Okay.«

Ich atme einmal tief ein. Stapfe nackt und entschlossen durch den Salon zurück in den Gang und von dort ins Badezimmer. Ich steige in die Wanne, mische warmes und kaltes Wasser aus zwei Schraubhähnen so lange zusammen, bis eine akzeptable Temperatur erreicht ist, dann switche ich um auf den Duschkopf und ziehe gleichzeitig den Vorhang zu. Ich stelle mich unter den Strahl. Bleibe stehen, stehen, stehen. Wie aus dem Nichts kommt mir der Gedanke, dass ich nun die letzten Erinnerungen an Jonah von meinem Körper wasche, seinen Geruch, seine Fingerabdrücke, und genauso plötzlich brennen Tränen hinter meinen Lidern. Ich reiße die Augen auf. Hindere die Tränen daran zu fließen. Ich muss in eine Art Schockstarre verfallen sein, aus der ich erst wieder erwache, als das Wasser bereits kalt ist und ich anfange zu zittern.

Vermutlich sollte ich schlafen. Mich einfach ins Bett legen, alles vergessen, abtauchen in glückselige Unwissenheit. Und genau das tue ich, das heißt, ich steige aus der Dusche, trockne mich ab, schleppe mich zurück in mein Zimmer, schlüpfe in ein T-Shirt, das unaufregend nach mir selbst riecht und gar nichts dafür tut, meine Stimmung zu heben.

Und dann krieche ich unter die Decke, doch um zu schlafen, bin ich viel zu aufgewühlt.

Meine Gedanken kehren zu Jonah zurück.

Dass er sich wünscht, ich würde mit Marvin glücklich werden oder mit sonst wem.

Und dass mein letztes Wort an ihn »okay« gewesen ist.

Dabei hätte ich ihm gern etwas anderes gesagt.

Zum Beispiel, dass ich ihm ebenfalls wünsche, er möge jemanden finden. Jemanden, der seine Wunden heilt. Jemanden, den er lieben kann.

Erneut spüre ich Tränen in mir aufsteigen, und diesmal bin ich nicht stark genug, mich dagegen zu wehren. Also drehe ich mein Gesicht ins Kissen und gebe mich geschlagen.

43

Jonah

Ich weiß nicht mehr, wie lange ich dort stehe und dem Bus hinterherstarre, doch als ich mich von der Haltestelle wegbewege, ist er längst nicht mehr zu sehen und auch sonst niemand. Und ich habe keine Ahnung, worauf ich eigentlich gewartet habe. Darauf, dass er umdreht und Liv wieder absetzt? Dass er anhält, Liv aus dem Wagen springt und zu mir zurückrennt? Und wofür das Ganze überhaupt? Auf dem Zeltplatz warten Dejan und die anderen darauf, dass ich endlich meinen Arsch zu ihnen rüberschwinge, damit wir nach Hause fahren können. Wir sind sicher ohnehin schon viel zu spät dran.

Ich taste nach meinem iPhone, um nach der Uhrzeit zu sehen, aber es ist nicht da. Ich muss es in der Eile im Zelt vergessen haben.

Im Zelt. In dem ich bis vor etwa einer Stunde noch mit Liv gelegen habe, in dem ich … Ich weiß nicht. So etwas wie eine Erleuchtung erfahren habe, weil ich auf einmal das Gefühl hatte, etwas gefunden zu haben, von dem ich nicht nur nicht wusste, dass ich es suchte, sondern noch nie zuvor in meinem Leben gehört habe. Es ist komplett verrückt, sich jemandem, den man erst ein paar Stunden kennt, näher zu fühlen als allen anderen Menschen, mit denen man sein bisheriges Leben verbracht hat.

Und das ist genau der Augenblick, in dem ich beschließe, das jetzt Schluss ist. Was auch immer das war in dieser Nacht, es ist jetzt und hier beendet, ohne auch nur den Hauch einer Chance auf Wiederholung. Liv wohnt in Stade, das sind ungefähr … viele, viele Kilometer weg von Offenbach. Ja, ich habe ihren Nachnamen. Nicht aber ihre Telefonnummer. Und haben wir uns nicht bewusst dafür entschieden, es dabei zu belassen? Weil es unsinnig ist zu glauben, man könnte etwas aufrechterhalten über diese Entfernung und … ich weiß nicht, Diskrepanzen?

Liv war immer schon verliebt in Marvin, und wenn der sich nicht vollkommen idiotisch anstellt, wird selbst diesem Vollpfosten irgendwann aufgehen, was für eine tolle Frau er da direkt vor seiner Nase hat.

Bei dem Gedanken spannt sich mein ganzer Körper an, von den Zehen bis zu den Haarspitzen.

Kann nicht sagen, dass er mir gefällt.

Aber habe ich nicht eben erst beschlossen, dass jetzt Schluss ist? Schluss?

»Du siehst aus, als würde jeden Moment dein Kopf implodieren.«

Ich blicke auf und in Dejans Gesicht, der gegen einen Baumstamm lehnt – denselben Baum, bei dem Liv und ich uns gestern untergestellt haben, unter dem wir uns geküsst haben. Meine Augen werden schmal. Ich bleibe vor ihm stehen. Doch ich erwidere nichts.

Dejan macht eine Handbewegung, die grob in Richtung meines Kinns zielt, und sagt: »Wenn du weiter so auf deinen Zähnen herummahlst, wirst du bald keine mehr haben.«

»Meinen Zähnen geht es bestens, danke.«

»Na, das ist doch schon mal was. Einem kleinen Teil deiner tragischen Existenz geht es bestens.«

Dejans Mine bleibt unbewegt, doch seine Augen lachen, und mit einem Mal bin ich stinkwütend. Was soll das heißen, *einem kleinen Teil meiner tragischen Existenz geht es bestens?* Ich habe die Frage nicht laut ausgesprochen, aber Dejan versteht mich auch so.

»Du hast das ganze Wochenende ausgesehen, als wärst du lieber im Londoner Tower eingekerkert, als hier auf diesem Festival zu sein. Das heißt ...« Er wirft mir einen seiner spöttischen Blicke zu. »Die meiste Zeit hast du so ausgesehen.«

»Was daran liegen könnte, dass Annika auch hier ist. Hätte ich das vorher gewusst, wäre ich vermutlich tatsächlich zu Hause geblieben.«

»Aber du wusstest, dass Annika Michelles beste Freundin ist, ja?« Dejan stößt sich vom Baum ab und bleibt etwa einen Meter vor mir stehen. Er hat die Hände in den Taschen seiner blauen Hose vergraben, die einen Ton dunkler ist als sein dünner Wollpullover. Dejan ist nicht der Typ für Jeans und T-Shirt, aber immerhin trägt er Vans zu seinem College-Boy-Outfit. Fünf Tage Festival und er sieht aus wie frisch gebügelt und frisiert.

Unwillkürlich seufze ich. Ich könnte eine Dusche vertragen. Eine Dusche und Hoffnung und Liv.

»Ich fühle mich scheiße«, sage ich. Es rutscht einfach so aus mir heraus.

»Ich sage jetzt besser nicht, dass man das sehen kann, irgendwie scheint heute dein Humor nicht mit dir zu sein. Stattdessen würde mich interessieren: Fühlst du dich gerade jetzt besonders scheiße oder sprichst du von deinem generellen Gemütszustand?«

»Ich spreche von … Ach, vergiss es.«

»Dann lass es mich anders formulieren: Ich kann sehen, dass dir das Mädchen unter die Haut gegangen ist, aber das erklärt noch nicht, was darüber hinaus mit dir abgeht, Bro.«

Bro.

Ich sehe Dejan an. Er ist das Brüderlichste, das ich in meinem Umfeld habe, zehnmal mehr Familie, als es meine Schwester jemals war. Und ich hab ihn angelogen, jahrelang. Und ich trage diese Schuld und dieses schlechte Gewissen in mir und diese Scham, schon viel zu lange Zeit. Wenn die letzte Nacht mit Liv etwas bewiesen hat, dann dass es einen nicht umbringt, sich zu öffnen, dass es mich nicht umbringen wird, Dejan die Wahrheit zu erzählen.

»Ich …«

Jeglicher Humor ist aus Dejans Blick verschwunden. Er sieht mich ganz ruhig an, lässt mir alle Zeit der Welt, als hätten wir die, aber Tatsache ist, wir sollten längst auf der Schnellstraße zurück nach Dover sein, um die Fähre nach Calais zu erwischen.

»Ich muss dir was erzählen«, sage ich schließlich. »Aber nicht jetzt. Und nicht hier. Lass uns das zu Hause machen.«

»Klar.« Sagt er, doch ich kann sehen, dass er wartet. Darauf, dass ich ihm wenigstens etwas gebe, und er ist mein bester Freund, also tue ich es.

»Ich habe dich angelogen«, sage ich.

Dejan nickt. »Okay.«

»Es geht um den Umzug. Die Schule.«

Er sagt nichts, sieht mich einfach nur an.

Ich reibe mit der einen Hand über mein Gesicht und greife mir mit der anderen in den Nacken. Ich fühle mich hilflos. Ich will das jetzt nicht machen müssen, nicht gerade in diesem Augenblick und nicht gerade hier, und wie so oft, wie immer eigentlich, liest Dejan mich, als wäre ich ein verdammter Großdruck, den er nur einmal ansehen muss, um ihn komplett zu erfassen.

»Wann immer du was loswerden willst«, sagt er, legt eine Hand auf meine Schulter und drückt sie.

Und ja, schlagt mich, aber ich fühle, wie mir Tränen in die Augen steigen. Ich habe so lange so viel mit mir selbst ausgemacht, dass mich Dejans unausgesprochenes Verständnis mitten dorthin trifft, wo es wehtut.

Ich schniefe, Herrgottnochmal.

Dejan drückt meine Schulter fester. »Was ist mit ... Liv heißt sie, oder?«

»Was soll mit ihr sein?«

»Stell dich dümmer, als du bist, und ich erzähle dir vielleicht doch noch den einen oder anderen Punkt darüber, dass man seinem besten Freund besser nicht nur Scheiße erzählt, und das gleich ein paar Jahre lang.« Er lässt seine Hand von meiner Schulter gleiten und steckt sie in die Hosentaschen zurück.

Er wusste, dass ich nicht die Schule gewechselt habe. Warum zum Teufel hat er nie was gesagt?

Dejan hebt eine Braue und sieht aus wie der südländische Mafiaboss, der er nicht ist.

Ich räuspere mich. »Sie ist weg. Mit dem Bus nach Glastonbury. Sie wohnt da bei ihrer Tante.«

»Okay.«

Ich stoße Luft aus, ziemlich harsch, dann sind meine Hände wieder in meinen Haaren gelandet. »Warum sagst du andauernd *Okay*?«

»Ist es das denn nicht?«

Ich kann hören, wie er grinst, obwohl er keine Miene verzieht.

»Sie hat mir ihre Nummer nicht gegeben, *okay*? Wir haben beschlossen, dass es so besser ist, als darauf zu warten, dass der andere sich meldet, denn – sind wir mal ehrlich – damit ist sowieso nicht zu rechnen. Anfangs gibt es vielleicht hier noch eine Textnachricht, vielleicht telefoniert man sogar mal, aber bald, ziemlich bald, ist das alles nur noch vage Erinnerung, kurz genug dafür war es ja, und dann … dann … keine Ahnung. Also können wir es auch gleich lassen.«

Nach wie vor stehen wir unter diesem Baum, doch ich atme so schwer, als hätte ich zwischenzeitlich einen 300-Meter-Sprint hingelegt. Das nennt man wohl sich in Rage reden, und ich kann mich nicht erinnern, wann ich das zuletzt getan habe, wenn überhaupt. Mir ist klar, Dejan hat recht, mit allem, was er *nicht* ausspricht. Obwohl mir nicht klar ist, weshalb ich mich so fühle – so, als hätte ich einen Fehler gemacht. Als hätte ich gerade etwas verloren, ohne es je besessen zu haben, und als wäre beides meine eigene Schuld.

»Gibt es da, wo Liv wohnt, keine Kinos?«, fragt Dejan, und nun ist wirklich Schluss, denke ich, denn darüber möchte ich keinesfalls nachdenken, auf gar keinen Fall.

Ich stelle mich aufrechter hin. »Habt ihr schon alle gepackt?«, frage ich, und Dejan ist schlau genug, das Thema fallen zu lassen.

Er nickt. »Annähernd, ja.«

»Hab ich noch Zeit für eine Dusche?«

»Sicher.«

»Ich beeil mich, okay?«

»*Okay.*«

Unsere Blicke treffen sich, und es kommt mir vor, als sähe

ich Dejan heute zum ersten Mal wieder nach langer, langer Zeit. Die eine Ecke seines Mundes verzieht sich zu einem schiefen Lächeln, als wüsste er, was jetzt kommt. Dass ich den einen Meter, der zwischen uns liegt, mit einem Schritt überwinde und ihn umarme, höchst männlich versteht sich, mit Schulterklopfen und allem.

»Lass uns ein Bier trinken gehen, wenn wir zurück sind«, murmle ich.

»Du schuldest mir mindestens drei.«

»Mehr.«

Ich klopfe ihm ein letztes Mal auf die Schulter, drehe mich um und laufe zu meinem Zelt zurück, bevor ich noch etwas abgrundtief Schwülstiges von mir gebe, so etwas wie: *Ein Gutes hatte dieses Wochenende immerhin, nämlich, dass ich meinen besten Freund wiederhabe.* Weil es schmalzig ist. Und nicht stimmt. Dejan war immer da. Und das Beste an diesem Wochenende ... Das Beste heißt nicht Dejan.

Es heißt Liv.

44
Jonah

Ich brauche keine zehn Minuten, um das Zelt und all mein
Zeug zusammenzupacken, und noch mal zehn, um zu duschen. Dass ich mich danach besser fühle, kann ich nicht
behaupten – sauberer, ja, etwas wacher, doch das alles ist nur
oberflächlich. Die Schicht darunter fühlt sich an, als habe sie
jemand aufgeraut, mit Schmirgelpapier oder gleich mit einem Messer. Ich zwinge mich, nicht an Liv zu denken, aber
was hilft das?

Es wird Zeit, dass wir aufbrechen, so viel steht fest. Ich
schnappe mir das eingerollte Zelt, das ich neben den Con-
tainern mit den Duschen habe stehen lassen, drehe mich einmal um 360 Grad, um mich zu vergewissern, dass ich nichts
vergessen habe, und mache mich auf den Weg zum Bus, um
endlich hier wegzukommen.

Die anderen warten auf mich. Dejan lehnt mit dem Rücken
am Bus, Vanessa im Arm, beide blicken in meine Richtung,
beide verziehen keine Miene, als sie mich sehen, und sie bewegen sich nicht.

Simon sitzt im Wagen, starrt auf sein Handy. Annika und
Michelle stehen etwas abseits und unterhalten sich, Annika
beobachtet jeden meiner Schritte, sie lässt mich nicht aus den
Augen.

288

Ich hole einmal tief Luft, bevor ich ein knappes »Hi« von mir gebe.

Simon sieht auf. »Hi!«, wiederholt er und grinst breit. Er steht auf, lässt sein Smartphone in der hinteren Tasche seiner Jeans verschwinden und eine Hand auf meine Schulter fallen. »Was muss ich da hören, Mann? Du und die kleine Verkäuferin?«

Ich presse die Zähne aufeinander, um ihn nicht anzuschnauzen oder – schlimmer noch – zu schlagen, und nicke stattdessen Dejan zu.

»Bereit?«, fragt der.

»Mehr als das«, murmle ich.

Wir steigen ein. Vanessa fährt die erste Strecke, Dejan sitzt vorn neben ihr. Annika wirft nur einen Blick auf mich und verkriecht sich nach hinten neben Simon und Michelle. *Immerhin* das *hat sie begriffen*, denke ich.

Ich lehne den Kopf ans Fenster und genieße die Stöße, die der ruckelnde VW-Bus gegen meine Stirn schlägt. Ich bin kurz davor, diesen Ort hier zu verlassen, und das kann sich unmöglich gut anfühlen, das geht nun mal nicht.

Wir brauchen ewig, um vom Festivalgelände runterzukommen. Die Schlange der Camper, die den gleichen Weg nehmen wie wir, ist unendlich und absolut nervtötend.

Ich schließe die Augen.

Und schrecke aus dem Schlaf hoch, als Annika ruft: »Wir hätten rechts abbiegen müssen, Vannie, wir fahren in die falsche Richtung.«

Ich blinzle. Keine Ahnung, wie lange ich geschlafen habe, eigentlich war ich gar nicht müde. Aber dann war ich es vermutlich doch. Erschöpft. Oder einfach nur scheiße drauf.

»Oh, ja. Shit«, sagt Vanessa jetzt, aber es klingt irgendwie nicht so, als würde es ihr leidtun. Mein Blick schweift von ihrem Hinterkopf zum Fenster hinaus. Wiesen und Bäume ziehen an uns vorbei, die klassisch englische Landschaft, und dann, im Hintergrund, Glastonbury Tor.

Ich setze mich aufrechter hin.

Wir fahren exakt die Strecke, die Liv und ich vor ein paar Stunden gefahren sind. Die der Bus genommen hat, der sie zurück in den Ort gebracht hat. Wir fahren direkt darauf zu.

Mein Herzschlag beschleunigt sich, lange bevor wir das Ortsschild erreicht haben. Dabei weiß ich ehrlich nicht, was ich erwarte. Das Gleiche wie eben, als ich minutenlang dem Bus hinterher starrte, in der Hoffnung, Liv noch mal wiederzusehen? Stelle ich mir vor, sie würde dort am Straßenrand stehen, in ihren seltsamen Haremshosen und dieser blauen Sonnenbrille und diesem Lächeln, das mich noch hinter geschlossenen Lidern um den Verstand bringt?

»Dann fahren wir kurz durch den Ort und suchen eine Tankstelle«, sagt Vanessa. »Das ist sicher günstiger als auf der Schnellstraße.«

Ich starre aus dem Fenster, dann wieder auf Vanessas Hinterkopf. Im Rückspiegel trifft mein Blick schließlich den von Dejan. Er hat wieder dieses Lächeln drauf, dieses allumfassende Halbgrinsen, und ich sehe entnervt wieder weg.

In meiner Hosentasche brummt es. Ich ziehe mein Handy raus.

DEJAN: Weißt du, wo sie wohnt?

Wieder schnellt mein Blick zu seinem.

Zwei Sekunden lang starre ich schockiert, dann schüttle ich den Kopf.

Er murmelt Vanessa etwas zu, und auf einmal muss ich grinsen, so breit, dass meine Wangenknochen beinahe die Ohren berühren. Vanessa ist absichtlich falsch abgebogen. Weil sie und Dejan genauso wie ich hoffen, dass Liv an irgendeinem Straßenrand in Glastonbury steht und auf mich wartet, dass sie aus einem Fenster winkt oder sich auf magische Weise vor unserem VW-Bus materialisiert. Warum die beiden die gleiche irrationale Hoffnung haben sollten wie ich, weiß ich nicht. Weil Dejan etwas in meinem Gesicht gelesen hat, vermute ich. Etwas, von dem ich keine Ahnung hatte, dass es da war.

Ich starre aus dem Fenster. Versuche, gelassen zu bleiben, als wir uns behäbig durch den noch völlig verschlafenen Ort bewegen, ohne auch nur das geringste Zeichen von Liv.

»Sind wir da nicht eben schon vorbeigekommen?« Annikas nölende Stimme. Ich würde sie liebend gern ausblenden, doch sie hat recht. Wir sind bereits *dreimal* hier vorbeigefahren, denn Glastonbury ist winzig, und die Aussicht, Liv zu finden, ins Mikroskopische gesunken.

»Sie hat recht«, murmle ich. »Lass uns fahren, Dejan.«

»Ja, lass uns fahren, Dejan«, wiederholt Annika in kleinkindhaftem Singsang. Wie ich sie und ihre aufgesetzte Art jemals habe ertragen können, ist mir ein absolutes Rätsel. Wäre ich nicht chronisch pleite, ich würde Vanessa bitten, mich bei der nächsten Bushaltestelle rauszulassen, und auf eigene Faust nach Hause fahren. Oder auch nicht. Nein, vermutlich nicht. Vermutlich würde ich tagelang durch dieses vermaledeite Glastonbury irren auf der Suche nach ihr und ... Hat ihre Tante nicht irgendeinen Laden? Etwas mit Wahrsagen und Kartenlegen und Handlesen?

Wir fahren die Hauptstraße entlang. Die Straße ist voll mit Geschäften dieser Art. Irgendeines davon gehört Mafalda Forest.

Ich könnte sie finden.

Aber ich sollte nicht.

Ich sollte nicht, oder?

Und dann ist es Simon, der mir die Entscheidung abnimmt.

»Hey, ist das nicht dieser Foodtruck, in dem Jonahs kleine Verkäuferin gearbeitet hat?«

»Hat sie sich da ihre dicken Schenkel angefressen?«

Bevor ich etwas erwidern kann, ruft Dejan mit eisiger Stimme: »Hey, Annika. Willst du was für *deine* Schenkel tun und zu Fuß nach Hause laufen?«

Vanessa hält. Da steht der Falafelwagen. Ich starre aus dem Fenster, eine Sekunde, drei, dann springe ich auf und reiße am Griff der Schiebetür. Ich kann nicht glauben, dass wir sie tatsächlich gefunden haben. Ich meine, Glastonbury ist klein, nicht viel größer als ein Kaff, und trotzdem … Was ist das für ein schräger Zufall?

Ich lasse die anderen im Bus hinter mir und laufe die paar Schritte über die Straße zu der Einfahrt, in der der Foodtruck parkt, so eng, als habe jemand damit Tetris gespielt. Die Tür ist geschlossen. Er sieht verlassen aus. Ich starre auf dieses Ungetüm, unfähig zu begreifen, was als Nächstes zu tun ist, als sich die Tür zu dem dazugehörigen Cottage öffnet.

»Hey, German boy.« Tante Mafalda steht im Rahmen, in ein dunkelblaues Kleid gehüllt, eine Hand in die ausladende

Hüfte gestemmt und ein Lächeln auf dem Gesicht, das einem Kanarienvogel einen Herzinfarkt bescheren könnte.

»Tante Mafalda.« Meine Stimme klingt rau. Ich nicke ihr zu.

»What a wonderful morning for a little stroll through our beautiful town.«

Ich seufze.

Sie grinst noch ein bisschen breiter.

Es ist unverkennbar, dass sie möchte, dass ich sie frage, also tue ich es, denn deshalb bin ich schließlich hier, oder nicht? Deshalb gurken wir seit zwanzig Minuten durch diesen Winzling von Ort, kein Grund also, jetzt auf unbeteiligt zu machen.

»Ist Liv da?«

»No.«

»Nein?« Ich runzle die Stirn. Und dann drehe ich mich um, verwirrt, sehe nach links, dann nach rechts, als würde sie ganz plötzlich aus einer dieser Richtungen auftauchen. Dabei bleibt mein Blick auf Annika haften, die aus dem Fenster des VW-Busses auf die Szene stiert, der Gesichtsausdruck ganz und gar angewidert.

Mafalda beginnt zu lachen. »Sie ist in meiner Wohnung«, sagt sie. »Das hier ist Jacksons Haus.«

Wie aufs Stichwort erscheint Mafaldas Freund hinter ihr, kauend unter dem blonden Vollbart, Toast in der Hand. »German boy«, brummt er und nickt mir zu, bevor er Mafalda einen fragenden Blick zuwirft.

»Ich bringe ihn zu Liv«, erklärt sie ihm. »Unite the two lovebirds, you know?« Womit sie mir zuzwinkert, nicht ihm, kurz im Haus verschwindet, mit einem Schlüssel in der Hand wieder erscheint und an mir vorbei auf einen abgerissenen R4 zusteuert.

»Are you coming?«, ruft sie über die Schulter, und wie in Trance laufe ich hinter ihr her und zwänge mich in den Wagen.

Mein Herzschlag nimmt Fahrt auf. Ich weiß genau, was ich hier tue.

Nein, das stimmt nicht. Ich habe keine Ahnung, was ich hier mache.

Und ich verschwende keinen Gedanken daran, ob die anderen mir mit dem Bus folgen oder nicht.

Ich weiß nur, ich werde Liv noch einmal sehen.

45

Liv

Ich muss eingeschlafen sein, denn als die Eingangstür ins Schloss fällt, schrecke ich auf. Stimmen sind zu hören, Mafaldas und die von Jackson. Schritte. Flüstern. Dieses verdammte alte Haus mit den knarzenden Dielen, den speienden Wasserleitungen, den hauchdünnen Wänden. Ich ziehe mir die Decke über den Kopf, drehe mich auf die Seite und zur Wand.

Ich habe keine Ahnung, wie spät es ist. Wie lange ich geschlafen habe. Ob ich aufstehen sollte oder nicht. Ich weiß nur, ich will es nicht. Der Schlaf hat mir gutgetan. Mich ins Schwerelose, Gedankenlose, ins Nichts fallen zu lassen war das Beste nach dieser Nacht, nach allem, nach Jonah.

Es klopft.

»Livvy? Are you sleeping, darling?«

Ich ziehe die Decke ein Stück fester um mich herum, presse die Augen zusammen.

»Liv?« Obwohl nur ein Flüstern, ist die Stimme jetzt deutlicher zu hören, Mafalda steht bereits im Zimmer und ich rühre mich nicht.

»You have a visitor«, sagt sie, und als Nächstes ist ein Räuspern zu hören, eines, das ganz sicher nicht aus ihrer Kehle stammt, und aus der von Jackson auch nicht.

In einer raschen Bewegung drehe ich den Kopf und versuche gleichzeitig, mich aus der Decke zu schälen, was mir nicht sofort gelingt, ich verheddere mich darin. Als ich es endlich schaffe, mein Gesicht zu befreien, blicke ich auf meine Tante und dann, neben ihr, auf Jonah, der hier in meinem Zimmer steht, der Ausdruck auf seinem Gesicht ernst und nachdenklich, genauso wie das erste Mal, als ich ihn gesehen habe, und … Mein Mund öffnet sich, doch es kommt kein Ton heraus.

Mafalda sagt irgendetwas. Sie verabschiedet sich, doch ich verstehe die Worte nicht, ich habe nur Augen für Jonah.

Als die Eingangstür hinter meiner Tante ins Schloss fällt, zucken wir beide zusammen, und ich blinzle mich aus meiner Überraschung.

»Jonah, was … was machst du hier?« Meine Stimme klingt viel zu grell, meine Lider fühlen sich an, als hielte ich sie mit Streichhölzern davon ab, aufeinanderzutreffen, die Augen groß und rund und ungläubig. Ganz kurz schweifen meine Gedanken zu meinen Haaren, die aussehen müssen, als hätte ein Storch darin genistet, und zu der Tatsache, dass ich lediglich ein T-Shirt trage und weiter nichts, doch dann landet mein Blick auf dem Jungen in meinen Zimmer, und alles andere verpufft.

»Tut mir leid, wenn ich dich geweckt habe«, sagt er.

»Ich hab nicht wirklich geschlafen. Ich meine, ja, vermutlich bin ich kurz eingenickt, aber sicher nicht fest, und außerdem hat Mafalda mich geweckt, wenn überhaupt, nicht du, und dann spielt es auch gar keine Rolle, oder hast du das sowieso nur gesagt, weil du …«

Durchatmen, Liv, atme einfach einmal tief durch. Ich hole also Luft, um erneut anzusetzen, doch dann verzieht sich Jonahs wundervoller Mund zu einem höchst schiefen Grinsen, und schon habe ich wieder vergessen, was ich eigentlich sagen wollte.

Ich setze mich auf, sehr darauf bedacht, dass die Decke meine nackten Beine nicht freigibt, wobei ich mich gleichzeitig frage, woher diese falsche Scham auf einmal kommt. Ich habe mit Jonah geschlafen, Himmel noch mal, er hatte seine Hände überall auf meinem nackten Körper, auch auf meinen Beinen. Bevor ich darüber nachdenken kann, wo genau sich diese Hände befanden, beschließe ich, dass ein wenig mehr Stoff zwischen uns sicherlich nicht schaden kann, und sage: »Kannst du dich kurz umdrehen? Ich ziehe mir nur schnell was an.«

Ohne eine Miene zu verziehen, dreht Jonah sich weg. Ich laufe zu meinem Koffer, greife nach der erstbesten Hose, schlüpfe hinein, suche nach einem BH, kann keinen finden und beschließe: Scheiß auf Annika. Und da fällt mir ein:

»Wo sind die anderen? Sie sind doch nicht ohne dich losgefahren?« Ich kann die Hoffnung hören in meiner Stimme, er sicher auch.

Ich sehe auf Jonahs Rücken und wie er mit den Schultern zuckt. »Mittlerweile vielleicht. Oder sie warten unten, keine Ahnung.«

»Du kannst dich wieder umdrehen.«

Er tut es und dann beginnt er zu lachen.

»Was ist?« Ich sehe an mir herunter. Die Hose, in die ich wahllos hineingeschlüpft bin, ist Teil eines grauen Frotteepyjamas, den kleine Weihnachtsbäume zieren.

Ich ziehe das T-Shirt so weit herunter, wie es geht, während ich ebenfalls anfange zu lachen. Ich kichere und es wirkt beinahe hysterisch, genauso überdreht, wie ich mich fühle, denn Hilfe, Jonah ist hier.

Und dann ist es auf einmal wieder still. Und wir starren einander an. Ganz allmählich verschwindet das Lächeln von unseren Gesichtern. Und dann, so schnell, dass ich die Bewegung kaum wahrnehme, hat Jonah einen Schritt auf mich zugemacht und ich werfe mich ihm entgegen und lande in seinen Armen, wo er mich auffängt und festhält.

Mit beiden Händen umfasst er mein Gesicht, während seine Lippen meine berühren, wieder und wieder. Erst als meine Hände seine Hüfte umschließen, als ich beide Arme um ihn schlinge und ihn näher an mich ziehe, neigt er den Kopf ein Stück zur Seite, um den Kuss zu vertiefen, und ich seufze glücklich auf, denn ich hätte nie für möglich gehalten, dass ich noch einmal so geküsst werden würde. Von Jonah. Der sich an mich drängt und ich mich an ihn, und gemeinsam versinken wir ineinander, verschmelzen, werden zu ein und demselben Gefühl. Mehr. Nicht aufhören. Bleiben. Länger. Für immer.

Als wir uns voneinander lösen – und es ist nicht meine Idee –, atmen wir schwer, wie nach einem Marathon. Jonah lächelt zuerst. Dann ich. Dann sagt er: »Ich hab es mir anders überlegt. Dieser Marvin ist ein Idiot. Er hat dich nicht verdient und du solltest ihn schleunigst vergessen.«

»Sollte ich?«

»Schleunigst.«

»Einverstanden.« Ich nicke. Stelle mich auf die Zehenspitzen, um ihn noch einmal zu küssen, und Jonah lässt sich extrem schnell überzeugen.

Ich spüre seine Hände unter dem T-Shirt, auf meiner Haut. Ich vergrabe meine Finger in seinen Haaren, fahre mit den Nägeln über die Kopfhaut und spüre das Zittern, das durch seinen Körper fährt, ganz dicht an meinem.

Jonah stöhnt auf. »Aaaahooookay«, sagt er und schiebt mich ein Stück von sich weg.

Ich räuspere mich. »Gut, also … kein Marvin.«

»Nie wieder Marvin.« Er zieht sein Handy hervor. »Gibst du mir deine Nummer?«

»Was ist aus LieberkeineNummerblablablaruftohnehinniemandan geworden?«

Mit einer Hand zieht Jonah mich zu sich. Küsst einen Mundwinkel, dann den anderen und legt schließlich seine Stirn gegen meine. »Ich weiß es doch auch nicht.«

Unten hupt ein Auto. Und beide sehen wir aus dem Fenster, vor dem wir stehen, und auf Annika, die mit finsterer Miene aus dem VW-Bus zu uns nach oben starrt.

Instinktiv weiche ich einen Schritt zurück. »Fast wie bei Bridget Jones. Nur dass da niemand ausgesehen hat, als würde er Bridget töten wollen.«

»Was?«, fragt Jonah. »Wen?«

»Bridget Jones? *Schokolade zum Frühstück?* Mein Thema irgendwie. Und der Lieblingsfilm meiner Mutter. Egal. Am Schluss, da steht Bridget mit ihrem Traummann, Mr Darcy, vorm Haus, wo er sie abgefangen hat, und sie wollte doch gerade mit ihren Freundinnen und ihrem schwulen Freund nach Paris, aber jetzt steht sie da, mit Mr Darcy, sie küssen sich und die Freunde hupen und …«

Ich höre Jonahs leises Lachen und klappe den Mund zu. Noch einmal nimmt er meine Hand und zieht mich in seine Arme, hält mich ganz fest, bevor er in mein Ohr raunt: »Du kannst *ehrlich* schnell reden.«

»Das hast du schon mal gesagt«, flüstere ich.

»Ich weiß«, sagt Jonah.

»Ich wünschte, wir könnten die Zeit zurückspulen, zu genau der Stelle, wir hätten den Nachmittag noch vor uns und die Nacht und …«

»… und das Ende wäre das Gleiche.«

»Ja, das wäre es wohl.«

Sekunden vergehen. Ich atme Jonahs Duft ein, versuche, ihn mir einzuprägen. Erneut ertönt die Hupe und seufzend löse ich mich von ihm.

»Was hat Bridget gemacht?«

»Hm? Oh, sie ist nicht mitgefahren.« Ich blinzle zu Jonah auf, und für eine Sekunde wünsche ich mir das Märchen, von dem ich immer geträumt habe, den Jungen, der sich für mich entscheidet, das Happy End, das sonst immer nur die anderen bekommen. Aber dann wird mir klar, dass mein Märchen längst Wirklichkeit geworden ist, denn Jonah ist hier, er hat mich gefunden, er will nicht gehen, ohne zumindest die Möglichkeit zu haben, mich wiederzusehen. Ich löse mich von ihm und greife nach meinem Handy, das auf dem Nachttisch liegt.

»Hier. Speicher deine Nummer ein, ich schick dir meine.« Meine Stimme klingt fest. Viel ruhiger, als ich mich fühle. Jonah ist hier. Aber schon in wenigen Minuten wird er es nicht mehr sein.

Er nimmt mein Handy, tippt darauf herum, einige Sekunden später brummt das iPhone in seiner Jeanstasche.

Er lächelt.

Ich lächle ebenfalls.

Einen Kuss später ist er verschwunden.

46
Jonah

JONAH: Schläfst du?

LIV: Du bist vor zwei Minuten erst gefahren

JONAH: Aber du trägst noch diesen Schlafanzug ...

LIV: OMG!

JONAH: Schick mir ein Foto

LIV: Was? Nein!

JONAH: Wieso nicht?

LIV: Weil ...

JONAH: Weil?

LIV: Du willst ein Foto von mir
in meinem Weihnachtsschlafanzug ...?

JONAH: Nein, ich möchte kein Foto
von dir in deinem Schlafanzug

LIV: Jonah!

JONAH: Liv!

JONAH: :-)

JONAH: Das Selfie, das wir gestern Nacht gemacht haben.
Schickst du es mir?

LIV: Ich sehe furchtbar aus auf diesem Foto

JONAH: Schick es mir einfach

LIV: Nein

JONAH: Dann leg einen Filter drüber

LIV: Ich sehe schrecklich aus

JONAH: Who is fishing for compliments now?

JONAH: Schick mir das Bild. Ich hätte es gern.

Sie schickt mir ein Foto.

Es zeigt Glastonbury Tor, von unserem Standort auf dem Hügel aus betrachtet, vor einem dramatischen Abendhimmel, und sofort ist die Erinnerung an diesen Moment wieder da.

Liv im Gras. Ich über ihr. Sommersprossen. Ein Beinahekuss. Ein Ausweichmanöver. Eine Flucht vor etwas, das mir im Nachhinein unausweichlich vorkommt. Als wäre in der Sekunde, in der ich Liv das erste Mal sah, unsere Geschichte längst geschrieben gewesen. Und als hätte ich das gespürt.

Das nächste Foto ist das von uns beiden. Ich grinse, Liv starrt erschrocken in die Kamera, doch sie hat das Bild weder bearbeitet noch einen Filter darübergelegt.

LIV: Jonah?

JONAH: Ja?

LIV: Mach keine Dummheiten mit diesem Foto, okay?

LIV: :-D

Ich lache laut auf, ignoriere die Blicke der anderen und beginne damit, eine Antwort zu tippen.

Diese Geschichte von uns beiden ist längst nicht zu Ende erzählt, das spüre ich. Sie wird weitergehen, fortgeschrieben, sich entwickeln, und sie wird großartig sein.

Die beste Geschichte.

Von allen, die noch kommen.

DANK

Herzlichen Dank an dtv, insbesondere an Susanne Stark und ihren unerschütterlichen Glauben an mich und meine Geschichten, sowie an Britt Arnold, die Lektorin mit dem herrlichsten Humor von allen, die mit ihren klugen Einwänden und konstruktiven Vorschlägen auch diesen Roman wieder ein Stückchen besser gemacht hat.

Ganz lieben Dank auch an Anne Freytag (für die Begeisterung, fürs Testlesen und das schöne Quote) sowie an Lea Salomon und Zoe Zwick (thank you for the music, dears).

Darüber hinaus danke ich wie üblich meinem Lieblingsmann Bernhard Blöchl, der nun schon den elften Roman mit mir durchgestanden hat (und all die Höhen und Tiefen) und dabei niemals die Geduld verliert oder die Motivation, mich anzufeuern. Best cheerleader ever! Thanks, love!

Ganz lieben Dank auch an Rosi Kern und Andrea Wildgruber von der Agence Hoffman für alles, was ihr in den vergangenen Jahren für mich getan habt.